KB026984

CHILDREN OF THE RUNE

DEMONIC

전민희
장편
판타지

3

# 룬의 아이들

## 데모닉

CHILDREN OF THE RUNE

DEMONIC

엘릭시르

5

# 막

# NOISE

# 6

## 막
## TRANS

완전한 사람이 되려면
조금은 사람 이상이기도,
이하이기도 해야 한다.

— 메를로퐁티

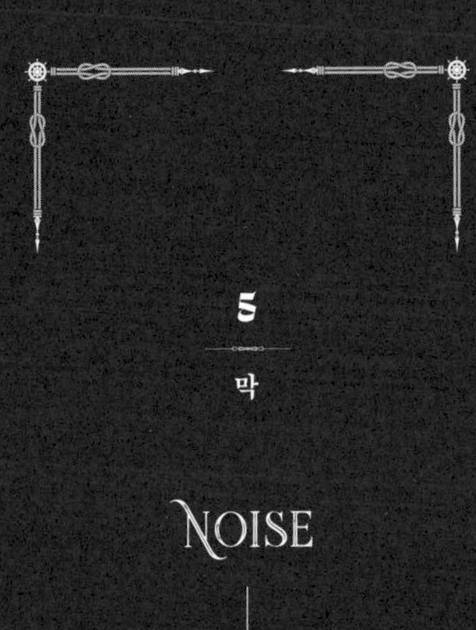

# 5 막

# NOISE

# 책 읽는 소년

내려앉았던 꽃잎이 페이지 한구석에 얼룩을 남겼다.

손가락 끝으로 가볍게 찍은 듯한 자국, 바람이 눌러두고 간 손자국인 듯.

여름이 성큼 다가오자 왕립 그로메 학교의 교정에 사과꽃이 하얗게 떨어졌다. 북부 도시인 켈티카에도 더위가 오는 때였다. 네모진 뜰을 둘러싼 열주회랑列柱回廊의 바닥은 무늬 없는 묵은 잿빛이었으나 이즈음만은 흰 꽃 자국들이 압화처럼 찍혀 있었다. 더 많은 꽃들이 그 위로 쓸려 다녔다. 그렇게 사과꽃이 날리고 짓이겨지다가 사라질 무렵이면 진짜 여름이 되었다.

하지만 아직은 뜰에 가득한 사과나무가 흰 꽃을 머리에 인 채였다. 이따금 향기 짙은 바람이 한 움큼씩 꽃을 따 뿌리곤 했다.

건물과 면한 회랑 안쪽 벽에 소년 한 명이 서서 책을 읽고 있었다. 회랑은 학생관과 강의동을 잇는 통로였다. 낮 수업이 끝날 무렵이라 지나가는 학생이 많은 3시였다. 비록 고개를 숙이고 있었지만 소년은 많은 사람의 이목을 끌었다. 헐렁한 흰 셔츠에 검은 조끼와 바지, 조금도 특별할 것 없는 옷차림인데도 지나가는 학생들의 시선은 저도 모르게 그에게 한 번씩 머물렀다.

소년이 선 곳 옆에는 움푹 들어간 벽감이 있어, 백여 년 전에 새긴 아름다운 요정의 조각이 보였다. 그러나 낡아 회갈색으로 변한 요정은 고작 열 몇 해 받은 생기로 빛나는 소년의 모습을 따르지 못했다. 요정을 새긴 돌은 다시 백 년이라도 갈 테지만, 잠깐 빛나고 스러질 소년이 사라지면 다른 아이가 자라 미의 화신처럼 회랑을 걸을 것이다. 먼 미래에…….

그러나 지금은 소년의 시절이었다. 갸름한 턱끝은 사내가 되어가는 듯 파릇하고 눈가를 가린 머리카락도 푸르다. 가늘지만 뼈대가 도드라진 손은 고집스러운 느낌이었다. 소년이 쥔 책은 무척 두꺼웠다. 친구를 기다리며 가볍게 읽기에는 팔이 지치겠다 싶을 정도였다. 워낙 책장이 빨리 넘어가고 있어 읽고 있다기보다는 넘기고 있다는 쪽이 맞을 듯 보이기도 했다. 그러나 소년을 잘 아는 친구는 그가 분명 책을 읽고 있음을 알 것이다.

흰 무늬가 찍힌 회랑의 바닥을 자박자박 밟는 소리가 나고, 소년이 고개를 들자 주머니에 손을 찌른 친구가 빙긋 웃고 있었다.

"찾았어?"

친구의 물음에 소년이 미소를 보냈다.

"찾았지."

친구는 책의 두께와 소년이 읽던 부분을 곁눈질했다.

"진짜, 거의 다 읽게 만드네."

"예전에 한번 읽은 책이어서 수월했어."

두 사람 너머로 얼굴 모를 학생들이 물결처럼 흘러갔다. 시간의 흐름을 대신하는 것처럼.

"이엔!"

학생 중 하나가 흐름 속에서 빠져나와 그들의 세계로 들어왔다. 이름을 불린 친구가 뒤를 돌아보았다.

"아, 하일저? 오늘 늦게까지 보충수업 있댔잖아?"

몸집 크고 싸움꾼처럼 생긴 하일저는 인상에 어울리지 않게 수줍어하며 웃었다.

"빼먹었어."

이엔은 익살스러운 표정으로 손가락을 세워 좌우로 저었다.

"곤란해, 곤란해. 낙제는 권장 사항이 아냐."

"보충수업을 듣든 말든 논리학 낙제는 이미 돌이킬 수 없어. 남는 시간에 차라리 햇볕이나 쬐고 말지."

말은 편하게 했지만 하일저는 까닭 모르게 이엔을 어려워하는 기색이었다. 싸움이 벌어져도 주먹 한번 못 휘두를 듯 호리호리한 이엔을, 이미 소년티를 벗은 청년인 하일저가 자칫 실수라도 저지를까 겁내며 조심조심 대했다. 하지만 이엔의 태도는 스스럼없는 친구의 모습 그대로였다.

"부족한 논리는 친구한테 좀 빌려. 논리학 문제라면 눈감고도 다 맞히는 친구는 두었다 뭐해? 안 그래, 란지에?"

처음의 소년, 란지에 로젠크란츠는 책을 덮어 옆구리에 끼며 키가 큰 하일저를 올려다보았다.

"논리학은 공부해둬. 필요할 거야."

란지에의 한마디에 하일저는 바로 수긍하며 대답했다.

"알았어. 그럼 보충수업 받으러 간다."

보통 소년이라면 친구의 한마디 정도 대수롭잖게 받아들일 텐데 하일저는 즉시 인사만 남기고 자리를 떴다. 란지에는 하일저의 뒷모습을 바라보다가 말했다.

"그럴 것까진……."

"없었는데."

이엔이 뒤를 이어 붙였고, 둘 모두 피식 웃음을 머금었다. 그러나 곧 란지에는 고개를 흔들며 말했다.

"내 말은……."

"하일저한테 한 말은 진심이었다, 이러려고? 됐어, 인마. 내가 네 속을 모를까 봐. 하일저가 네 말이면 경전인 줄 아는 게 문제일 뿐이지. 네가 친구를 놀릴 녀석이냐."

새되고 익살스러운 목소리의 이엔은 농담을 하고 싶은 듯했지만 란지에는 웃으면서도 고개를 저었다.

"날 어떻게 생각하고 있는 거야? 물론 논리학은 공부해둘 가치가 있지. 하지만 오늘처럼……."

란지에는 날아오는 사과꽃을 하나 붙잡았다가 손바닥을 펴 보였다.

"날씨 좋은 날 꼭 보충수업을 들으란 얘긴 아니었다고."

이엔이 거침없이 너털웃음을 터뜨렸다.

"파하하하……. 란지에, 너도 그런 말을 할 줄 아는구나? 아까 한 말 취소, 취소다. 난 아직 네 속을 다 모르나 보다. 뜻밖의 모습을 또 보여줘서 고맙다. 이런 양파 같은 친구야."

둘은 하일저가 간 방향과는 반대로 회랑을 따라 걷기 시작했다. 기숙사가 있는 학생관으로 이어진 쪽이었다.

켈티카 외곽에 위치한 왕립 그로메 학교의 학생들은 절반 이상이 통학을 했고 기숙사에 머무는 학생이 오히려 소수였다. 다만 같은 기숙사 생활이라 해도 갖춰진 시설은 천차만별이었다. 이엔은 전망도 좋고 널찍한데다 작은 거실까지 딸려 있는 2층 방을 갖고 있었다. 백작 가문 출신인 이엔 같은 학생에게만 주어지는 특권이다. 반면 란지에는 침대와 책상만으로도 꽉 차는 4층의 방을 썼다.

란지에는 깔끔한 성격이었지만 방이 좁은 탓에 어쩔 수 없이 곳곳에 불안정하게 책을 쌓아둘 수밖에 없었다. 이엔은 아무데서나 책 한 권만 슬그머니 빼면 연쇄 붕괴가 일어나 방 전체가 파묻힐 테니 누가 널 없애버리려 한다면 일이 무척 쉽겠다고 종종 지분거리곤 했다. 짓궂게 과장해서 말하곤 하는 것은 이엔의 오래된 버릇이었다.

늘 그렇듯, 이엔의 방 거실에 안착하자 자연스럽게 한 명은 문에 이중 빗장을 지르고 다른 하나가 창의 커튼을 내렸다. 테이블에 다가앉다 보니 흩어진 종이들 틈에 편지 한 통이 머리를 내밀고 있었다. 이미 읽은 듯 뜯어진 상태였다. 편지를 집어 든 란지에는 봉랍 모양만 살펴보고는 말했다.

"받은 지 얼마 안 된 것 같네."

의자를 당겨 앉던 이엔이 흘끔 건너다보더니 곧 눈치채고 피식거리며 냉소했다.

"'사랑하는 딸 이엔나'를 찾는 편지라고. 내가 아니라."

봉랍에는 이엔의 아버지, 아마란스 백작 가문의 문장이 찍혀 있었다. 란지에는 내용물을 건드리지 않고 내려놨다.

"그럼 그 이엔나가 답신하게 해야지."

"가만 있자. 그 이엔나가 어딜 갔더라."

'이엔나'는 물론 이엔 본인이었다. 백작 영애 이엔나 카틀레야 다 아마란스. 행동거지도 말투도 고위 귀족의 딸다운 구석이라고는 없지만 집에 가면 '아가씨'라고 불릴 것이다. 하지만 학교에서는 드레스 한번 걸친 적 없이 늘 바지 차림이어서 겉보기에는 다소 선이 가는 남자아이 같았다. 남자애로 대해주지 않으면 화를 내는 백작댁 아가씨에 대한 소문은 유명해서 학교에서도 이엔을 여자로 대하는 사람은 거의 없었다.

'이엔'은 어린시절의 애칭이었지만 백작 가문 아가씨답게 들리지 않는다는 이유로 지금까지도 고집하는 이름이었다. 귀족은 어떠해야 한다는 고정관념을 가진 몇몇 선생들만은 아직도 '이엔나'를 고집했다. 그럴 때마다 이엔은 오만상을 찌푸리며 한층 불량스레 대꾸하곤 했다.

다시 책으로 관심을 돌린 란지에가 중간쯤을 펼치더니 서너 페이지 넘기며 한 곳을 찾아냈다. 맞은편으로 돌려 밀어주자 이엔이 들여다봤다.

"음……."

언뜻 보기에는 다른 페이지나 다를 것 없이 평범해 보였다. 책은 아노마라드 여러 지방의 토속 종교들을 다룬 내용이었는데 펼친 페이지에서는 남부의 풍요신인 '양젖의 어머니'를 믿는 자들에 대해 한창 서술하는 중이었다. 그런데 다섯 번째 줄에 식자植字가 잘못된 듯 거꾸로 된 '3' 자가 끼어들어 있었다.

"3이군."

고개를 끄덕인 이엔이 바로 세 페이지를 넘겨 다음 글자를 찾아냈다. 이번에도 뒤집힌 글자가 있었고, 이엔은 거기서 세 줄 아래에 있는 단어를 뽑아 종이 한 장에 옮겨 적었다.

전권위임

다음 글자는 삼십 페이지 뒤에 있었다. 더이상 잘못된 식자는 없었고, '전권위임'이라는 글자가 있던 것과 같은 줄을 찾아 그 세 줄 아래에서 시작되는 문장의 모든 'ㅣ'와 'ㅇ'을 골라 숫자처럼 옮겨 적었다. 그다음 문장도 마찬가지였다.

11011

1011

다시 세 페이지를 넘겼다. 그 페이지의 같은 줄에서 마찬가지로 세 줄 내려갔다. 첫머리는 이러했다.

모퉁이에서

또다시 서른 페이지를 넘기고, 똑같이 같은 줄에서 세 줄 내려갔다. 거기에는 따옴표로 시작되는 인용문이 있었고, 이엔은 그 인용문에서 규칙에 따라 신중하게 철자 수를 세어가며 글자들을 뽑아냈다. 다 뽑아내니 꽤 긴 문장이 되었다. 첫 부분은 이렇게 시작됐다. “2차 제안서는 승인되었음. 단, 반드시 성립되는 것을 전제하라…….”

자신이 완성한 문장을 죽 훑어본 이엔이 고개를 갸웃거리며 감탄사를 뱉었다.

“휘유, 예상은 했지만 보통이 아닌데? 이번 건에 거는 기대가 꽤 큰가 봐.”

란지에는 문장을 다 읽었지만 이렇다 할 의견 없이 침묵을 지켰다. 이엔이 친구의 표정을 살피더니 물었다.

“내용이 마음에 들지 않아? 난 그만한 위험을 감수할 가치는 있다고 보는데. 표적이 제대로잖아. ‘배신자 아르님’의 뒤통수를 칠 기회라니. 완전 입맛 당기지 않아?”

란지에는 종이를 몇 번 되풀이해 읽고서 촛불에 깨끗이 태웠다. 재를 모아 화분에 뿌린 다음 테이블로 돌아와 앉더니 천천히 말했다.

“표적은 너와 내가 정하는 게 아니니 논평할 필요는 없겠지. 이번에 제안된 협상은, 전략 관점에서 볼 때 조건 자체는 괜찮아 보여. 그 정도면 균형도 맞고. 다만 행간에 지도부의 지나친 기대가 엿보여서 약간 걱정스럽더군. 하지만 그것보다 더 큰 문제가 있어. 지금 같은 조직 형태에서 가장 해결하기 어려운 문제 중 하나라고 할까.”

“뭔데?”

란지에는 책을 덮으며 손끝으로 표지를 몇 번 두드렸다.

“지령을 내리는 망명의회가, 그것을 받는 상대가 어떤 자인지 전혀 모른다는 문제.”

망명의회.

오 년 전, 공화국은 무너졌지만 모든 공화주의자가 붙들려 광장에서 처형되지는 않았다. 살아남은 자들은 비밀결사 ‘민중의 벗’을 만들어서 저들의 지도부를 ‘망명의회’라고 불렀다. 나라를 잃고 타국에서 망명 생활을 한다는 의미로 붙인 이름이었다.

새 왕가의 권위가 하늘을 찌르는 지금, 민중의 벗의 회원이라는 것은 신분과 지위를 막론하고 무재판 즉결 처형이 가능한 유일한 죄였다. 왕가는 정체를 감추고 숨어 있는 공화파를

크나큰 위험으로 간주해서 색출에 혈안이 되어 있었다. 어떤 자가 민중의 벗이라는 사실을 폭로하기만 하면 체포하지 못했다 해도 상금이 주어질 정도다.

따라서 민중의 벗도 살아남기 위해 특별한 조직을 고안할 수밖에 없었다. 직접 만나 협의를 해야 하는 최고위 간부들을 제외한 중견 간부 이하는 서로의 존재와 조직 내 활동 이력을 알 뿐 그의 본명이 무엇인지, 진짜 신분은 무엇인지, 남자인지 여자인지, 심지어 나이조차도 알지 못하게 해놓았다. 일반 회원들의 경우에는 이른바 '달걀은 한 바구니에 담지 않는다'는 원칙에 입각해서, 하급 간부들이 몇 명씩 조를 짜서 관리하고 같은 조끼리만 서로의 정체를 공유했다. 그러므로 한 부분이 발각되어도 모서리가 허물어지는 것으로 끝날 뿐, 조직 전체가 흔들리는 일은 없었다.

물론 민중의 벗의 방대한 조직 안에는 개인적 친분으로 서로가 누구인지 아는 회원도 존재했다. 다만 알더라도 밝히지 않는 것을 원칙으로 했다. 대신 연락망은 완벽하게 짜놓아서 지도부의 지령이 서너 단계 아래의 조직원에게 전달되고, 다시 올라오는 데 단 며칠밖에 걸리지 않았다.

란지에가 받은 책도 겉으로 보면 일반적인 책과 다를 것이 없어 보였다. 모르는 사람은 끝까지 읽어봐도 거기에 뭐가 숨겨져 있는지 알아내지 못할 것이다. 그런 식으로 책 안의 내용을 눈치채기 힘들 정도로 조금만 바꿔 은밀히 인쇄하고, 그것을 암호 전달용으로 활용할 정도로 그들의 연락망은 정교했다.

“아…… 잠깐, 정말 그렇게 되는 건가?”

고개를 모로 꼬며 어이없어하던 이엔이 결국 실소를 터뜨렸다. 란지에가 한쪽 어깨를 가볍게 으쓱했다.

“협상 상대랍시고 열여섯 살 먹은 소년이 나와 앉는 걸 보면 우리가 자길 놀린다고 생각할지도 모르지.”

지령을 내린 사람은 란지에가 스무 살도 안 된 소년으로, 아직 학교에 다니는 학생일 줄은 상상도 못 했을 것이다. 물론 란지에의 활동 이력은 훌륭했다. 그가 써 보내는 칼럼은 《공화 신문》에 꼬박꼬박 실렸고, 조직 내부에서도 보기 드물게 정연한 논리를 펴는 젊은 이론가로 소문이 자자했다. 젊은이다운 치기가 엿보인다는 평도 없지 않았지만 아무리 젊게 봐도 기껏 스물 몇 살쯤으로 보았을 터였다.

하지만 아무리 란지에가 능력이 출중하다고 해도 신체적 나이의 한계는 어쩔 도리가 없었다. 십 대 소년과 협상 테이블에 마주앉아서는 진지해지는 것은 고사하고 상대를 신뢰하기조차도 어렵다. 지금처럼 조직 외부의 사람과 협상을 하라는 지령을 받았을 때는 더더욱 그렇다.

“어쩌지?”

이엔이 웃음을 걷고 심각한 표정이 되었다.

포기하기에는 좀 아깝다고 생각되었다. 귀족 출신인 이엔은 민중의 벗에 들어온 지 얼마 되지 않았다. 한 건 멋지게 해내고 싶은 마음이 강한 때였다. 더구나 '배신자 아르님'의 가문을 뒤흔들어놓을 기회라니, 흥미진진해서라도 놓치고 싶지 않은 임무였다. 친구가 좋은 해결책을 제시해줄 것을 기대하며 흘끔 곁눈질을 했지만 얼른 쾌답快答이 나오지 않았다.

"란지에, 포기할 거야? 다른 사람에게 임무를 넘기라고 도로 메시지를 보낼까?"

본심과는 달랐지만 친구의 합리적인 성격을 잘 알기에 그렇게 말할 수밖에 없었다. 그런데 란지에가 고개를 저었다.

"이 문제를 설명하는 암호를 짜서 올려보내고, 지도부에서 다시 논의하여 새 적임자를 뽑고, 그 지령을 내려보내는 데 걸리는 시간은 아무리 짧게 잡아도 이레 이상일 테지. 날짜를 맞출 수가 없게 돼. 만날 날짜와 장소까지 명시된 지령 내용으로 볼 때 그자와의 약속은 이미 잡혀 있는 모양이니 우리 사정으로 어겨서는 모양새가 나쁘지."

"그러면?"

자리에서 일어선 란지에가 창가 쪽으로 걸어가며 난데없이 중얼거렸다.

"하일저는 보충수업이 끝났으려나……."

무슨 소린가 싶어 눈을 깜빡이던 이엔은 조금 후 키득 웃음을 터뜨렸다. 친구의 의도를 눈치챘던 것이다.

민중의 벗은 비밀결사였지만 규모도, 조직력도 무시하지 못할 상대였다. 체첼 국왕이 괜히 눈에 불을 켜고 공화파를 검거하기 위한 직속 상비군까지 만든 것이 아니었다. 비록 무너졌다 한들 공화국의 십 년 세월이 헛일만은 아니었다.

최근 켈티카와 근교에서 벌어졌던 기습적 소요가 민중의 벗의 작품임을 모르는 사람은 없었다. 새 왕가의 측근인 이른바 '신귀족'들의 비리를 폭로한 경고장을 대문짝만하게 붙여놓아 망신을 준 일도 한두 번이 아니었다. 그들이 은밀히 찍어 유통시키는《공화 신문》은 아무리 근절하려 해도 쉽지 않았다.《공화 신문》을 만드는 기자들의 필치는 날카롭다 못해 짓궂고, 심지어 익살스러워서 읽으면 꽤 재미가 있었다. 체첼 국왕은 겉멋만 든 멍청이, 안리체 왕비는 탐욕스러운 여우, 대를 이을 왕자는 사고만 치는 저능아로 정형화시킨 만평도 큰 인기를 끌었다. 그 덕택에《공화 신문》을 지녔다가 들키면 바로 위병대에 끌려가는데도 경을 칠 각오로 한 번은 펼쳐본다는 말이 공공연히 나돌았다.

다만, 폭력은 되도록 자제했다. 지금의 공화파는 신왕국의 두통거리이긴 해도 정면으로 맞붙을 적이라 부를 수준은 못

됐다. 그러므로 지금은 사람들에게 호감을 사야 했다. 궁성의 창고를 불태우고 거리의 귀족 마차를 공격하는 것보다 익살스러운 만평 한 페이지가 더 효과적인 때였다.

귀족에게 망신을 줄 때도 신왕가와 밀착된 자들을 표적으로 삼고, 다른 자들은 일부러 내버려두었다. 심지어 공화국 시대에 어린시절을 보낸 귀족 젊은이들은 포섭이 가능한 대상으로 분류했을 정도다. 그래서 또래 귀족 소년 소녀들이 모이는 학교는 중요한 공작 장소였다.

"그런 활동이 정말로 효과가 있나? 귀족으로 태어나 특권을 보장받은 아이들이 자발적으로 공화주의자가 되는 일이 가능하다고? 난 믿어지지 않는데."

측근의 보고를 듣던 테오가 앉아 있던 의자에서 몸을 조금 일으켰다. 자줏빛 벨벳 천을 씌우고 금장 테두리를 두른 푹신한 의자다. 그런 의자에서 한쪽 무릎을 세우고 다른 다리를 편안히 뻗은 테오의 모습은 저택의 주인으로도 손색없어 보였다.

"중대한 비밀일 테니 내막을 정확히 알 순 없습니다만, 성공 사례가 있는 것은 분명합니다. 조금씩 새어 나오는 소문 중에는 최근 상당한 고위 귀족의 자제가 가입했다는 이야기도 있고요. 어디의 어느 학교인지 알아낼 방법은 없지만 아마도 켈티카 근처겠지요."

테오는 웃었지만, 실은 비웃음이었다.

"보통 일이 아니네. 머리가 텅 빈 녀석들은 귀족들 중에도 많지만, 그런 놈일수록 자기의 특권에 더 집착하잖아. 결국 꽤 똑똑하다는 놈들을 끌어들이고 있다는 얘긴데, 탄복해야 하나, 이거?"

테오는 귀족이긴 해도 평민보다 못한 처지로 자랐다. 아르님 가문에 들어오자 대놓고 무시하는 사람은 없어졌지만, 사람들이 돌아서서 무슨 소리를 하는지 모를 테오가 아니었다. 유연하게 대처해왔지만 쌓인 감정은 적지 않았다. 그랬기에 그런 자들이 공화 결사의 주장에 동조한다는 이야기가 더 가당찮게 들렸다.

"그럴 겁니다. 제겐 이 소문이 민중의 벗 안에도 상당한 실력자들이 있다는 이야기로 들립니다. 태생이 귀족인 자를 공화파로 만든다는 건 연금술 못지않게 놀라운 일이니까요."

보고하고 있는 '칸카'라는 자는 테오보다 네댓 살 많아 보이는 사내였다. 황갈색 피부에 흰자위가 유난히 또렷하여 용의주도한 인상을 주는 그는 레코르다블 출신이었다. 그는 테오와 이브노아가 하이아칸에서 돌아올 때 함께 왔지만 아르님 가문에서는 잡무를 돕는 하인쯤으로 여겨지고 있었다. 테오가 좀더 지위가 있었다면 비서로 봤을 것이다.

"그런 자들이 아르님 공작가를 통째로 삼키려는 계획에 신중을 기하지 않을 리 있겠습니까? 협상 테이블에 나와 앉을 자도 만만한 인물은 아닐 겁니다. 얕보지 말고 철저히 준비해서 대처하셔야 합니다."

"알고 있어."

그렇게 대꾸했지만 하인의 잔소리라고 시시하게 여기는 기색은 아니었다. 칸카는 한때 레코르다블의 3대 용병단 중 하나인 '시클라멘'에서 그림자 참모 노릇을 했을 정도로 책략에 발군인 인물이었다. 그런 자가 수많은 용병단의 제의를 거절하고 테오를 따라왔다. 아르님이라는 이름을 듣고서.

칸카는 한 명의 주인에게 충성하는 것을 보람으로 삼는 인간이 아니었다. 테오에게 투자를 할 구석이 있다고 여겼기 때문에, 외국인이라고 눈총받고 하인 노릇을 하면서까지 이곳에서 지내는 것이다. 이런 부류의 참모는 주인에게서 자기가 쫓는 야심을 보기 때문에 시키는 일 이상의 성과를 내지만, 주인이 자기를 만족시켜주지 못하면 미련 없이 떠나는 것도 특징이었다.

또 하나, 칸카는 아르님 가문에 특별한 흥미가 있는 것 같았다. 레코르다블은 필멸의 땅 너머다 보니 아노마라드와 외교적 교류조차 적은 나라였다. 그런 나라 출신이 아노마라드의 공작 가문에 왜 그렇게 관심이 있는지 모를 일이었다.

"그쪽에서 제안한 시간과 장소를 수락하실 겁니까?"

테오는 고개를 끄덕이며 입꼬리를 올렸다.

"그래. 얌전히 휘둘리는 체할 생각이야. 협상하러 나온 놈을 한번 떠보고, 자만심이 강한 인간이면 슬슬 부추겨줘야지. 내가 던져준 일거리를 멋지게 성공시키고 싶어 못 견디도록 말이야. 다음 일은 다음 문제니까. 안 그런가?"

자신만만하게 말했지만 테오는 칸카의 반응을 엿봤다. 칸카는 특유의 무표정한 얼굴로 테오를 가만히 보더니 아주 조금 고개를 끄덕였다.

"그렇겠지요."

그걸로 충분했다. 테오는 제왕처럼 앉아 있던 의자에서 일어났다. 아직은 제왕이 아니었다. 그의 이상은 높았다. 상황은 좋아지고 있었다. 필요한 자들도 여전히 곁에 있었다.

"칸카, 가서 애니를 불러와. 얘기를 좀 해야지."

칸카가 일어나며 물었다.

"그 자리에 뵐프 씨도 동석시킬 생각이십니까?"

"물론."

칸카가 나가면서 처음으로 칭찬의 말을 남겼다.

"좋은 생각이십니다."

# 분홍빛 드레스

춤추며, 웃으며, 이야기하며
꽃발도 시내도 밟고 간 곳
복숭아와 백합은 누이의 빛깔
있거니 머물거니 뒤따르다가
눈 드니 어느새 보이지 않아
멀어져 멀어져 보이지 않아

꿈에 시달리다 깨어보니 그가 와 있었다.
"아…… 오랜만이네요."

멍하니 올려다보다가 중얼거리자 침대 곁에 서 있던 켈스니티가 그만이 할 수 있는 반투명한 미소를 지어 보였다. 세상 고민 다 들어줄 것처럼 온화한 표정이지만 나오는 말은 딴판일 게 뻔했다.

「감자 말인데, 껍질 벗기는 데 사흘은 걸렸겠더군.」

그 말을 듣자 조슈아도 저절로 심술궂은 표정이 됐다.

"좀 도와주든가 하지, 어디 가서 한가하게 놀고 있었는데요? 이제야 오다니 너무하는 것 아니에요? 나랑 막시민이 그걸 다 깎느라고 얼마나……."

「고생했겠지. 하지만 예전에 네가 먹었던 수많은 감자도 다 누군가가 깎은 것이었잖아? 네가 그들에게 품었던 감사의 마음만큼만 내게 요구하렴. 더구나 난 네가 깎은 감자를 먹지도 않잖니.」

"체, 나야말로 감자 별로 먹지도 않았어. 장담하건대 내가 어제 깎은 감자가 평생 동안 먹은 감자보다 많다고요."

「감자뿐이겠어. 입맛이 좀 까다로웠어야 말이지. 비취반지성의 주방 아주머니들이 '장작개비처럼 마른 도련님'이라고 불렀던 거 알아?」

켈스니티의 말투는 어린 조카를 놀리는 삼촌들과 비슷한 데가 있었다. 까마득히 세대가 멀긴 해도 이카본의 자손인 조슈아는 켈스니티에게 친구의 아들 격이니, 흔히 하듯 '삼촌이라고 불러라'에 해당될 요건이 충분하기도 했다.

조슈아가 몸을 일으키자 테이블 위의 초가 저절로 켜졌다. 켈스니티가 만졌을 것이다. 조슈아는 익숙한 배려에 싱긋 웃더니 말했다.

"그런 걸 나한테 일러버리면 아주머니들 입장 곤란하죠."

거기서 끝이 아니었다.

"켈스, 그리고 아주머니들을 몰래 엿보는 취미는 좋지 않다고요. 얼굴이야 어떻든 수백 살은 먹은 노인네잖아. 점잖게 굴어야지."

켈스니티가 말문이 막혀 있는 사이 조슈아는 어젯밤 벗어놓은 옷을 찾아내어 바지부터 입기 시작했다.

조슈아가 잔 곳은 지붕 밑 방다운 경사진 천장, 벌떡 일어나다가 천장 모서리에 이마를 찧고 잠을 깨도록 면밀하게 설계된 침대 위치, 허리를 굽히고 나가야 하는 입구까지, 불쌍한 부엌데기 꼬마의 다락방을 고스란히 재현한 구조였다. 맞은편 벽에 붙은 테이블과의 사이로 딱 한 명이 아슬아슬하게 지나갈 공간밖에 없는, 완벽한 공간 활용의 표본이었다.

옷을 다 입었지만 좁은 나머지 서 있기도 마땅찮아 침대에 도로 앉는 수밖에 없었다. 켈스니티와 마지막으로 대화한 날을 떠올리자 그후로 한 달은 지난 느낌이 들었다. 그만큼 엄청난 일들이 일어났던 것이다.

"당신이 없던 며칠 동안 내가 얼마나 끔찍한 일을 많이 당했는지 알아요?"

켈스니티는 복수심 탓인지 아주 화사한 미소를 지으며 고개를 저었다.

「아니. 전혀 몰라.」

조슈아가 불만스럽게 중얼거렸다.

"왜 나한텐 어려운 일을 척척 해결해주는 유령이 붙지 않지?"

「입가에서 피를 흘리며 천장에 달라붙어 있는 유령이 붙지 않은 거나 고맙게 생각하라고.」

조슈아는 겁내기는커녕 웃음을 터뜨렸다.

"뭐야, 그건. 당신 친군가요? 너저분한 분장 칠하고 천장에 거꾸로 붙기까지 하려면 무척 힘들겠는데. 당신이 그런 귀찮은 일을 할 리 없으니 역시 실감이 안 나요. 그나저나 우리가 감자 깎은 건 어떻게 알았어요? 그걸 한나절 만에 다 깎았다는 게 믿어져요?"

켈스니티는 턱을 약간 쳐들며 읊조리듯 말했다.

「주방에 가보니 감자 껍질이 산처럼 쌓여 있고, 숟가락은 다 닳아 있고, 고생 많았네, 정말. 그렇게 많은 감자를 한나절 만에…….」

말 내용이야 어떻든 표정만으로도 의도는 명확히 전달되었다. 동정도 안 하고, 관심도 없단다, 너도 알겠지?

조슈아도 지지 않고 교활하게 웃으며 말했다.

“유령이 음식을 먹을 것도 아니면서 주방엔 뭘 하러 갔어요? 아참, 여기 주방엔 아주머니들이 없다는 걸 몰랐군요?”

결국 켈스니티가 두 손을 들고 말았다.

「그만하자. 너희 집 핏줄은 좋지 않은 건 빠짐없이 물려받는군.」

“아마 그 사람도 포기할 수 없었던 거겠죠.”

「뭘?」

“당신을 놀리는 재미. 이야, 세월을 뛰어넘어 조상과 마음이 통하는 기분도 괜찮은데.”

전에는 켈스니티가 조슈아를 지분댈 때가 훨씬 많아서 오늘처럼 조슈아의 승리로 끝나는 날은 드물었다. 켈스니티는 조슈아가 어째서 달라진 건지 곧 눈치를 챘다.

「조슈아 너, 리프크네 군을 그렇게 보고 싶어 하더니 만나자마자 닮아가는구나. 하여간 뭐든지 빨리 배우지.」

조슈아가 고개를 흔들어댔다.

“에이, 리프크네 군은 이 정도가 아니지. 당신이 아직 리프크네 군한테 제대로 안 걸려봐서 그런 거 같은데 언제 기회봐서 한번…….”

켈스니티는 조슈아의 말을 못 들은 체하며 얼른 말을 가로

챘다.

「그건 그렇고 중요한 이야기를 해줘야겠다. 저런, 관심이 없는 얼굴이네. 하지만 이건 너한테 무척 위험한 문젠데 말이야.」

바로 그때 화제에 오른 리프크네 군이 문짝을 뽑아내기라도 할 것처럼 왈칵 밀어젖히며 머리를 들이밀었다.

"아니, 또 위험이야? 이만하면 이제 충분하다는 생각이 안 들어?"

다음 차례는 어쩔 수 없이 허리를 구부리고 들어오는 것이었다. 들어온 막시민은 뒷발로 문을 차 닫더니, 보이지 않는 다른 한 사람을 향해 아무데로나 시선을 보내며 말했다.

"힘든 일 다 지나가고 약간 살 만해지니 그제야 나타나는군. 정말 안전하게 사는 유령이야. 그런데 고작 갖고 온 소식이 또 위험 같은 거라니, 당신도 환영받는 손님이 될 자질은 도무지 없군. 근데 이 문짝은 왜 이렇게 빽빽해?"

「그건 당신이 문을 반대쪽으로 열었기 때문이죠.」

조슈아가 킬킬거리며 웃기 시작하고, 엉성하게 닫히다 만 문을 한번 돌아본 막시민은 불만스럽게 코를 찡그렸다.

"문짝의 취향까지 고려하기엔 내 삶이 너무 고달프군그래. 에취!"

「편히 자지 못한 것 같군요, 리프크네 군.」

조슈아도 말했다.

"얼굴이 부었네."

"그래, 부었다. 밤새 꿈속에서 감자들이 괴롭혀서 살 수가 있어야지."

"혹시 자기들을 세어달라고 쫓아오든? 내가 바로 백 번째 감잡니다! 정확히 세어주세요! 이러면서?"

막시민이 눈을 가늘게 뜨며 돌아봤다.

"이봐 조군, 너 지금 빈정대냐?"

이쪽은 말발의 우열이 확실했으므로 조슈아는 미소로만 답했다. 시선을 돌리자 켈스니티가 창문 옆에 서더니 손가락질을 했다. 열어보라고?

머리를 부딪히지 않게 조심조심 다가가 창 덧문을 열자 어스름 속에 들판 같은 것이 보였다. 아직 날이 밝자면 반시간쯤은 있어야 할 듯했다. 들판은 꽤 넓었고…….

"응?"

무슨 생각이 날 듯 말 듯하더니 곧 명확해졌다. 저곳은 일행이 세자르와 함께 결계석인가 뭔가를 찾아 헤매던 바로 그 들판이었다.

"이게 어떻게 된 거지?"

막시민도 일어나 창가로 갔다.

"아니, 어째서 1층에서 내다볼 때와 2층에서 내다볼 때 전혀 다른 곳이 보이는 거야?"

막시민의 불평에 켈스니티가 대꾸했다.

「여러 가지 이유가 있겠지요. 이를테면 1층 창문은 동쪽으로만 나 있고 2층 창문은 서쪽으로만 나 있다든지.」

"아주 설득력 있는 이유이긴 한데, 그럼 1층에서 내다본 세상이 가을이었던 건 어떻게 설명하지?"

그제야 농담을 접은 켈스니티가 말했다.

「그게 위험에 대한 첫 신호입니다. 일단 내 생각을 말할까요. 이곳은 마법사의 집이지요. 이 집 주인은 평범한 마법사는 아닌 듯하군요. 집에 마력의 흐름을 붙들어놓는 힘이 있어서 그게 이 일대의 시공간을 크게 일그러뜨려놓았습니다. 덕택에 시간적, 공간적으로 같이 존재할 수 없을 것들이 멋대로 뒤섞인 장소가 되었지요. 여름이든, 겨울이든, 다른 무엇이든.」

"당신은 아까 조슈아에게 위험한 문제라고 했잖아?"

「위험한 이유는, 당신 친구가 유령를 찾기 힘들 정도로 강력한 영매이기 때문입니다.」

막시민이 무슨 소린지 모르겠다는 표정을 짓자 조슈아가 말했다.

"좀더 정확히 설명해줘. 일그러진 시공간하고 유령이 무슨 관계인데?"

「나처럼 죽은 자들에게는 살아 있는 인간의 좌표가 거의 쓸모가 없어. 마음만 먹으면 먼 거리를 순식간에 뛰어넘을 수도 있고, 막힌 벽도 의미가 없지. 인간들이 무슨 산, 무슨 도시, 어느 거리 같은 것들을 좌표 삼아 움직인다면 유령들의 좌표는 뭐라고 생각해?」

조슈아가 바로 말했다.

"당신은 나를 따라다니잖아?"

「맞았어. 난 널 따라다녀. 한 사람을. 하지만 모든 유령이 그런 것은 아니야.」

그때 갑자기 촛대 옆에 놓여 있던 빈 그릇이 떨기 시작했다.

따르르르르…….

놋쇠 그릇이 귀뚜라미처럼 우는 소리가 모두에게 분명히 들렸다. 조슈아는 켈스니티를 쳐다봤다. 막시민은 조슈아가 보는 쪽을 따라 쳐다봤다. 조슈아에게는 살아 있는 사람처럼 보이는 켈스니티였다. 그러나 그는 그릇을 만지지 않았다.

이윽고 그릇이 멈췄다.

공기 속 떨림도 가라앉았을 즈음 조슈아가 머뭇거리다가 입술을 열었다.

"켈스?"

켈스니티를 만난 후로 유령이 두렵다는 생각을 해본 일이 없는 조슈아였지만, 이번만은 목소리가 미묘했다. 켈스니티는 대답하는 대신 말을 이었다.

「장소나 인간에게 묶이지 않은 한, 유령의 일반적인 좌표는 에너지야. 마력을 비롯한 모든 힘의 흐름. 그런 것에 휩쓸려 다니기도 하고 뒤따라 다니기도 하지. 생각해봐. 죽은 사람에겐 감각이 없어. 바늘로 손끝을 찌르는 따끔함, 목구멍으로 넘어가는 차가운 물, 힘껏 달리며 내딛는 발의 탄력, 그런 것이 없어. 하지만 그런 것들을 기억하지. 그렇기 때문에 유령은 기본적으로 욕구불만 상태야. 엄지발가락이 가려운데, 이미 잘라내고 없기 때문에 긁을 수가 없어 미칠 지경이라는 사람의 이야기를 들어봤어? 유령에게는 발가락뿐 아니라 아무것도 없지만 할 수만 있다면 사포를 온몸에 북북 문지르고 싶을 정도일 거야.」

"당신도 그런가?"

「나?」

그렇게 반문하며 켈스니티는 웃었다. 조슈아는 새삼스러운 눈빛으로 그를 보았다. 그의 불편에 대해 생각해본 일은 거의 없었다. 오히려 거칠 것이 없으니 편할 거라고 무심코 생각했던 것 같았다.

「내 얘긴 나중에 하고……. 그러니까 유령은 실체 없는 몸에 뭔가가 부딪쳐오기를 간절히 바란단 말이야. 그래서 유령이 느끼는 유일한 실체인 에너지의 흐름에 민감해지지. 여기처럼 마력이 꽉 죄어져 뒤틀린 곳에는 일부러 와서라도 휩쓸려

보려는 유령들이 아주 많지. 단지 본능에 따랐다고 봐도 될 거야. 다시 말해, 이런 장소에는 저절로 유령이 모이게 돼.」

조슈아가 미심쩍은 눈초리로 물었다.

"얼마나 많이?"

「그건 이 결계가 얼마나 오래된 것이냐에 달렸지. 오래되었을수록 네게 닥칠 위험은 더 크지.」

막시민이 말했다.

"잠깐, 당신은 물건이나 사람을 건드릴 수가 있잖아? 전에 책도 넘기고 글씨도 썼던 것으로 아는데."

「그랬지요. 그러나 살아 있는 사람은 내가 접촉을 시도할 때 뭔가 느껴지는 모양이지만 내 쪽에선 없습니다. 아무 느낌도. 그들이 평소 내 몸을 건드릴 수 없는 것과 마찬가지로. 난 살아 있는 사람의 반응을 보고 내 행동의 결과를 알 뿐이죠. 물건을 잡는 것은 물론이고 특히 글씨를 쓰는 것이 어렵습니다. 어느 정도로 힘주어 펜을 잡고, 종이에 눌러야 하는가를 감각이 아닌 기억으로 조절해야 하니까요. 이해가 어렵다면, 장님이 기억에 의존해서 늘 가던 길을 정확히 가는 것과 비교하면 될까요.」

날이 밝아오고 있어서 유령의 목소리를 듣는 것은 점점 더 이상하게 들렸다. 하지만 뭐, 조슈아에게는 보통 사람이나 다름없게 보인다니까…… 하고 생각하다가 막시민은 문득 실감

했다. 예전에 본 사기꾼 영매들도 눈을 감고서 '아, 그분이 보입니다. 희미하지만 흰옷을 입고……' 하는 수준이었는데 유령이 보통 사람처럼 보일 정도라면 조슈아는 도대체 뭔가?

"영매라는 건, 그러니까 유령이 잘 달라붙는다는 얘기잖아, 안 그래? 아니면 유령을 잘 불러낸다는 건가?"

「둘 다이지요.」

그러자 조슈아가 말했다.

"나한테는 새삼스러운 얘기일 뿐이야. 영매가 어쩌고 해도 내게 보이는 건 켈스 당신뿐이니까 말이죠. 다른 자들은 목소리일 뿐이고, 한 번도 실체를 본 일이 없는걸."

「아니. 아닐걸. 잘 생각해봐. 날 처음 만났던 날 말이야.」

기억을 더듬자마자 바로 떠올라왔다.

"그 그림자?"

「그래. 내가 보지 말라고 했던 그 그림자. 그리고 앞으로도 못 본 체 외면하라고 했던 자들 말이야.」

"아, 사실을 말하자면…… 완전히 외면하진 못했어. 가끔은 너무 집요하게 말을 걸어서 대꾸할 수밖에 없었죠. 그래도 목소리뿐이었는데."

켈스니티가 뺨을 실룩이며 웃었다.

「물론 그랬다는 걸 알고 있어. 안 그랬다면 지금까지 목소리들이 널 따라다니는 일은 없었을 테니 말이야.」

막시민이 물었다.

"반응을 보이면 유령이 따라다니게 된다?"

「모두가 그런 것은 아니지만, 대부분의 본능만 따르는 유령들은 몸으로 사물을 감각할 수 없는 것과 마찬가지로 정신적으로도 세상의 모든 것과 동떨어져 있습니다. 그들끼리 대화가 되지 않는 것은 물론이고 서로의 존재조차 느끼지 못하지요. 그러니 감각 없는 온몸이 가렵다는 착각에 빠지는 것처럼, 살아생전에는 일상이었던 타인과의 관계를 갖고 싶어 못 견디게 됩니다. 유일한 기억 속 타인인 살아 있는 인간의 반응에 목말라하는 거죠. 그러니까 조슈아…….」

둘의 눈이 마주쳤다.

「넌 흔한 영매들과 비교할 수 없을 정도로 '경계'가 얇아. 살아 있는 사람에게는 들리지 않아야 할 소리가 너무 많이 들려. 그런데 이곳에는 그런 너와 접촉하고 싶어 하는 유령들이 바글거린단 말이야. 그러니 이곳에서만은 아무리 그들이 네 주위를 맴돌더라도 반응을 보여선 안 돼.」

"만약 내가 반응을 보이면?"

막시민은 조슈아의 반문이 이해가 가지 않는다는, 다시 말해 미쳤냐는 표정으로 쳐다보았다. 하지 말라면 안 하면 될 일이지 그걸 왜 물어봐?

켈스니티가 대답했다.

「네가 조금만 여지를 주면 그들은 네게 달라붙어 절대 떨어지지 않으려 할 거야. 너 같은 사람을 만나기는 아주 힘드니까 네가 죽을 때까지 따라다닐지도 모르지.」

조슈아와 막시민에게는 보이지 않았지만 그들이 내다본 들판에는 노숙자 한 명이 어슬렁거리고 있었다. 본래부터 노숙자였던 것은 아니지만 적어도 어젯밤에 노숙을 하긴 했다.

정확히 말하자면 어젯밤뿐 아니라 전날도, 전전날도 노숙을 했다. 차이가 있다면 어젯밤에는 혼자였다는 점뿐이었다. 그러나 노숙자 세자르 몽플레이네는 태평하고 걱정이 없어 보였다. 지금도 일행을 찾고 있다기보다 느긋하게 아침 산책을 즐기는 것처럼 보였다. 제 몫의 아침 식사를 하겠다고 자꾸 걸음을 멈추는 말 한 마리를 끌고서.

자연스레 찾아온 배고픔이 세자르의 태평한 정신 상태를 어지럽혔다. 그는 슬슬 걸으면서 이런 들판에 먹을 게 뭐가 있을까 생각해보았다. 아무리 생각해도 어제 갑자기 사라져버린 딸아이가 갖고 있을 가방밖에는 떠오르지 않았다.

"그래도 딸아이의 행방보다 사라진 가방을 걱정하는 건 좀 그런가."

들을 사람도 없건만 스스로 반성까지 해가며 걷던 세자르의 눈에 이상한 물체가 띄었다. 멀어서 정확하지 않았지만 꼭 이불이나 보자기를 펼쳐놓은 것처럼 보이는 희끄무레한 덩어리였다. 가장 먼저 식탁보를 떠올린 그는 그쪽으로 걸음을 옮기며 중얼거렸다.

“이불이라면, 오늘밤에는 좀 낫겠군.”

그는 딸을 찾을 생각도, 그렇다고 집으로 돌아갈 생각도 없이 그저 이 들판에서 버티기만 하면 된다고 여기는 모양이었다. 누가 그런 임무를 준 것도 아닌데 그 이상의 복잡한 계획은 염두에도 없었다. 그러나 잠시 후, 식탁보도 이불도 보자기도 아닌 넓게 펼쳐진 치마를 발견한 세자르는 눈을 둥그렇게 떴다. 물론 그 치마는 사람이 입고 있었다.

“아…… 안녕하슈?”

옷을 발견하고 보니 그 안에 사람이 있더라, 라는 어처구니없는 과정을 거쳐 눈앞에 있는 상대를 인식했지만, 세자르는 여전히 자기 눈을 믿지 못하는 표정이었다.

“근데 실례가 안 된다면…… 왜 이런 곳에 앉아 계신지 물어봐도 될까요?”

“…….”

여자는 대답 없이 단정하게 앉아 있을 뿐이었다. 앞 못 보는 장님처럼 표정도 변하지 않았다. 세자르는 말 걸기를 중단하고 상대의 기색을 살폈다. 침착하고 제정신으로 보이는 스무 살 안팎의 아가씨였다. 가녀린 체구에 우아한 옷매무새,

곱게 다듬어 늘어뜨린 금발, 양산 아래에서 자란 듯 하얀 얼굴. 어느 모로 보나 평민은 아니었다. 근처에 귀족 저택 같은 것이 있던가? 만약 있다 해도 이런 아가씨가 동행하는 사람도 없이 황량한 들판에 혼자 앉아 있는 모습은 도무지 납득이 가지 않았다. 헛것을 볼 정도로 배가 고프진 않은데?

세자르는 머리를 긁적거리며 조그맣게 중얼거렸다.

"배가 고프면 음식상이 보여야지, 왜 여자가 나와? 상은 내가 차려드려야 될 것처럼 생겼구만."

그렇게 말했을 때 여자의 얼굴이 드디어 움직였다. 턱을 약간 들면서 세자르를 똑바로 바라보았던 것이다. 당황한 나머지 자동적인 반응이 튀어나왔다.

"안녕하신가요, 아가씨. 저는 세자르 몽플레이네라고 합니다. 뵙게 되어 영광……."

세자르는 거기서 말을 멈췄다. 여자가 입을 열었기 때문이다.

"안녕?"

그리고 빙그레 웃었다.

"……."

말문이 막힌 것도 무리가 아니었다. 한 번의 미소로 인형이 산 사람으로 변한 듯했다. 뺨에 꽃봉오리 같은 홍조가 피어오르고, 그리고…… 희미하던 인상이 선명해졌다. 그제야 보니 드레스는 흰색이 아닌 분홍색이었다.

세자르는 눈을 끔뻑이며 이상하다는 생각을 했다. 분명 조금 전에는 못 느꼈는데, 지금 여자를 보고 있자니 조금 전의 그녀가 반투명했던 것 같은 기분이 들었던 것이다. 동시에 어디서 본 듯했다. 물론 아는 사람은 아니었다. 하지만 묘하게 낯익었다.

"어째서 이런 곳에 계십니까요?"

"놀러왔어."

간명한 대답과 함께 여자는 자리에서 일어섰다. 그러더니 이곳 풍경을 처음 보는 사람처럼 흥미롭게 휘둘러보았다. 세자르는 이름이라도 물어볼까 하다가 귀족 영애의 이름을 평민이 묻는 것은 실례겠지 싶어 꾹 참았다. 대신 이렇게 말했다.

"길을 잃으신 거라면 댁으로 모셔다드릴까요? 댁이 어디신지?"

여자는 세자르를 다시 보더니 또박또박 말했다.

"나 길 안 잃어버렸어."

그때 귓가에 말발굽 소리가 들려왔다. 뒤를 돌아보니 말을 탄 남자 대여섯 명이 저만치에서 다가오고 있었다. 세자르는 기수들의 옷차림으로 보아 이 아가씨를 모시러 왔을 거라고 지레짐작했다. 같이 있다가 오해를 사면 곤란하겠다는 생각에 그는 먼저 말 탄 남자들 앞으로 나아갔다.

남자들이 말을 멈추고 세자르를 내려다보았다. 그중 한 명이 물었다.

"넌 누구냐?"

"저는 그저 길가는 농사꾼에 불과한데 저분을 우연히 뵈었을 뿐으로……."

그들은 자기들끼리 쑥덕거리더니 세자르의 대답을 끝까지 듣지도 않고 갑자기 검을 빼 들었다. 깜짝 놀란 세자르는 후닥닥 뒤로 물러섰다.

"히익! 이거 왜 이러십니까?"

"우리는 사람을 찾고 있다. 네가 본 대로 정직하게 말하지 않으면 경을 칠 줄 알아라."

"찾으러 오신 거야 물론 알지만 저는 저분께 아무 짓도 하지 않았는데……."

"안다고? 네가 어떻게 알지?"

남자들은 서로의 얼굴을 보며 뭔가 추측하는 듯 눈빛을 나눴다. 미심쩍어하던 눈초리는 곧 사납게 변했다. 세자르는 상황은 몰라도 뭔가 잘못되어가고 있다는 것만은 눈치챘다. 하지만 이해가 되지 않았다. 찾고 있던 아가씨는 바로 저기 있는데 새삼 뭘 정직하게 말하라는 것이며, 사람 찾는 걸 알았다고 뭐가 문제가 되는지 도통 모를 일이었다.

"포위해!"

세자르는 검을 쓰는 사람이었으므로 말을 탄 상대 여럿을 피해 달아날 수 없다는 것을 잘 알고 있었다. 이런 상황에서 어설프게 대적하려다가는 오히려 더 큰 화를 입기 쉬웠다. 그는 쩔쩔매며 항변하는 쪽을 택했다.

"왜 이러십니까? 저는 무례한 짓은 전혀 안 했습니다요. 정말, 아무 짓도 안 했다니까요? 그저 걱정스러워서 몇 말씀 드려본 것밖에 없는데, 못 믿으시겠거든 직접 여쭤보십쇼!"

한 남자가 어이없는 얼굴로 물었다.

"여쭤보다니? 누구한테 여쭤봐?"

"그거야 아가씨한테……."

"아가씨?"

세자르와 말을 탄 남자들이 동시에 같은 쪽을 돌아보았다. 세자르의 눈이 둥그레졌다.

"어, 없네?"

한 남자가 한심하다는 얼굴로 코웃음을 쳤다.

"이놈이 지금 우릴 데리고 장난하나? 아까 전부터 네놈하고 우리 말고는 아무도 없었는데 무슨 아가씨가 어쩌고저쩌고야!"

"아가씨가…… 아, 아니 방금 전까지 분명 저기 아가씨가 계셨단 말입니다! 못 보셨다고요? 정말로 못 보셨습니까요?"

"그래, 못 봤다, 이놈아. 아가씬지 뭔지가 풀숲에 숨기라도 했단 말이냐?"

한 사람이 말을 몰아 그쪽으로 가더니 한 바퀴 빙 돌고 돌아왔다. 돌아오는 것과 함께 그는 장갑 낀 주먹으로 세자르의 뒷머리를 내리쳤다.

"무슨 넋 나간 소릴 지껄이는 거야!"

세자르는 맞고도 아픈 것조차 느끼지 못한 채 연신 여자가 있던 쪽을 돌아봤다.

"이게 어찌된 일이래? 그렇게 사라질 수가 없는데……."

여자가 입었던 드레스는 갑자기 달려 사라지기엔 부적당했을뿐더러 주변은 숨을 곳도 없는 허허벌판이었다. 가장 가까운 나무도 백 걸음은 떨어져 있었다. 더구나 높직한 말 잔등에 앉은 남자들이 여자를 보지 못했다는 것이 가당키나 한 일인가? 그렇게 눈에 띄는 옷을 입은 여자를?

"네놈의 환각 따윈 됐으니까 헛소린 집어치워! 네가 봤다고 한 자들에 대해 말해라! 자, 열 몇 살 먹은 남자아이 둘에 여자아이 하나, 그리고 남자 하나다. 우리가 찾는 걸 안다고 말했으니 분명히 봤던 것이겠지? 놈들은 어디로 갔느냐!"

그러나 세자르는 또 한 번의 넋 나간 소리로 이들을 화나게 만들고 말았다.

"찾으시던 사람이 아가씨가 아니었습니까요?"

한 명이 못 참겠다는 듯 칼을 빼들고 소리질렀다.

"이 자식이, 아직도 그놈의 아가씨 타령이야!"

당장이라도 내리칠 기세였으나 다행히 다른 사내들이 말렸다.

"이런 정신 빠진 놈을 상대해봤자 뭘 해? 시간 낭비일 뿐이야."

"어서 가자고. 이놈은 아무래도 들판에 떠도는 미친 거지인 것 같은데. 상대하기엔 자네 칼이 아깝네."

칼을 뺐던 남자는 화풀이라도 하려는 것처럼 칼등으로 세자르의 등을 후려쳤다. 그리고 다시 말을 달려 가버렸다.

세자르는 어깨를 으쓱하며 등 근육을 이리저리 움직여봤다. 그까짓 것쯤은 맷집으로 버티지, 하는 것처럼. 다만 그는 아직도 미련을 버리지 못하고 아가씨가 간 곳을 찾아 두리번거렸다.

"거참, 별난 일도 다 있지."

귀신을 봤다고 하기엔 지나치게 생생했고, 날도 대낮이라 무서운 기분도 들지 않았다. 그러다가 그는 갑자기 고개를 갸웃거렸다.

"남자애 둘에 여자애 하나? 그리고 남자 하나? 가만있자, 어쩐지 익숙한 구성인데?"

세자르가 다시 목을 빼고 바라봤지만 말을 탄 남자들은 이미 보이지 않게 된 뒤였다.

다시 한번 불가사의하게 사라져버린 아가씨를 떠올린 세자르는 미간을 찌푸리며 생각에 잠겼다.

"날 도와주려고 뭐가 나타났던 거였나?"

# 운 나쁜 다락방의 모험

당신은 절대로 내 이름을 부르지 못해. 내가 가르쳐주지 않을 거니까. 그리고 내 이름을 아는 사람은 나뿐이니까. 맞히고 싶으면 맞혀봐! 그러면 당신을 따라갈지도 몰라.

남의 집에 들어서자마자 감자 껍질을 벗기거나 마루를 닦게 되는 것도 즐겁진 않겠지만, 일을 시키지 않는 대신 주인까지 나타나지 않는 상황도 바랄 만한 것은 아니었다.

"어제는 바빴으니 오늘은 쉬라 이건가?"

각자에게 주어졌던 다락방 세 개는 복도 하나로 나란히 연결된데다 문도 잠겨 있지 않아서 그들이 다시 모이기란 전혀 어렵지 않았다. 그러나 좋은 점은 거기서 끝이었다. 양쪽 복도 끝에 층계참처럼 생긴 공간과 창 하나씩이 있을 뿐, 나갈 통로가 없었다. 어젯밤에는 등불을 든 빗자루와 함께 계단을 올라온 기억이 분명히 나는데 반시간이나 찾아봤지만 계단 비슷한 것도 발견하지 못했다.

이렇게 되자 셋은 마땅히 할 일도 없고 해서 각자의 다락방을 탐색해보았는데 놀랄 만큼 동일한 구조인 것은 물론, 숨겨진 통로 따위가 없는 점까지 완전히 똑같았다. 막시민의 방에 의자 하나가 더 놓여 있는 것만 빼면.

양쪽 복도 끝의 창도 열심히 내다봤지만 시간도 계절도 제멋대로인 풍경이 보일 뿐이었다. 설상가상으로 켈스니티조차 아침에 가버린 뒤로 나타날 생각을 하지 않아 그들은 도리 없이 갇힌 꼴이 되고 말았다.

점심 무렵, 셋은 리체의 가방에 들어 있던 마른 빵 한 개를 정확히 삼 등분으로 나눴다. 자기 빵을 반쯤 먹던 조슈아가 마른기침을 하며 말했다.

"목이 막혀 죽겠어. 리체, 물은 없니?"

"있는데 지금까지 안 줬을 리가 없잖아."

퉁명스럽게 대꾸하긴 했지만, 힘들어 보이는 조슈아를 다시 흘끔 본 리체가 비결이라도 가르쳐주는 어조로 말했다.

"침을 열심히 삼켜봐."

"……."

어처구니없긴 해도 그 충고는 효과가 있었다. 삼 분 정도 열심히 삼켜보니 그럭저럭 괜찮아졌던 것이다. 그 꼴을 옆에서 보던 막시민이 무릎에 턱을 괴며 한숨을 쉬었다.

"우린 어째서 이렇게 비참한 여행만 해야 하는 거지."

옷에서 빵가루를 털고 있는 조슈아를 보니 한층 더 한숨이 나왔다.

"저런 부자 녀석하고 다니는 여행인데, 사두마차 두 대에 하인이 서넛은 딸리고, 내리는 곳마다 각지의 명물 요리 순례나 하며 한가하게 다니면 좀 좋아."

조슈아는 뭐라고 변명을 할까 궁리했지만 기껏 이런 소리밖에 할 것이 없었다.

"다음번에는 그렇게 다니자."

"이런 꼴을 당했는데 또 너하고 다닐 것 같냐?"

자기가 꾸린 주제에 혹시나 가방 속에 다른 먹을 것이 숨겨져 있지나 않은지 열심히 뒤지던 리체가 결국 가방을 내던지며 맥없이 중얼거렸다.

"여행 다닌다는 사람들, 좋아 보였는데 이젠 진절머리가 나네. 의상실이 그리워지는 날이 올 줄이야. 입구에서 안내를 맡고 있으면 옷을 찾아가는 손님들이 컵케이크나 과자 같은 거 얼마나 자주 줬는데. 봉봉 사탕이랑 딸기 타르트랑 초콜릿 무스랑 슈크림 볼이랑……."

"조용히 안 할래?"

막시민이 머리를 들며 쏘아붙였다. 반면 구석에 쪼그리고 있던 조슈아는 리체를 돌아보며 물었다.

"의상실에서 오래 일했어?"

"무척, 지겹도록 오래 있었지."

"그게 몇 년인데?"

"반년쯤인가."

조슈아가 어이가 없어 웃자 리체가 말했다.

"너도 넉넉잡아 이 년쯤 걸릴 일들을 반년 만에 해치워봐. 그 반년이 지겹도록 길지 않은가."

말이 없는 것이 정말로 생각해보는 기색이라, 리체는 고개를 숙였다가 이윽고 킥킥대기 시작했다.

"뭐야. 남의 일상에 그렇게 심각해지고. 네 문제만 생각해도 바쁜 입장이면서."

"하지만 네 말대로라면 미랭게트 선생은 널 심하게 부려먹은 거잖아. 그렇게 시키면 일당은 더 많이 줘?"

"그럴 리가 없잖아. 사람 봐가며 얘길 해. 반나절만 쉬어도 일당 절반씩 딱딱 감하는 미랭게트 선생이 무슨……. 하긴, 막스 카르디께서 이런 문제를 알 게 뭐겠니. 내가 만든 옷 중

제일 어려운 건 전부 네 주문이었는데."

조슈아는 무안한 얼굴이 되어 야트막한 천장을 올려다보았다.

"미안해. 난 복잡한 의상은 당연히 많은 사람을 써서 만들 줄 알았어. 그래서 가격도 비싸게 치렀고. 차액은 전부 미랭게트 선생이 챙겼겠네. 내가 너무 무신경했구나."

"됐어. 네가 그런 걸 무슨 수로 알겠니? 사과 듣자고 꺼낸 얘기 아니야. 이제 네 옷 만들 일도 더 없을 거고. 사실을 말하자면 나도 막스 카르디에게 이런 넋두리를 늘어놓을 날이 올 줄은 상상도 못 했어. 네 얼굴이 궁금해서 죽어가던 사람들이 여기서 세수도 못 하고 있는 널 보면 뭐라고 할까? 그래도 좋다고 하려나?"

조슈아가 뺨을 문지르며 피식 웃었다.

"아니겠지."

"글쎄다. 우리 의상실에는 가면 속 네 얼굴을 스무 장쯤 그렸던 언니도 있었는데, 내가 배도 고프고 하니 솔직하게 평하자면 실물이 이겼네. 그 언니라면 평생 나처럼 일해도 좋으니 너랑 하루만 이렇게 있게 해달라고 할지도 몰라. 물론 나라면 오늘의 저녁 식사 한끼랑 바로 바꾼다. 난 예쁜 얼굴 봤다고 배도 안 고픈 성격은 아니라서."

"음…… 확실히 저녁 식사 쪽이 낫겠지?"

슬쩍 눈치를 보는 조슈아와 리체의 눈이 마주쳤다. 이윽고 둘 다 어처구니가 없어 킥킥 웃어대고 말았다. 식당에서 수염 붙인 손님과 급사로 마주쳤던 때만 해도 이런 날이 올 줄은 상상하지 못했다. 식당 일을 떠올린 조슈아가 문득 물었다.

"리체 너, 의상실에서 그렇게 바빴다면서 저녁에는 식당에서도 일하고 있었잖아. 그렇게 열심히 벌어서 다 어디에 쓰려고 그래?"

어느새 침대로 기어 올라가 늘어져 있던 막시민이 눈을 약간 뜨고 그들을 내려다봤다. 예상대로의 대답이 들렸다.

"돈을 벌어 어디에 쓰냐고? 그렇게 번 돈이 내 손에 몇 푼이나 남는 줄 아니? 첫, 이런 얘길 꺼내는 게 아닌데. 당장 벌지 않으면 꼼짝없이 굶어야 되는 엄마나 동생이 있다는 걸 귀족 도련님께서 아실 리가 없지."

막시민이 몸을 일으켰다.

"야, 리체. 너희 어머니는 어디 아프시냐?"

리체는 눈을 흘겼지만 비교적 순순히 대답했다.

"몸이 약해서 일을 못 하셔. 움직였다 하면 벌어 오는 돈보다 약값이 더 나가."

"그럼 동생은 몇 살인데?"

"아홉 살이야. 그런 어린애를 써주는 일터는 없잖아."

"아하, 그래서 네가 돈을 벌어서 생활 능력 없는 두 사람을 먹여 살리고 있다? 그것참 눈물겹게 감동적인 얘기로군. 제목은 '소녀 가장의 슬픈 사연' 정도?"

그렇게 말하며 막시민은 침대 아래로 다리를 내려놨다. 리체의 얼굴이 빨개지는 것을 본 조슈아가 말했다.

"막군, 무슨 얘길 하려고 그래? 말을 잘못한 건 나였어."

"네가 말을 잘못하긴 했지. 하지만 내가 할 얘기는 전혀 다른 거야. 리체, 내가 딱 까놓고 얘기하겠는데, 네가 힘든 일을 견디며 무능한 가족들을 먹여 살려야 된다는 생각은 너만의 착각일 거다. 너희 가족들은 스스로 먹고살 능력이 충분해."

"뭐라고?"

리체가 발딱 일어났다. 배고픈 것 따위는 잊은 것 같았다.

"네가 뭘 안다고 함부로 말하니? 내가 어머니와 동생을 일터로 내몰지 않는다고 해서 네가 참견할 권리가 어딨어? 네가 우리집 문턱에 발끝이라도 들여놔봤니? 어머니 건강이 어떤지, 동생이 얼마나 어리고 아무것도 모르는지 네가 알아? 알지도 못하면서 본 것처럼 말하지 마. 알았어?"

"아, 물론 난 못 봤지."

막시민은 어깨를 으쓱하며 서 있는 리체를 올려다봤다.

"하지만 말이야, 안 봐도 뻔한 상황도 있는 법이야. 내가 너희 집 같은 사정을 한두 번 봤을 것 같아? 무책임한 부모는 세상에 널려 있고 어려서 돈을 벌어야 하는 아이들도 발에 차이도록 많지. 그나마 제 입에 풀칠하려고 아등바등하는 애들은 그렇다 쳐. 하지만 사지 멀쩡한 가족을 먹여 살리겠다고 희생자 노릇을 자처하는 애들은 솔직한 심정으로 한 대 때려주고 싶을 때가 있거든. 내가 확신하건대 너희 어머니가 방구석에서 골골거리는 건 밖에 나가 운동을 안 해서일 거고, 동생이 아홉 살이나 먹고도 아무것도 모르는 건 네가 애완 강아지처럼 집안에 가둬둬서일 거다."

리체의 눈초리가 파르르 떨며 올라갔다.

"너, 그 말 취소해. 안 그러면 네 머리를 다 쥐어 뜯어놓기 전에는 가만있지 않을 거야."

막시민은 태연했다.

"난 너를 위해 말하는 거야. 잘 생각해봐. 넌 집을 떠났어. 앞으로 몇 달쯤 못 돌아갈지도 몰라. 네가 벌어 오는 일당이 없는데 너희 가족은 이제 어떻게 될까? 방구석에 픽 쓰러져서 송장벌레들이 오도록 기다리고 있을까? 아니, 네가 그렇게 생각했다면 지금 여기서 나하고 쓸데없는 말다툼이나 하고 있을까? 하루이틀도 아니고 몇 달이야. 정말로 네가 벌어야만 먹고사는 사람들이었다면, 그동안 살아남는 게 이상하지. 안 그래? 그럼 우리, 그동안 너희 어머니와 동생이 굶어 죽나 안 죽나 내기나 해볼까? 결과는 뻔하겠지만 말이야."

"……."

이상하게도 리체는 더 대꾸하지 않았다. 조슈아가 보니 리체는 안간힘을 쓰며 참고 있었지만 그렁하게 맺힌 눈물이 떨어지기 직전이었다. 저도 모르게 일어나 어깨를 감싸주자 결국 울음이 터졌다. 리체의 어깨 너머로 그만두라고 눈짓하는 조슈아를 본 막시민은 어조가 좀 누그러졌다.

"너 울리려고 이런 소리 한 거 아냐. 우리랑 이런 데까지 오게 된 게 네 뜻도 아니고, 보다시피 여행 여건도 무척 나빠. 그런데 네가 가족 걱정에까지 목을 매고 있으면 견딜 수가 있겠냐? 그렇다고 나오는 대로 아무 말이나 한 건 아니었어. 전에 말했다시피 나한텐 빵을 벌어 오는 부모도 없고 동생은 여섯이나 된다. 그런데 내가 여기까지 와서 자기 앞가림 못하는 친구 놈이나 끌고 다니는 동안 그 녀석들은 어떻게 살고 있을 것 같냐? 굶어 죽든 말든 신경 안 쓰는 형이어서 내버려 두고 온 것처럼 보이냐?"

리체는 조슈아의 옷깃을 손수건처럼 흠뻑 적셔놓더니 숫제 어깨에 얼굴을 파묻고 울기 시작했다. 무심코 베푼 친절을 수습하지 못해 어쩔 줄 몰라 하는 조슈아를 본 막시민은 웃음을 꾹 참으며 말을 이었다.

"난 기본적으로 걸어다니고 말을 똑바로 하는 나이가 되면 찬장이 비었다 싶을 때 자기 먹을 것쯤은 찾으러 튀어나가야 된다고 본다. 꼼짝 못하게 아프거나 하다면 예외가 되겠지만 말이야. 아홉 살이면 내 막냇동생보다 나이가 많다고. 그런데 세상 물정을 전혀 모른다니 그게 웬 말이냐? 내 동생 녀석은 우리 동네에서 누가 자기에게 저녁 한끼 먹여줄 만한 사람인지, 언제 어느 집에 찾아가면 남는 빵이 제 손에 돌아오는지 모조리 꿰고 있단 말이다. 그 녀석뿐 아니라 그 위의 놈도, 그 위도, 그리고 내가 어렸을 때도 똑같았어. 그건 누가 가르쳐서 되는 게 아냐. 멍하니 앉아 있다가 이틀쯤 연이어 굶고 나면 저절로 터득하기 마련이지. 그걸 못 한다면 가난하게 태어날 자격 따윈 없는 거고. 뭐, 가난하게 태어날 자격은 아무한테나 주어지는 줄 아냐?"

"그럼, 그러면…… 그걸 못 하는 사람은 굶어 죽어야 된단 말이야? 가족이 있어도 돌봐주지 말아야 되고?"

리체가 메인 목으로 겨우 말하자 막시민이 대꾸했다.

"그래, 그 가족 얘긴데, 자식이니까 어머니를 돌볼 책임도 어느 정도는 있겠지. 그런데 그거, 너 죽을 때까지 할 거냐? 애매하게 아픈 사람은 일찌감치 죽지도 않아. 그런 상태로 시름시름하면서 평생토록 집안의 돈을 말려버린다고. 네가 그렇게 살다가 성인이 되어서 네 가정이라도 꾸리고 나면 돈이 두 배 세 배로 필요해지고, 자식이 있다면 뭐 말할 것도 없겠지. 그러다가 네가 젊어서 너무 고생을 한 탓에 갑자기 아프기라도 하면? 그러면 네 자식은 고스란히 네가 한 일을 되풀

이해야 되는데, 그게 만족스럽냐?"

리체는 눈물범벅이 된 눈을 들어 막시민을 째려보았다.

"지금 악담을 하자는 거야?"

"아니, 그 윗대를 보란 얘기야. 모르긴 해도 너희 어머니 역시 자기 부모한테 네가 하듯이 했겠지? 그 결과는 뭐냐? 언제까지 이런 악순환을 되풀이할래? 그거야말로…… 뭐냐, 그렇지, 이른바 가문의 비극이야. 너라도 그 사슬을 끊어야지. 솔직히 너, 그 나이에 그 정도 돈 버는 재주가 아무한테나 있는 줄 알아? 나한테는 물론 없거든? 그럼 그걸로 길게 먹고살 생각을 해야지. 재주도 영원한 게 아니라고."

"그런 얘기가 어딨어? 나만 오래오래 먹고살고, 가족은 죽든 말든 나 몰라라 하라고?"

"만약에 너희 어머니가 정말 심각하게 건강이 나쁘다면 내가 한 얘기를 취소하겠다. 너한테 사과하는 건 물론이고. 하지만 그랬으면 네가 이렇게 태연하게 우리와 같이 있을 수도 없을 거다. 내가 열 중 여덟의 확률로 추측하는데 너희 어머니는 꾀병 환자에 단지 무능해서 일자리를 찾아볼 생각이 없는 거야. 가만히 있어도 딸이 벌어 온 돈으로 생활이 되니 급할 것도 없겠지. 뭐 동생은 어리니까 잘못 키운 탓으로 해두고."

"……."

리체가 대답이 없자 막시민이 기지개를 켜며 불쑥 물었다.

"내가 너희 어머니에 대해 왜 이렇게 구체적으로 추측하는지 알아?"

이제 울음을 그친 리체는 고개를 흔들었다.

"아니. 어째서인데?"

"사람 좋은 몽플레이네 씨, 그 아저씨 때문이지. 너희 어머니가 딸이 혼자서 죽을 둥 살 둥 일하는 것을 조금이라도 안타깝게 생각했다면 아무리 헤어진 남편이라고 해도 당장 달려가 생활비 한푼이라도 짜내려 했을 게 틀림없지. 그런데 그 아저씨는 멀찌감치 떨어져서 너희 집 일 따윈 잊어버리고 혼자 잘살고 있잖냐? 뭐 그 아저씨도 딱히 돈을 못 버는 건 마찬가지인 것 같더라만, 그래도 자식들이 있는데 가진 게 썩은 순무밖에 없더라도 반토막씩 딱딱 잘라 보내는 게 맞는 거 아니냐?"

리체가 불가능한 얘기라는 듯 고개를 저었다.

"엄마는 몽플레이네 씨와 얼굴 마주치는 것도 싫어해."

"거 봐. 기껏 자존심 때문에 스물도 안 된 딸이 벌어 오는 돈으로 잘도 빵을 먹는단 말이냐? 분명히 말하지만, 그런 사람은 인생 자체가 꾀병이야. 거기에 말려들어서 네 인생을 망치면 안 돼."

마지막에는 묘하게 어른스러운 충고가 되어버렸다. 조슈아가 슬그머니 말했다.

"막군, 넌 너무 어른들을 불신해. 특히 부모들을."

막시민은 어깨를 으쓱할 따름이었다.

"내 인생 망치며 얻은 걸로 남의 인생이라도 충고해줘야 뭐라도 남는 장사지."

다락방에 갇힌 채 하루가 가고 이튿날이 되자, 세 사람은 자신들이 지하 감방의 잊힌 죄수 꼴이 된 것은 아닌지 의심쩍어졌다. 무엇보다 일하지 않으면 먹지도 말라는 것인지, 전날 종일 한끼도 얻어먹지 못한 채 다음날 아침이 되자 죄수들의 불만도 극에 달했다.

허기란 끼니때를 지나면 조금 가라앉았다가도 다음에 곱절로 돌아오기 마련이다. 그런 까닭에 다시 한방에 모인 그들은 어제 울다가 쓸데없이 기운을 뺀 리체는 물론, 나머지 둘도 천장이나 올려다보는 것 외엔 다른 생각이 나지 않는 상태였다.

"막군, 너 처음 만났던 때가 생각난다."

조슈아가 맥없이 중얼거리자 한참 만에 대답이 돌아왔다.

"죽을 때가 된 것도 아닌데 무슨 놈의 과거 회상이야."

"그거보다…… 나 그때도 굶었잖아."

데모닉의 기억력이 아니더라도 조슈아에게 굶었던 추억이란 매우 드물고 특별하겠지만, 막시민에게는 흔해빠진 나머지 시대 구별도 불가능한 주제였다. 막시민은 대답 대신 팔베개를 하며 중얼거렸다.

"배고픈데 잠이라도 잘까."

모두 조슈아의 방에 모여 있었지만 침대는 어찌된 셈인지 막시민이 차지했고, 다른 둘은 바닥에 앉아 서로 부딪히지 않도록 다리를 요령 좋게 뻗고 있었다. 그러나 막시민은 허기를 누르고 잠드는 데 실패했고, 조금 후 벽을 걷어차며 소리를 질렀다.

"차라리 감자 껍질을 깎으라고 그래!"

조슈아가 돌아봤다.

"진심으로 하는 소리야?"

맞은편 테이블에 기대어 앉아 있던 리체가 중얼거렸다.

"생감자도 먹을 수 있을까?"

이번에도 조슈아가 대답했다.

"생감자를 어떻게 먹어?"

"내 생각엔, 정말 부득이하면 먹을 수도 있을 것 같아. 아 생감자, 생감자나 한 개 먹었으면."

그 말을 들은 조슈아가 갑자기 일어나 복도로 나갔다. 평소 같으면 무슨 일인가 했겠지만 지금만은 도저히 따라 나가기가 귀찮았다. 두 사람은 대충 쓰러진 자세 그대로 중얼거리기만 했다.

"저 자식은 비쩍 말라서 필요한 음식이 적을 거야."

"전에도 뭘 의욕적으로 먹는 모습은 한 번도 못 봤어."

"굶겨놨더니 우리 중에 제일 제정신이라니. 평소 안 먹던 놈의 승리다."

그러나 조금 후, 뭔가가 요란하게 깨지는 소리가 울려 둘은 벌떡 일어날 수밖에 없었다.

"이 자식이 뭔 짓을 하는 거야?"

복도로 나가자 한쪽 복도 끝에 선 조슈아가 보이고, 거기에 있던 창은 산산조각이 나 있었다. 손에 옷을 둘둘 감아서 유리를 쳤던 것이다. 리체가 놀라 말했다.

"뭐야, 마법사의 집을 부쉈다가 미움을 사면 어쩌려고 그래?"

"게다가 어제 그 소릴 한 건 조슈아 너였어."

조슈아의 눈빛은 진지했다.

"생감자도 먹겠다는 상황인데 뭘 못 하겠어."

두 사람은 얼굴을 마주보았다. 조슈아에겐 생감자도 먹겠다고 하는 상황이 진짜로 심각한 것임을 깨닫자 둘은 무슨 표정을 지어야 할지 몰라 고개만 끄덕거렸다.

어쨌거나 이왕 깨진 유리, 드디어 밖으로 나가게 되려나 하는 희망으로 세 사람은 밖을 내다봤다. 그리고 당황해서 서로에게 속삭였다.

"조금 전에는 분명 들판 아니었어?"

"응, 가을 들녘 같았지."

"바람 불어서 나뭇잎 날리는 것도 봤다고."

"그런데…… 저긴 계단이네?"

그들이 이틀 전에 올라왔던 계단이 그곳에 있었다. 물론 그 계단이 아닐 수도 있지만 어쨌든 위치는 같았다. 요상한 창이 달린 벽이 가로막고 있었을 뿐 없어진 건 아니었다.

막시민은 창틀에 남은 유릿조각을 손가락으로 퉁겨 떨어뜨리더니 미간을 찡그린 채 뇌까렸다.

"이 마법사가 우릴 놀리는군. 어디에 숨어 있는지 찾아내서 면상을 들이밀어줘야겠다."

세 사람은 유리를 치우고 창을 넘어가 계단 쪽으로 뛰어내렸다. 한 단계를 해결했다는 만족감으로 배고픈 것도 잠깐 잊어버렸다. 계단을 신나게 달려 내려가 두 번 꺾어지자 문이 하나 나왔다. 잠겨 있지 않았으므로 손쉽게 밀고 들어갔다.

그리고 두 번째로 어안이 벙벙해졌다.

"여긴 뭐야?"

방은 창고처럼 컸는데, 큼직한 벽돌로 바른 벽이 사방을 가로막아 지금껏 보던 실내와는 사뭇 분위기가 달랐다. 정말로 지하 감옥 같다고나 할까. 하지만 무엇보다 방을 꽉 채우고도 모자라 천장까지 쌓여 있는 짚단 더미가 방문자를 압도했다.

"이 짚단은 다 뭐야?"

"마법사가 농사도 짓나?"

두리번거리던 리체가 한쪽에서 수상쩍은 물건을 발견했다. 실 잣는 물레였다. 하지만 요즘에는 쓰지 않는 구식인데다 실은 한 오라기도 걸려 있지 않았으므로 리체가 없었다면 그게 뭔지 알아보지도 못했을 것이다. 리체가 다가가 물레바퀴를 툭 치자 빙그르르 돌아가다가 멈췄다. 그녀는 맥없이 웃음을 터뜨렸다.

"하, 하하하…… 이건 뭐, 짚으로 금실이라도 자으라는 건가?"

"금실을 짚단으로 자아놓은 것일지도 모르지. 그 마법사라면 그러고도 남을 것 같은데."

그렇게 말한 막시민이 물레와 짚단을 기분 나쁘게 번갈아 보다가 다시 말했다.

"이 양반이 마법 연구는 안 하고 밤낮 애들 책만 읽었나."

"이 마법사는 옛날이야기를 무척 좋아하나 봐."

"조금 더 가면 금덩이를 숫돌과 바꿔달라는 녀석도 나오고, 향초 수프를 끓여주는 노파도 나오고 그러는 거냐?"

막시민의 말에 조슈아가 빙그레 웃었다.

"마법사는 과자 집에 앉아서 아궁이에 불을 지펴놓고 기다리고 있을지도 모르지."

"잘됐네. 네 녀석의 손가락 정도면 앞으로 반년은 시간이 있겠어."

무심코 물레에 앉으려던 리체가 갑자기 소리를 지르는 바람에 둘은 농담을 그쳤다.

"이쪽으로 와봐!"

둘이 달려오자 리체가 물레에서 실이 나오는 곳을 가리켰다. 아니나 다를까, 거기에 금실 몇 가닥이 걸려 있는 것이 아닌가.

"이것 봐라?"

"농담을 진담처럼 하는 마법사네."

먼저 금실을 손끝으로 집어 올린 조슈아는 단지 신기해했지만, 막시민은 재빨리 낚아채더니 심각한 표정으로 이리저리 돌려봤다. 이것이 진짜 금이라면 그에겐 절대 시시한 문제가 아니었다. 그 점에서는 리체도 의견이 같았다.

"진짜 금 맞아?"

"유감이지만 모르겠는데."

금반지라면 깨물어보기라도 할 텐데, 이건 너무 가느다랗고 게다가 진짜 실처럼 탄력까지 있으니 금이라 단정하긴 어려웠다. 하지만 금이 아니라고 하기에도 아쉬움이 남았다. 또 실치고는 좀 무겁기도 했다.

"리체, 너 물레 돌릴 줄 알아?"

안 그래도 리체 역시 물레 이곳저곳을 열심히 살피던 중이었다. 하지만 곧 고개를 저으며 말했다.

"너무 옛날 물건이라 잘 모르겠어. 요즘엔 이런 거 쓰지도 않아. 게다가 실잣기 같은 거, 해본 적도 없고."

막시민은 끈덕지게 말했다.

"넌 재봉사잖아. 실이면 무척 친한 물건 아니냐?"

"이보세요, 우리 의상실에는 다 만들어진 실이 다발로 묶여서 배달된다고요."

"그렇다 해도 구멍난 바지 무릎이나 꿰매본 나보단 나을 거 아냐. 좀 살펴봐."

"여길 이렇게 돌리는 건가……."

둘과는 달리 별로 심각하지 않은 조슈아가 한 걸음 물러나 짚단 위에 풀썩 앉더니 농담을 던졌다.

"리체, 물렛가락에 손을 찔리지 않도록 조심해."

의외로 막시민도 고개를 끄덕였다.

"그래, 그 마법사라면 물렛가락 끝에 잠드는 약을 발라놓고도 남을 거다. 방심하면 안 돼."

그후로 반시간가량 리체는 낡아빠진 물레와 악전고투했다(막시민은 옆에서 응원했다). 할 일이 없는 조슈아가 팔베개를 한 채 드러누워 있자 막시민이 거슬리는 눈초리로 쳐다봤다.

"넌 사두마차에 하인들을 거느리고 미식 여행을 하려는 내

노력에 관심이 없냐?"

그 말에 몸을 일으킨 조슈아가 의아한 표정을 했다.

"막군 너, 정말로 지푸라기가 금실로 바뀔지도 모른다고 생각하는 거야? 평소 너답지 않은데?"

"시끄러워. 이 마법사는 무슨 짓을 할지 모르는 놈이라고."

"하지만 그런 식으로 생각한다면, 아까 말한 대로 금실을 짚단으로 만든 다음 남은 걸지도 모르잖아."

"넌 이런 상황에서 꼭 그렇게 생각하고 싶냐?"

"체, 자기가 한 말이었으면서."

이런 상황치고는 놀랍게도 노력은 결실을 보았다. 어제 둘 다 가난한 집안에서 태어난 죄로 말다툼을 한 결과 마음이 잘 맞게 된 것인지, 어쨌든 물레가 조금씩 돌아가더니 금인지 뭔지 모를 실을 한 가닥 자아냈던 것이다. 둘은 환호성을 올렸지만 지푸라기가 짧아 끊어졌기 때문에 물레는 거기에서 멈췄다. 하지만 생각대로 된다는 기쁨이 커서 그런 건 문제가 되지 않았다.

"얼른 동그랗게 말아봐. 무게를 좀 보자고."

"아까 거랑 합쳐보자."

푹신한 짚단 위에서 어느새 잠들었다가 둘이 환성을 질러대어서 깬 조슈아가 상황을 훑어보고는 중얼거렸다.

"그런 식으로 금화 한 개 만들려면 오늘밤 새우겠는데."

악의 없이 한 말이었지만, 둘이 눈을 치켜뜨고 돌아봤으므로 조슈아는 재빨리 말을 정정했다.

"아니, 점점 빨라지겠지 뭐."

"조슈아 넌 놀지 말고 지푸라기라도 잇고 있어라. 안 그러면 네 자리는 마부석이다."

"마부석도 상관은 없지만……."

조슈아는 건성으로 지푸라기를 비비기 시작하며 주위를 두리번거렸다. 추론인지 직감인지, 이 일은 어쩐지 다른 방법으로 해결될 느낌이 들었던 것이다. 더구나 금실을 잣는 데 성공해봤자 이곳을 탈출해서 마법사를 찾아가려던 당초의 계획과는 아무 상관도 없고 말이다.

잠시 후 조슈아는 짚단 속을 뒤지기 시작했다. 짚단이 자꾸 내던져지는 바람에 물레를 들여다보던 막시민이 고개를 들었다.

"조균, 너 지금 짚더미 속에 들어갔냐? 거기서 뭘 해? 뭐 찾아?"

조슈아는 대답 없이 짚더미 속을 파헤치다가 드디어 찾던 것을 발견했다. 한쪽에 따로 쌓인 작은 짚가리에서 사람의 발 두 개가 쑥 나와 있었던 것이다. 발은 코가 뾰족한 파란 신발을 신고 있었다.

"그러면 그렇지."

조슈아는 발을 잡고 끌어당겼다. 그러자 상대는 끌려 나오는 대신 화들짝 놀라며 짚더미 속에서 몸을 일으켰다. 뒤를 돌아본 리체가 깜짝 놀라 "어머" 하고 외쳤다. 그도 그럴 것이 나타난 사람은 그들이 찾던 마법사였던 것이다. 눈을 둥그렇게 뜬 막시민이 물었다.

"거기서 뭘 해요?"

마법사는 일어나자마자 입이 찢어져라 하품을 하더니 세 사람을 불만스럽게 훑어보며 연달아 재채기를 해댔다.

"지금이 언제야? 아니, 오늘이 그날이야? 에취! 이런 느린 것들, 마법사를 기다리게 하다니. 난 한나절 정도면……."

마법사는 자다가 깨서인지 이해 못 할 말들을 늘어놓으며 횡설수설했다. 그때 유일하게 당황하지 않은 사람인 조슈아가 커다랗게 외쳤다.

"배고파요!"

그 외침이 다른 두 사람에게도 최초의 문제를 상기시켜주었다. 둘도 앞다투어 외쳤다.

"실컷 부려먹고 먹을 것도 안 주다니, 마법사면 양심 없어도 돼요? 네?"

"이런 데서 우릴 기다렸다고 말할 셈은 아닐 거고 감자에서 짚단까지, 당신이 우리랑 하고 싶은 게 도대체 뭡니까?"

"이런 유머 감각도 없는 놈들 같으니."

마법사는 속으로 뭔지 모를 말을 구시렁거리다가 갑자기 선언했다.

“내 너희와 더불어 유희를 즐기고자 하였지만 너희가 하루 반나절이나 나타나지 않는 바람에 너무 많이 잤고 먼지 때문에 재채기가 나고 기다리다가 지루해져서 기분이 상하고 말았도다. 그러므로 너희에게 무지하게 어려운 문제를 내겠다. 틀리면 못 나가니까 여기서 열심히 살아봐라.”

“그런 게 어딨어요! 옛날얘기에서도 짚단을 금실로 다 만들면 풀어주는 거잖아요!”

리체가 항의하자 마법사가 웃긴다는 듯 말했다.

“짚을 어떻게 금실로 만드냐?”

“뭐, 뭐예요?”

실망이 이만저만이 아닌 두 사람은 아랑곳 않고 마법사는 턱을 쳐들었다. 조슈아는 무슨 얘기가 나올지 짐작이 되어 혼자 미소를 지었다.

“그럼 문제를 말해주겠다. 장소가 장소이고 분위기가 분위기이니 내 맘대로…… 아니 전통대로, 문제는 바로 내 이름을 맞히는 것이야! 그럴 리는 없겠지만 너희가 그걸 맞히면 각자 소원을 한 가지씩 들어주…….”

하던 말이 채 끝나기도 전에 리체가 조금 전 마법사가 지은 표정을 똑같이 지으며, 심지어 혀까지 쏙 내밀어 보이더니 말했다.

"아저씨 이름은 앨베리크 쥬스피앙이잖아?"

# 도플갱어의 시초

도플갱어를 만난 자가 곧 죽는다고 하는 이유는 스스로를 빼앗겨서가 아닐까. 어쩌면 모두 그를 잊어서가 아닐까.

전면에 큰 창이 있는 둥근 방은 햇빛을 받으며 차를 마시기에 좋아 보였다. 심지어 열 명쯤 단체로 차를 마셔도 될 듯했다. 손님도 올 것 같지 않은 이런 집에 왜 이렇게 큰 살롱을 만들어놨는지 모를 일이었다. 그래도 여기 들어왔다는 건 불법 주거침입자나 지하 감옥의 죄수 따위를 오가던 위치가 드디어 손님으로 격상되었음을 뜻했다.

배부르게 식사를 했기 때문에 세 사람은 대강 만족한 상태였지만 맞은편에 앉은 사람은 분위기가 좋지 않았다. 조슈아는 마법사가 공들여 만들어놓은 수수께끼가 무용지물이 되어 기분이 상했다고 추측했다. 그렇더라도 어쩔 수 없었다. 거기에서 이름을 못 맞추는 체해봤자 사흘쯤 더 갇혀 있기나 했을 게 뻔했다.

마법사가 리체를 향해 확인하듯 다시 물었다.

"네가 세자르의 딸이란 말이냐? 그 뭐냐, 콩알만 한 게 말은 지지리도 안 들어먹던 애?"

리체의 대답은 이러했다.

"거참 일찍도 물어보시네요."

마법사는 리체의 얼굴을 빤히 보다가 말했다.

"처음부터 이름을 알고 있었다는 건 중대한 반칙이지만 세자르의 얼굴을 봐서 참는다. 그럼 나머지 둘은 누구야?"

"세자르 얼굴을 봐서 참지 않아도 되는 사람들."

그와 동시에 막시민이 하품을 늘어져라 하더니 말했다.

"실컷 먹었더니 졸린데."

조슈아는 비교적 예의 있는 표정으로 미소를 지었지만 한 말은 이랬다.

"그런데 난쟁이치고는 너무 키가 컸어요. 완벽한 유희를 원하신다면 다음엔 키도 줄이고 나타나주세요."

마법사에게는 딸이 하나 있었는데 그 아이는 한 번도 이들처럼 행동한 일이 없었다. 따라서 불량 청소년들에 대한 대처 능력이 현저히 부족한 그는 이들을 번갈아 노려보면서 할말을 궁리하다가 불쑥 말했다.

"너희가 내 친구라면, 이제 겁낼 필요 없다."

리체가 막시민을 따라 하품을 하더니 말했다.

"고마운 말씀이네요. 너무 늦긴 했지만. 그런 얘긴 청소 끝났을 때쯤 해주시지. 그런데 아저씨는 진짜 변하지를 않네요. 예전에도 이상했는데 지금도 똑같이 이상해."

마법사는 자기 딸과 정반대로 구는 리체를 보며 친구가 다루기 힘든 골칫거리를 떠맡겼다고 판단하고는 갑자기 화를 냈다.

"세자르는 도대체 어디로 간 거야!"

"아저씨가 자기도 불러들여주길 애타게 기다리며 비석 주위를 맴돌고 있겠죠. 그게 이틀 전이니 배가 고파서 아랫마을 여관이나 찾아갔을지도 모르고. 애당초 아저씨의 마법에 문제가 생겨 못 들어온 거 아닌가요? 마법인지 뭔지, 잘만 됐으면 우리도 지난번에 그런 엄청난 부당노동행위를 당하지 않아도 됐을 테고……."

리체는 자기가 더 신났던 주제에 보수가 주어지지 않는 일은 모조리 부당노동행위로 간주하는 노련함을 보였다. 그러자 마법사도 자신의 배역, 즉 '악덕 고용주'를 알아차리고는 대꾸했다.

"내 이름은 앨베리크 쥬스피앙이지만 올해는 그냥 쥬스피앙 님이라고 부르도록 해라."

즉, 동문서답으로 대응했다. 그리고 뭐 잊은 것 없냐는 듯 나머지 두 소년을 멀뚱멀뚱 쳐다봤다.

"……막시민 리프크네입니다."

"조슈아 폰 아르님이고요."

"좋았어. 그런데 너희 셋, 여긴 뭐하러 왔냐?"

세 사람은 한숨을 내쉬었다. 조슈아가 말했다.

"그것도 무척 일찍 물어보시네요."

"어쨌든 물어봤으면 된 거잖아. 왜 왔냐니까? 용건 없어? 그럼 도로 나가."

빨리 대꾸하지 않았다가 즉시 바깥으로 날려보내질까 싶어 우려한 리체가 급히 말했다.

"아까 소원 들어주기로 하셨죠? 우린 아저씨의 지붕 날리는 실력을 믿고 왔어요. 무시무시한 깡패가 우릴 쫓아오고 있는데, 아저씨가 해결해주세요. 우린 지금 너무나 위험한 상태예요."

쥬스피앙은 마흔 줄의 아저씨 주제에 또래 친구처럼 양손으로 턱을 괴며 리체를 빤히 쳐다봤다.

"깡패 해결은 세자르가 전문 아니냐?"

"그건 안 돼요. 아, 그러니까 아무나 처치하기엔 너무 무서운……."

"난 마법사지 해결사가 아냐. 더구나 이 안에 있으면 안전하니까 걱정할 것도 없고. 됐지? 다음."

각자 소원을 들어주겠다는 말을 했기 때문인지 쥬스피앙은 이번엔 막시민을 쳐다봤다. 막시민은 말을 잘해야 되겠다고 생각했다.

"마법사라고 하셨죠?"

"보면 모르냐?"

"훌륭한 마법사인가요?"

"보면 모르냐!"

"그러면 순간 이동 정도는 문제없으시겠죠?"

접근 방법이 괜찮았던 건지 쥬스피앙은 고개를 갸웃거리다가 말했다.

"어디로 갈 건데?"

"아, 켈티카요."

"켈티카?"

쥬스피앙은 다시 생각하는 기색이더니 황당한 대꾸를 날렸다.

"거기가 어디더라?"

"아노마라드 수도요!"

옆에서 조슈아가 우려 섞인 목소리로 말했다.

"그러니까 아노마라드는 드라켄즈 산맥의 서쪽에 위치한……."

"지금 나한테 지리 수업 하냐?"

한심하다는 눈초리로 조슈아의 말을 막아버린 쥬스피앙은 막시민을 향해 대답을 내놨다.

"거긴 너무 멀어서 안 돼. 다음."

"기껏 대륙을 횡단하는 정도잖아요! 당신은 마법사, 아니 훌륭한 마법사라면서!"

"별것 아닌 거 같으면 네가 해보지그래?"

막시민은 발끈했다.

"난 마법사가 아니잖아! 그럼 도대체 얼마나 가까워야 되는데? 갈 수 있는 데까지라도 보내줘!"

쥬스피앙은 귀찮은 표정이었지만 설명을 할 수밖에 없다고 판단한 모양이었다.

"순간 이동은 한 번에 갈 수 있는 거리가 본래 얼마 안 돼. 도시 하나도 건너뛰기 힘들어. 그걸 여러 번 되풀이해서 켈티카까지 갈 수도 있겠지만, 그러려면 너 자신이 마법사여야 될 것 아니냐? 내가 너하고 같이 가지 않는 한 이동시켜주는 건 한 번뿐이지, 어떻게 계속 보내주나? 앙? 이제 이해됐어?"

쥬스피앙의 시선은 이제 조슈아를 향했다. 조슈아는 이번에도 말을 잘못하면 더이상 부탁이고 뭐고 들어주지 않을 것 같아 긴장했다.

"저는 질문이 있어서 왔어요."

"질문? 해봐. 마법에 대한 거라면 대답해준다."

"물론 마법에 대한 거죠. 제 평생 한 번도 들어보지 못한 놀랍고 끔찍한 마법이거든요. 쥬스피앙 님 같은 '훌륭한 마법사'가 아니고서는 그 주문을 깨뜨릴 방법을 알지 못할 거라고 생각해요."

예상대로 쥬스피앙의 얼굴에 흥미로운 기색이 떠올랐다.

"뭔데? 네가 보기에는 놀랍고 끔찍해도 내 눈엔 아무것도 아닐 수가 있어."

"그러면 쥬스피앙 님이 보기에도 놀랍고 끔찍하다면 그 마법 주문을 직접 깨뜨려주실 수 있나요?"

막시민이 '꽤 하는데' 하는 표정으로 조슈아를 흘끔 봤다. 쥬스피앙은 고개를 갸웃거리기도 하고 불안정하게 천장을 봤다 바닥을 봤다 하며 대꾸했다.

"뭐…… 글쎄다. 재료가 너무 복잡하지만 않다면야……. 네가 그렇게까지 대단한 걸 알고 왔으리란 생각도 안 하지만…… 그렇다면 어렵지 않게…… 아, 그나저나 뭔데 그래? 궁금해죽겠네. 얼른 말해보란 말이야. 그 마법이 어떤 거야?"

조슈아는 이제 여유 있는 얼굴이었다. 그는 쥬스피앙이 궁금해 숨이 넘어가기 직전까지 기다렸다가 말했다.

"살아 있는 사람과 똑같은, 또 한 사람을 만드는 마법이죠."

"뭐?"

쥬스피앙은 턱을 괸 손을 뗐다.

"누가 그런 걸 만들었는데? 착각이 아니고? 직접 보고 하는 소린가?"

"직접 봤지요."

말한 사람은 막시민이었다.

"네가 봤다고? 두 사람이 나란히 선 것을 보았어? 쌍둥이는 아니겠지?"

"쌍둥이는 아닙니다. 그리고 나란히 선 것은 못 봤습니다만."

막시민은 손을 들어 조슈아를 가리켰다.

"저는 저 자식을 잘못 볼 수가 없는 사람이라서 말이죠."

쥬스피앙이 조슈아를 쳐다봤다.

"그 말은……."

막시민이 고개를 끄덕였다.

"네. 복제된 것은 바로 저 녀석입니다. 나머지 하나가 켈티카에 있기 때문에, 그곳으로 가려는 겁니다."

"자세히 설명해봐."

이제 쥬스피앙은 흥미 이상의 관심을 보였다. 테이블에 바짝 다가앉아 조슈아와 막시민을 번갈아 보는 눈빛이 조금 전과는 달랐다.

“얼굴만 같은 것이 아니고, 정말로 모든 것이 같았나?”

“저는 저 친구를 너무나 잘 알기에 변장이나 흉내로는 저를 속일 수가 없습니다. 더구나 그놈은 저와 조슈아가 아니면 알 수 없는 개인적인 추억까지 당연하게 알고 있더군요. 그래서 처음에는 전혀 의심하지 않았죠.”

“네 말을 믿고도 싶지만, 정말로 그렇다면 그건 보통 문제가 아니니 정확히 해야 되겠군. 다른 사람들은 어땠지?”

“다른 사람들요? 물론 속았죠. 그날은 조슈아가 오랜만에 집에 돌아온 것을 축하하는 파티 자리였죠. 거기 모인 손님들은 물론, 부모까지도 거기 선 사람이 조슈아가 아니라는 걸 전혀 눈치채지 못했습니다. 물론 그 시각, 여기의 조슈아는 하이아칸을 떠난 일이 없었고요. 아시다시피 하이아칸과 켈티카는 한 사람이 1인 2역을 할 정도로 가까운 곳이 아닙니다. 물론 조슈아는 마법도 모릅니다.”

쥬스피앙이 벌떡 일어나더니 테이블 옆을 빠른 걸음으로 거닐기 시작했다. 그러면서 정신없이 중얼거렸다.

“한 사람과 똑같은 사람, 모두를 속일 정도로 똑같은 사람, 같은 사람이 둘일 순 없고, 하나는 가짜, 그런데 개인적인 추억까지 완벽히 공유하는 가짜, 그건…….”

쥬스피앙은 막시민 앞으로 돌아왔다. 쥬스피앙의 얼굴은

처음과 사뭇 달랐다. 본래 변화무쌍한 사람이긴 했지만, 지금처럼 이상적인 마법사다운 얼굴도 할 수 있다는 건 몰랐기 때문에 마치 다른 사람으로 변한 듯했다.

"인형이다."

막시민은 미간에 주름을 모았다.

"인형? 그게 뭐죠?"

"가나폴리의 마법 인형을 모르나? 사람과 똑같은 모습을 하고 있고 사람처럼 행동하지만 사람은 아닌 존재 말이야. 들어본 일이 없어?"

조슈아가 대답했다.

"들어본 일이 있지만, 그 인형은 실재하는 누군가와 똑같게 만드는 것이 아니지 않아요? 그냥 사람처럼 보일 뿐이죠."

"그래, 네가 말한 인형이 흔히 알려진 것이지. 겉모습은 사람이지만 정신적 수준이 형편없어서 간단한 일을 되풀이하는 것밖에 모르는 인형 말이야. 하지만 그것 말고 '복제 인형'이라는 것이 또 있었어. 이건 겉모습만이 아니라 지적 능력이나 생활 능력도 진짜 사람과 똑같아서 얼마든지 복잡한 명령도 이해할 수가 있었어. 다시 말해 훨씬 편리하지. 하지만 그 인형에 대한 기록은 거의 남아 있질 않아. 왜냐고? 그건 가나폴리에서도 금지된 기술이었으니까."

막시민과 조슈아가 말문이 막혀 있는 동안 쥬스피앙은 별컥 화를 냈다.

"누구지? 그딴 걸 만들어낸 놈이? 위대한 쥬스피앙도 만들지 못한 걸 성공시키다니 재수없는 놈 같으니. 그놈, 살려둬선 안 되겠는데."

생각의 요점은 달랐지만 어쨌든 그렇게 생각해준다면 더없이 고마운 일이었다. 막시민이 재빨리 말했다.

"네, 그러니까 그 인형인가 하는 것을 없애도록 도와주십쇼."

"당연히 그런 것은 없애야 돼!"

쥬스피앙은 도로 자리로 돌아와 앉더니 조슈아를 보았다. 조슈아는 막시민처럼 확신 어린 표정을 하고 있지 않았다. 오히려 혼란에 빠진 것처럼 보였다. 쥬스피앙이 손가락을 불쑥 내밀며 말했다.

"너 말이야. 널 복제한 인형이 존재한다는 게 무슨 의미인지 알고 있나?"

조슈아는 조금 망설이다가 고개를 저었다. 쥬스피앙이 말을 이었다.

"기분이 좋진 않겠지. 하지만 정확히 알아둘 필요가 있을 거야. 복제 인형이란 것도 사실은 두 가지야. 산 사람을 복제하는 게 있고, 죽은 사람을 복제하는 게 있어. 죽은 사람을 복제하는 것은 가나폴리에서 그래도 특별한 경우에 허락되었다는 기록이 있어. 하지만 산 사람을 복제하는 것만은 절대로 안 돼. 가나폴리는 마법 왕국이다 보니 마법을 잘못 사용하는 것에 대해선 아주 엄격했어. 금지된 마법을 시도하다가 걸리면 재판받을 권리조차 없어. 어떤 변명도 소용없다는 거지."

리체가 물었다.

"사형이라도 당해요?"

"아니, 그보다 더한 거. 인형을 만드는 자들, 즉 인형사가 가장 괴로워하는 벌이 있거든."

쥬스피앙은 끔찍해하는 표정으로 말을 이었다.

"인형 손으로 주인을 죽이게 하는 거야."

반응을 보아 하니 리체는 그게 왜 사형보다 심한 벌인지 이해가 가지 않는 모양이었다. 쥬스피앙은 다시 조슈아에게 고개를 돌렸다.

"그러니 지금 너처럼 복제 인형과 산 사람이 같이 존재하는 건 가나폴리에서도 극히 드문 경우인 셈이야. 이런 걸 만든 빌어먹을 놈은 기록을 제대로 안 살펴봤거나, 아니면 이제는 벌을 줄 사람도 없으니 아무래도 상관없다고 생각하는 극악한 놈이 틀림없어. 그자도 마법사라면 이런 것을 만들었을 때 생길 결과를 전혀 몰랐겠는가? 그러니 더더욱 용서가 안 돼."

쥬스피앙의 어조는 단호했다. 조슈아가 말했다.

"지금 말씀을 듣고 있자니 복제 인형을 만든다는 건 같은 사람이 둘이 되었다는 정도가 아니라 그 이상으로 중대한 문제인 것처럼 들리는군요."

남의 이야기 하듯 기묘하게 평온한 목소리였다. 쥬스피앙이 고개를 끄덕였다.

"맞았어. 자, 산 존재는 사람이든 짐승이든 동일한 것이 둘 있을 수가 없다. 쌍둥이도 같은 사람은 아니니까. 누구나 하나뿐이지. 그런데 산 사람을 복제한 인형이 생겨나면 질서가 크게 어그러지는 거야."

다짜고짜 핵심부터 말했으므로 마법에 대한 상식이 없는 세 사람이 쉽게 이해할 수 있을 리 만무했다.

"질서요? 무슨 질서 얘깁니까?"

"무슨 질서냐고? 당연히 세상을 움직이는 질서지. 너를 태어나게 하고, 자라게 하고, 시들게 하고, 죽게 하고, 잡초에서 인간, 구르는 돌멩이에서 거대한 협곡에 이르기까지 만들고, 없애고, 또 만드는 질서지. 너무 거대해서 느낄 수도 없는 질서, 무엇보다도 마법이 할 수 있는 일과 할 수 없는 일을 가르는 바로 그 질서다. 누가 시킨 것도 아닌데 어쩐지 해서는 안 될 것 같은 일, 또는 해야만 옳을 것 같은 일이 바로 질서의 명령이야. 그런데 산 사람을 복제한 인형은 질서에 어긋나. 그러니까…… 예를 들어 내가 조슈아 너를 저주하는 마법을 썼다고 하자. 그 마법이 네가 아닌 인형에게 미칠 수도 있어. 이 질서는 어긋나는 것을 용서하지 않아서 어디까지나 너희 둘을 하나로 보니까.”

막시민이 중얼거렸다.

“반대의 경우가 벌어졌다간 큰일이겠는데.”

쥬스피앙은 고개를 세차게 저었다.

“그 정도의 문제가 아냐. 사람이 태어나면 자리가 생기지. 네 집, 네가 쓰던 물건, 너의 버릇, 네가 지나쳤던 거리, 너의 기억, 너의 의지, 너를 사랑하던 사람들, 그런 것들이 너의 좌표를 이루고 있어. 그걸 다른 존재가 송두리째 빼앗아가면? 네 자리에 인형이 앉아, 네 물건을 익숙하게 사용하고, 네가 하던 대로 행동하고, 널 알던 사람들에게 다가가고, 네가 가진 추억을 떠올리며 미소 짓고, 네가 해내려던 일을 해버리고, 너를 사랑하던 사람들로부터 사랑받는다. 그러면 너는 어디에 머물지? 온 세상이 그 인형을 너로 보고, 마법조차도 너와 그를 혼동할 지경인데? 결국 넌 좌표 없는 존재가 되는 거야. 네가 아직 모를 뿐, 네게 닥친 문제는 심각해. 모든 존재의 핵심적 속성인 ‘유일성’이 심각하게 훼손당한 거야. 가나폴리에서 이걸 금지한 이유도 알 법하지.”

“…….”

모두 조슈아의 표정을 살폈지만 그는 약간 눈을 내리깔고 있을 뿐 별다른 반응을 보이지 않았다. 리체가 문득 물었다.

“그런데 그런 걸 도대체 어떻게 만드는 거죠?”

가나폴리의 사라진 기술 중 하나였으므로 쥬스피앙이라 해서 안다는 보장은 없었다. 그러나 쥬스피앙은 머뭇거리더니 놀랍게도 이렇게 말했다.

“사실 나도 관심이 좀 있었지. 아니, 실은 무척 많았지. 그 문제로 책도 몇 권 썼을 정도야. 물론 내가 만들고 싶었던 건 복제가 아닌 그냥 인형이었어. 그렇지만 그 기술은 주문을 어찌 복원한다 해도 이젠 구하지 못하는 재료가 많았어. 난 말이야, 웬만한 학교들보다 더 많은 고대의 기록을 소장하고 있거든? 그런데도 대체할 재료를 못 찾았어. 반면 복제 인형은 재료 수급 문제가 없었지. 그래서 좀더 시간을 두고 연구한다면 빛을 볼 수도 있을 느낌이 들었어. 다만 다른 문제가 있었단 말이야.”

“문제가 뭐였는데요?”

그렇게 묻는 조슈아의 표정은 순수한 흥미에 가까워서 쥬스피앙조차 ‘이놈은 대체 뭔가’ 하는 눈빛이 되었다.

“죽은 사람을 복제하려니 방금 죽은, 그러니까 뜨끈뜨끈한 시체가 있어야 됐던 거야. 죽은 지 오래된 사람을 복제하는 것도 가나폴리에서는 가능했던 모양이지만 나로서는, 그래, 솔직히 정보가 부족했네. 내 실력이 부족한 걸 누굴 탓하겠나? 그런 주제에 어떻게든 인형은 만들어보겠답시고 사람 하나 죽여놓고 시작할 수는 없는 노릇 아닌가? 또는, 방금 가족을 잃고 슬피 우는 사람들에게 실험을 할 테니 시체 좀 빌려 달라고 해야 되나? 그도 아니면, 곧 죽을 것 같은 사람을 납치해 눕혀놓고 제발 좀 빨리 죽어보라고 빌고 있어야 할까?"

이 이야기는 뜻밖이었다. 이 괴상한 마법사가 나쁜 사람 같진 않았지만 이런 윤리적인 문제에 올곧으리라고 기대하기도 힘들어 보였던 것이다. 그러나 그는 자신의 실력 부족을 윤리적 해이함으로 해결하려 하는 뻔뻔스러운 부류가 아니었다.

"그다음은 바로 산 사람의 복제였어. 참 유혹을 참기 힘들게도, 산 사람을 복제하는 게 죽은 사람을 복제하는 것보다 좀더 용이하네. 이상하게 들리나? 왜냐하면…… 죽은 사람을 복제하면 인형의 제어를 창조자가 전적으로 책임져야 해. 그 말은 일단 만든 인형을 한순간도 방치하지 못한다는 의미야. 심지어 잠깐 잠든 사이에 인형이 오작동을 일으켜 누군가를 죽일 수도 있어. 특히 마법사 본인을 죽일 위험이 제일 크지. 복제 인형은 스스로가 인간이라는 의식이 무척 강해. 그래서 자신의 창조주가 기껏 사람이라는 것에 충동적인 분노를 나타내지. 복제 대상인 인간의 의식을 똑같이 닮았으니까."

"인형을 만든다는 건…… 인형에게도 잔인한 일이군요."

그렇게 말하는 조슈아는 자신보다 인형을 더 측은하게 여기기라도 하는 눈빛이었다. 쥬스피앙이 뺨을 실룩거렸다.

"글쎄, 넌 인형의 기분이 어떻든 자기 문제부터 생각해야 될 것 같은데. 그러면 산 사람을 복제하는 쪽을 볼까? 그런데 아까 말했듯 이 세상에 완전히 동일한 것이 둘 존재하는 건 질서에 어긋나거든. 마법도 그건 못 어겨. 그래서 사람이 살아 있는데 복제 인형을 만드는 것은 시도에 근본적 오류가 있기 때문에 창조 자체가 안 됐어. 하지만 성취에만 매달렸던 옛날 옛적의 또라이들이 편법을 생각해냈지. 기록에 따르면 이른바 '본체'라는 것을 만들어서 인형의 제어를 맡도록 했더군. 마치 '본체'라는 것의 부속물인 것처럼. 그렇게 해서 산 사람과 인형이 동시에 존재할 수 있게 된다. 일종의 눈속임이지."

쥬스피앙의 목소리에서 경멸감이 묻어났다.

"그 결과 묘하게도 마법사는 아주 편해져. 본체가 인형의 제어를 책임져주거든. 따라서 본체를 잘 보관하기만 하면 인형은 마법사의 말을 잘 듣고, 심지어 자신이 인형이란 사실조차 모르고 평화롭게 지내게 되지. 한 인간에게 전적으로 지배받는 주제에 말이야."

쥬스피앙이 말을 잠시 끊더니 표정이 어두워졌다.

"가나폴리 사람들은 어떻게 생각했는지 모르겠지만, 내게 가장 골치 아픈 생각은…… 너의 복제 인형이 죄를 저지르면 그것마저 네 책임이 되는가 하는 거야. 너희가 둘이라 해도, 영혼은 결단코 하나뿐일 테니까. 하지만 세상의 질서는 죄의 대가를 사면해주는 법이 없네."

잠시 침묵이 흐르고, 막시민이 입을 열었다.

"그 인형이 창조자의 지배를 받고, '본체'라는 부속물이 있다는 것 말고는 그 정도로 동일하단 말입니까? 그렇다면……."

그는 단어를 천천히 고르더니 말했다.

"그런 것을 도플갱어……라고 하지 않던가요."

"맞았어."

고개를 끄덕이는 쥬스피앙의 얼굴이 언뜻 착잡해 보였다.

"가나폴리에서 맨 처음 산 사람을 복제한 인형을 만들고서 그걸 도플갱어라고 부르기 시작했어. 그후에 여러 가지 의미를 갖게 됐지만. 하지만 근원적 의미로 거슬러 올라간다면, 인형도 너도, 만나는 순간 서로를 죽여버리고 싶은 강한 충동을 느낄 거다. 너희는 말이야, 영원히 진짜를 다투어야 되는 존재니까. 시작을 따지자면 한쪽이 먼저 존재했겠지만, 둘이 된 이상 진짜의 의미는 없어져 버린 거다. 가짜도, 복제되는 순간 진짜를 존재하게 만든 모든 인과와 소이所以를 완벽히 복제해 갖게 되어버렸으니. 네 핏줄 속에서, 또는 더 큰 질서 속에서, 너를 존재하게 만든 인과율 속에 인형은 함께 놓여 있어. 나란히, 겹쳐진 모양을 하고서."

거기까지 말하더니 쥬스피앙은 조슈아를 똑바로 바라봤다.

"난 그런 끔찍한 걸 만들기 싫었어."

조슈아는 희한하게도 빙그레 웃었다.

"한 가지 물어볼 게 있어요."

"뭔데?"

"인형은 나와 완전히 같지 않아요. 작은 부분이긴 하지만, 한 시점의 기억이 비어 있거든요. 그래도 조금 전의 이야기가 적용될까요?"

"뭐라고?"

쥬스피앙은 의아한 표정이 되었다.

"작은 기억이라고? 이상한 얘기군. 너 자신도 살다 보면 여러 가지를 잊어버릴 것 아닌가? 그런데 그게 차이라고?"

"아뇨. 그럴 가능성은 전혀 없습니다."

쥬스피앙이 무슨 소리냐고 되물으려는 순간, 막시민이 말했다.

"저놈은 정말로 그렇습니다. 데모닉은 아무것도 못 잊죠."

"데모닉?"

쥬스피앙은 조슈아를 한참이나 노려봤는데 기껏 한 말은 이러했다.

"어디서 들어봤는데."

그러더니 막시민을 돌아봤다.

"데모닉이 뭔데?"

막시민은 리체를 향해 네가 핵심을 알잖냐는 듯 손바닥을 펼쳐 보였다. 리체는 구구절절 설명하는 대신 지난번에 호평이었던 설명을 재활용했다.

"미치광이 후보인 대천재. 뭐, 그런 거라던데요."

그 말만 듣고도 쥬스피앙은 괴이쩍은 표정이 되어 조슈아를 보더니 고개를 천천히 한쪽으로 기울였다. 잠시 후 그의 고개가 도로 돌아오더니 조슈아를 보며 느리게 눈을 몇 번 깜빡였다.

"혹시 페리윙클의 아르님 공작 가문?"

"알고 계셨군요?"

쥬스피앙은 입술만 움직여 미소를 만들었다. 그런데 단지 안다는 것이 아니라 무척 반가워하는 뉘앙스가 풍겼다.

"알다마다."

"지금은 켈티카의 아르님이지요."

공작 가문이라고 하기엔 차림새도 후줄근하고 시종 한 명 없다 보니 리체는 쥬스피앙이 이 말을 곧이들을까 의심쩍었다. 그런데 쥬스피앙이 갑자기 킬킬거리며 웃기 시작했다.

"그렇군. 그 데모닉이군. 그렇다면 이해가 가는데. 아아, 데모닉이라면 가능하지. 정말 둘이 다를 수도 있겠는데. 그러니까 말이야, 네가 이제부터 뒤통수를 한 대 맞고 쓰러져서 기억을 송두리째 잃었다 쳐. 그러면 인형과 너는 다른 존재가 될까? 그건 아니지 않겠어? 하지만 너희 둘이 복제된 순간부터 약간의 차이가 있다면 이야기가 다르지. 어쩌면 그 인형을 만든 마법사의 오류일지도 몰라. 하지만 이건 내가 어떻다 할 문제가 아냐. '질서'가 이 문제를 어떻게 보느냐에 달렸으니까. 이거 재미있는데. 그런데 그 기억은 왜 누락된 건데?"

막시민이 말했다.

"까닭까지는 저도 모르겠군요. 만든 사람이나 알겠죠. 하지만 그 흠이 없었더라면 제가 둘을 구별하는 것은 결단코 불가능했을 겁니다. 그러니까 질서인지 뭔지는 어떻게 되는지 몰라도 적어도 저한테는 도움이 된 거죠."

"도대체 어떤 기억인데?"

"편지죠."

막시민은 조슈아를 힐끗 보더니 말했다.

"조슈아가 저한테 보낸 편지가 있습니다. 저희 둘은 친구지만 어린시절 이후로 오랫동안 못 만났지요. 그래서 편지만 가끔 주고받았는데 어느 날, 자기가 하이아칸에서 연극 공연을 하게 됐으니 보러 오라는 내용에 초대권 두 장을 끼운 편지를 받은 겁니다. 그 편지를 받은 날짜는 3월 30일. 공연 예정 날짜는 5월 20일이었지요. 그런데 편지를 받은 지 이틀 만에 갑자기 조슈아가 하이아칸 생활을 청산하고 켈티카로 돌아왔으니 환영 파티에 와달라는 연락이 온 겁니다. 처음엔 편지가 저한테 배달되는 동안 마음이 바뀌어 돌아와버린 건가 생각하며 파티에 참석했죠. 그때가 4월 5일. 그날까지만 해도 가짜 같은 건 전혀 생각도 못 했고 말입니다."

"그런데?"

"그 가짜가 제게 초대권을 보냈다는 사실을 기억하지 못하더군요. 제 손에는 편지와 티켓이 분명히 있는데 말입니다. 그래서 확인하기 위해 여기까지 쫓아왔죠."

쥬스피앙이 어이없어하며 말했다.

"뭐야, 그러면 복제된 직후에 이쪽의 조슈아가 편지를 썼던 거고 그래서 인형은 그 일을 모르는 것에 불과한 것 아냐?"

"그럴 수도 있겠죠. 하지만 적어도 그 일 덕택에 그쪽이 가짜란 것만은 알 수 있었으니까요."

그러자 쥬스피앙이 고개를 저었다.

"그것으로 판단이 될까? 오히려 편지를 보낸 쪽이 가짜이고, 그런 기억이 없는 쪽이 진짜일 수도 있지 않나? 그러니까 이미 복제를 한 뒤에 편지를 쓰게 했을 수도 있다, 그 말이야."

"아닙니다."

"어째서?"

막시민은 비취반지 성에 돌아가서 할 일을 미리 연습하는 기분으로 천천히 머릿속을 더듬으며 말했다.

"첫째로, 파티에서 만난 쪽은 '공연을 취소해버렸다'고 말했습니다. 그가 진짜라면 그를 복제한 쪽도 공연이 취소됐다고 믿었을 테고, 표를 보낼 이유 또한 없었겠죠. 하지만 정작 공연은 취소되지 않았으니 표를 보낸 쪽이 진짜라고 판단하는 편이 타당하지 않습니까? 둘째로 조슈아는 공작 가문의 후계자인데, 누군가가 조슈아를 복제했다면 그다음에 할 일은 뭘까요? 당연히 진짜와 바꿔치기한 다음 가짜에게 명령하여 자기에게 유리한 흉계를 꾸며야겠죠? 설마 일껏 인형을 만들어놓고 '자, 열심히 모험을 해서 성으로 찾아와봐라' 하고 내팽개쳐두는 자가 있을까요? 가짜를 교육하는 게 목적도 아닐 텐데."

논리적으로 옳았지만 쥬스피앙은 자신 같은 사람을 떠올린 모양이었다.

"혹시 알아? 단지 실험 정신만 가진 마법사일지?"

"누가 쥬스피앙 님 당신을 복제하지 않는 한 그런 일은……."

그렇게 말하던 막시민은 상대의 표정을 보고 말을 바꿨다.

"흠흠, 어쨌든 그게 아니라고 생각하는 까닭은 따로 있습니다."

"그게 뭔데?"

"인형을 만든 자가 누굴지 짐작이 가거든요."

그렇게 말하며 조슈아를 돌아보자 눈이 딱 마주쳤다. 얘기한 일이 없는 문제인데도 조슈아가 먼저 말했다.

"증거가 아직 없어."

막시민은 고개를 휘휘 내저었다.

"하지만 심증은 있지. 그 인형은 왜 하이아칸이 아닌 켈티카에 있을까? 인형의 주인이 켈티카에 머물러야 하기 때문이 아닐까? 그리고 인형이 평소 서먹하던 사람과 특별히 친해 보인다면? 더구나 그자가 네가 없어질 경우 가장 이익을 보는 사람이라면?"

거기까지 말했을 때 조슈아가 내뱉듯 말했다.

"증거가 나올 때까진 함부로 말하지 마."

"좋을 대로."

막시민은 조슈아가 왜 민감하게 반응하는지 알지 못했지만, 아직 그 문제로 다툴 때는 아니라고 판단했다. 그래서 다시 쥬스피앙에게 고개를 돌렸다.

"초대권 문제를 확인하기 위해 조슈아가 살던 별장으로 가 보니 관리 책임자인 브와주 부인은 조슈아가 실종됐다고 말하더군요. 만일 켈티카의 저택으로 돌아간 쪽이 진짜라면 그 부인은 당연히 조슈아가 집에 갔다고 알고 있어야 하잖습니까?"

"그 부인도 가짜를 만든 자들과 한패일지 모르잖아."

"그렇다면 실종된 조슈아 얘기를 아예 안 꺼내면 되죠. 그랬더라면 제가 실종된 조슈아가 존재한단 사실을 아예 몰랐을 것 아닌가요? 제가 여기서 새로운 조슈아를 발견하지 못했다면 내가 잘못 알았나 보다 하고 생각하며 돌아가지 않았겠습니까? 모든 사람이 조슈아가 한 명이라고 믿어야 가짜의 존재가 숨겨지는 거잖아요? 뭐, 그 부인이 한패거리란 점은 맞습니다만."

조슈아가 무슨 말을 하려다가 멈추는 기색을 알아차린 막시민이 인상을 찌푸렸다.

"하여간 너란 놈은 친하던 사람이 배신했다는 얘기는 마지막 증거 한 개까지 탈탈 털어 내놓을 때까지 믿기 싫어하지. 인간의 선의를 믿고 싶은 거야 너만의 고상한 취향이지만 이런 상황에 처했을 때는 좀 직관적으로 생각하면 안 되겠냐? 네 아버지의 옛친구 바이예 경도 배신하는 마당에 브와주 부인이라고 못 할 게 뭐 있겠어? 안 그래?"

조슈아는 관자놀이를 손가락으로 누를 뿐 아무 대꾸도 하지 않았다. 쥬스피앙이 재촉했다.

"계속해봐. 그래서 초대권 문제는 어떻게 됐는데?"

"그걸 확인하려고 밤중에 기별 없이 별장을 한 번 더 방문해야 했죠. 그래서 조슈아의 방에서 편지를 쓴 흔적, 즉 압지를 발견했습니다. 압지만으로는 내용을 알아볼 수 없었지만 제가 갖고 있는 편지와 대어보니 잉크 흔적이 꼭 맞더군요. 그걸로 제가 받은 편지를 조슈아가 썼다는 점은 확인됐고, 압지가 남아 있는 걸로 보아 조슈아는 내게 초대권이 든 편지를 보내고 얼마 안 되어 집을 나간 것 같다고 생각했죠. 어이, 맞는 거야?"

막시민이 돌아보자 조슈아가 고개를 끄덕이며 말했다.

"아버지한테서 돌아오라는 편지가 온 직후였어. 그러니까 막군한테 보낸 게 내가 별장에서 썼던 마지막 편지였지. 언젠가 돌아가야 할 줄은 알았지만 〈아쿠아리안〉 공연만은 꼭 마무리하고 가고 싶었어. 그리고 마지막이니까 너한테도 보여주고 싶다고 생각해서 편지를 쓰게 됐던 거고. 그런 다음 유일하게 내 정체를 알고 있던 극장주한테 숨어 지낼 거처를 마련해달라고 부탁했지. 공연 날까지만."

오랫동안 말이 없던 리체가 입을 열었다.

"그래서 그때 분장실에서 이번 공연으로 막스 카르디는 끝이라고 했구나."

막시민이 눈을 가늘게 뜨며 말했다.

"결과적으로 넌 아주 잘 도망친 거야. 그때 도망치지 않았으면 브와주 부인이니 바이예 경이니 하는 사람들이 널 깔끔하게 죽여 증거를 없앤 뒤, 나 같은 사람이 왔을 때 멋지게 '도련님은 예전에 켈티카로 돌아가셨는데요?' 그랬겠지. 한데 그걸 못 했으니 브와주 부인이 그렇게 내 앞에서 어물어물 거짓말을 꾸미느라 진땀을 흘렸지. 하이아칸 어딘가에 살아 있을지도 모르는 너 때문에 헷갈렸을 테니까. 그나저나 그 사람들도 가짜한테 켈티카까지 가는 여정의 기억까지 주려고 무척 고생했군그래. 가짜 본인마저 속이느라고 말이야. 한데 그러고 보니 그 사람들은 너와 막스 카르디가 동일인이란 사실은 꽤 뒤늦게 알아냈던 모양이군. 그러니까 멀쩡히 같은 도시에 살면서도 내가 아노마라드에서 여기까지 쫓아오는 동안 널 찾아내지 못했던 거잖아. 네가 그 가면의 연극배우 노릇을 안 했더라면 넌 이미 없는 목숨이었을 것 같군."

그렇게 보니 이중생활을 했던 것이 목숨을 살린 셈이었다.
쥬스피앙이 말했다.

"물론이다. 가짜를 만들어 진짜와 바꿔치기할 생각이라면 잠깐이나마 두 명이 존재했었다는 사실을 아무도 모르도록, 하나를 만드는 순간 다른 하나를 죽여 없애는 게 정석이 아니겠나?"

모두가 가능성에 대해 생각하며 잠시 서늘한 기분을 느꼈다. 막시민이 이번에야말로 들어야겠다는 태도로 쥬스피앙을 봤다.

"그러니까 그 인형을 없애는 방법을 알려주십쇼. 사람을 죽이는 것과 똑같은가요?"

"아니, 좀더 간단하지."

쥬스피앙이 답을 말하기 전에 조슈아가 먼저 말했다.

"본체군요."

"그래, 본체야. 본체는 복제 인형에게 몸밖에 있는 심장과도 같아. 본체의 상태가 인형의 상태를 결정하지. 그러니 그걸 부수면, 다 끝나."

그러나 막시민은 생각이 다른 듯 얼굴을 찌푸렸다.

"전혀 쉽지 않을 것 같은데요. 인형이라면 멀쩡히 나돌아다니고 있겠지만, 본체인가 뭔가 하는 것은 철저히 숨겨놨을 것 아닙니까? 그런 걸 도대체 어디서 찾죠?"

"위치를 짐작할 방법이 전혀 없는 건 아니야."

쥬스피앙은 기억을 확인하려는 것처럼 천장을 잠시 쳐다보고 있었다. 그래서 세 사람은 헐렁한 로브 위로 드러난 앙상한 빗장뼈를 줄곧 쳐다보고 있어야 했다.

"너희 집안에 혹시 납골당이 있나?"

조슈아가 고개를 끄덕였다.

"있지요."

"거기엔 다른 데모닉의 관도 있나?"

조슈아가 약간 웃더니 말했다.

"우리 집안은 공작가라서…… 납골당은 지나칠 정도로 잘 보관되어 있어서요."

쥬스피앙이 고개를 끄덕였다.

"내가 본체의 재료를 다 알진 못하지만, 핵심 재료가 바로 죽은 혈족의 시체야. 방금 죽은 시체일 필요는 없고, 뼛가루만 남아 있어도 돼. 그런데 말이야, 격세유전되는 특이한 형질이 있을 땐 같은 인간이 필요해. 예를 들어 복제할 사람에게 유전병이 있거나 하면 같은 유전병이 있는 인간을 찾아내어야 된단 말이야. 그건 데모닉도 마찬가지지. 그러니까 죽은 데모닉이 있는 납골당으로 가야 돼."

막시민이 반문했다.

"그래서요? 그렇다고 본체란 것까지 납골당 안에 뒀다는 보장은 없잖습니까?"

쥬스피앙이 히죽 웃었다.

"그렇지가 않을걸. 오래된 시체일수록 관하고 혼연일체라고. 만약에 관까지 꺼내 옮겼다면 모르되, 아니라면 납골당 안에 있을 가능성이 크지. 그런데 네가 말했다시피 너희 집안은 공작 가문인데, 누가 납골당에서 육중한 관을 꺼내 옮기는데 아무도 몰랐을까?"

그 말은 확실히 일리가 있었다. 막시민이 조슈아를 돌아봤다.

"너희 집안의 납골당은 비취반지 성에 있냐?"

"확실히 거기에도 있지만……."

조슈아는 잠깐 생각하다가 말했다.

"내가 알기로 비취반지 성의 납골당에는 데모닉의 관이 하나도 없어."

모두 의아한 표정이 되었다. 쥬스피앙이 물었다.

"아깐 납골당이 잘 보존되어 있다면서?"

"물론 그렇지만 내가 아까 말한 곳은 페리윙클의 납골당이었어요. 우리 가문은 켈티카보다 페리윙클에 머문 기간이 더 기니까요. 우리 가문이 초대 공작 이후로 켈티카의 비취반지 성에서 머문 건 백여 년 정도밖에 안 됩니다. 그때도 가문의 근본은 페리윙클이라고 생각해서 모든 관을 페리윙클로 운구해 보낸 것으로 압니다. 비취반지 성에 납골당이 생긴 건 저의 증조부 아르투르 폰 아르님 공작이 켈티카로 돌아온 후의 일이죠. 그런데 그후로는 죽은 데모닉이 아직 한 명도 없거든요. 그러니까 과거의 데모닉들을 비롯한 조상들의 관은 모두 페리윙클의 납골당에 있을 겁니다."

막시민이 이맛살을 찌푸리며 물었다.

"근데 페리윙클이 어디지? 너 가는 방법 알아?"

조슈아가 고개를 저었다.

"아노마라드 남쪽 바다 어디의 섬이라고만 알 뿐이야. 한 번도 가보지 못해서."

"그것참 좋은 소식이군그래."

그렇게 말하긴 했지만 막시민은 쥬스피앙이 도와주지 않을까 은근히 기대하며 다시 쳐다보았다. 그런데 쥬스피앙의 표정이 이상했다. 조슈아와 눈이 마주치자 쥬스피앙이 불쑥 말했다.

“나도 하나 물어보자.”

“네?”

“네가 아르님 가문 사람이고, 데모닉이라면 말이야…….”

“그런데요?”

조슈아는 문득 불안감을 느끼고 상대의 얼굴을 바로 보았다. 쥬스피앙은 미소를 짓고 있었다.

“그 사람을 알겠지? 네 말을 들어보니 의외로 아직 죽지도 않았군그래? 히야, 이런 예상치 못한 바람직한 전개가.”

“누구요?”

쥬스피앙은 입술을 오므리며 뭐라 말하면 가장 효과적일까 생각하는 기색이었지만, 곧 못 견디겠다는 듯 툭 내뱉었다.

“데모닉 히스파니에 말이야.”

## 바이올린 대논쟁

바람을 부르던 선율
절벽 끝 집은 암녹색 지붕
빙글빙글 돌던 십자 풍향계
봄이 폭풍우 같던 4월
흰 테라스에서 서서
당신이 불러준 노래
영원히 잊을 수 없는 당신의 웃음
화를 내도 당신이 좋았어
나를 떠나도 당신이 좋았어

그 이름에 놀란 것은 막시민도 마찬가지였다. 둘 다 눈이 동그래져서 되물었다.

"그 노인네를 어찌 아쇼?"

"할아버지와 아는 사이이신가요?"

쥬스피앙은 나직이 키득거리기 시작했다. 영문을 모르는 두 소년은 서로 얼굴만 쳐다봤다. 쥬스피앙이 겨우 웃음을 멈추더니 말했다.

"할아버지란 말이지? 그럼 손자겠군? 좋았어. 맞혀봐라. 내가 그놈과 어떤 사이일 것 같나?"

조슈아가 고개를 갸웃거리며 대답했다.

"친구분이신가요? 나이 차이가 좀 나지만."

막시민은 뭔가 이상한 낌새를 채고 말했다.

"원수지간은 아니길 바랍니다만."

"안됐군."

리체가 불안한 표정으로 어서 상황을 수습하라는 눈빛을 보냈지만 영문을 모르니 둘 다 속수무책이었다. 쥬스피앙은 다시 빙그레 웃었는데, 이제는 그 웃음이 예사롭게 보이지 않았다.

"히스파니에와 난 말이야, 오래전부터 잘 아는 사이지. 처음 만난 게 그 녀석이 열 몇 살쯤 됐을 때던가? 하여튼 너무 똑똑하기에 조수로 써볼까 했는데……."

"잠깐만요. 할아버지께서 열 몇 살이면 쥬스피앙 님 당신은 태어나기도 전 아닌가요?"

조슈아가 반문하자 쥬스피앙이 핀잔을 주었다.

"마법사의 나이를 네 맘대로 넘겨짚냐? 히스파니에가 꼬마였을 때 난 이미 훌륭한 마법사였단 말이다."

"……."

분명 겉보기로는 히스파니에보다 스무 살은 젊어 보였다. 하지만 일단 그런가 보다 하고 듣는 수밖에 없었다.

"녀석이 불분명하게 대답을 했다는 걸 눈치 못 챈 것이 화근이었지. 난 제안을 받아들인 줄 알고 그 녀석을 내 연구실에서 재웠단 말이야. 그때만 해도 내가 젊어서 좀 부주의했어. 온갖 희귀한 재료와 마법 깃들인 물건으로 가득한 보물창고에 그놈을 내버려둔 셈이었으니까. 아니나 다를까, 그 녀석이 며칠 먹고 자고 하더니 어느 날 아침에 감쪽같이 사라졌지 뭔가? 난 황급히 가장 귀한 소장품들을 확인해봤지. 야, 그 녀석, 눈이 보통 좋은 게 아니었어."

이야기의 전개에 불안해진 조슈아는 뭘 갖고 갔느냐고 물을 생각도 못 하고 쥬스피앙의 표정만 살폈다. 다행스럽게도 쥬스피앙은 새삼 분개하는 기색은 아니었다.

"놈이 가져간 건 세상에 단 하나밖에 안 남은 카프리치오 Capriccio였단 말이다. 물론 카프리치오가 뭔지 모르겠지? 그건 율리아 다 카날레가 가나폴리의 마법 악기인 레벡Rebec과 피들Fiddle을 재현하려고 여러 재료를 시험하다가 우연히 딱 한 번, 마력의 현을 만들어내고서 그때 만든 현을 걸어 만든 세 대의 바이올린 중 하나야. 세 대 모두 가나폴리 사람이 아닌 우리로서는 연주하기가 너무 힘들었기 때문에 '카프리치오', 즉 변덕쟁이라는 이름이 붙게 됐지. 두 대는 일찌감치 사라졌고, 마지막 한 대가 바로 내가 갖고 있던 그거야."

"변덕쟁이…… 바이올린요?"

미간을 찌푸린 막시민의 표정이 좀 이상했다.

"그래! 바이올린이지. 겉보기엔 고물 같지만 가나폴리의 힘이 재현된 보물 중의 보물이란 말이야. 하지만 연주하기도 힘들고, 그냥 연주하는 것만으로는 아무 효과도 없는 기묘한 물건이거든. 가나폴리에서 '신성 찬트'라고 부르던 특별한 곡들을 연주해야만 마력을 발휘해. 그런데 유감스럽게도 신성 찬트는 완전히 사라져서 한 곡도 남아 있질 않아."

리체가 고개를 삐딱하게 기울이며 끼어들었다.

"바이올린을 만든 것부터가 우연이었는데, 그 바이올린도 이미 사라져버렸고, 만약 그 바이올린이 있다 해도 연주하는 것도 힘들고, 심지어 그 힘든 연주를 할 수 있다 해도 찬트인가 뭔가를 모르면 쓸모가 없고, 그런데 그 찬트는 다 사라졌고? 지금 도대체 무슨 얘길 하자는 거예요?"

쥬스피앙은 화를 내는 대신 괴상하게 웃어 보였다.

"하지만 율리아 다 카날레가 모든 것을 내던지고 마력의 현을 만드는 데 전념했던 것은 다 이유가 있었어. 그분은 가나폴리 사람들이 연주하던 악보를 발견했단 말이다."

"아아, 그런데 그 악보도 사라졌죠? 틀림없네, 뭐."

"……."

쥬스피앙이 말을 잇지 못하는 걸 보니 리체가 핵심을 찌른 것 같았다.

"얘기를 끝까지 들어! 어쨌든 신성 찬트를 연주하기만 하면, 카프리치오는 산들바람부터 태풍에 이르기까지 부르기도 하고 잠재우기도 하는 강대한 마력의 물건이 된단 말이야! 실제로 카날레가 그걸 연주해서 자기집 주변에 바람의 장벽을 치고 모든 사람의 접근을 막았다는 기록이 남아 있어! 다만…… 그때 난 악보를 손에 넣지 못했기 때문에 먼저 악보를 찾고 나서 꼬마 도둑을 찾아내어 단단히 혼을 내려 했지."

"꼬마 도둑요?"

이번에 되물은 건 조슈아였다. 그런데 그는 쥬스피앙이 아니라 막시민을 보며 웃음을 참고 있었다.

"그랬던 건데…… 내가 워낙 바쁘다 보니 조개 반도의 해적들 손에서 떠돌고 있다던 악보를 찾으러 갈 시간이 없었어. 그렇게 차일피일 미루다가 잊고 말았던 거야. 히스파니에한테는 아주 재수 좋게 일이 풀렸던 거지. 그런데 묘하게 그걸로 끝나지 않고 나중에 그 녀석과 다시 마주쳤더란 말이야? 그게 한 삼십 년쯤 전이려나? 내가 비상한 기억력을 발휘하여 카프리치오를 내놓으라고 하자 그 녀석은 이미 자기 손에 없다고 둘러댔어. 난 바이올린을 못 내놓겠다면 내 집에 와서 삼 년 동안 무보수로 조수 노릇을 하라고 했지. 한데 너무 중대한 일이 있어서 못 하겠다지 뭔가? 그리고 뭐라 뭐라 설명을 했는데 아, 내용은 까먹었고 내가 듣기에도 이유가 그럴 듯했던 모양이야. 하여간 어려서나 커서나 뭔가 말도 안 되는 소리를 요리조리 떠들어 사람의 주의를 흐려놓는 실력만은 보통내기가 아니라서."

"그거 어쩐지 누구랑 비슷한데?"

그렇게 말한 조슈아가 참다못해 웃기 시작하자 막시민이 나직이 말했다.

"네가 왜 웃는지 전혀 모르겠으니까 그만 그치지그래."

하지만 킬킬거리기 시작한 조슈아는 쉽사리 멈추지 못했다. 자기 얘기에 도취된 쥬스피앙은 둘이 뭐라 하든 끄떡도 하지 않았다.

"그래서 새로운 계약을 했단 말이야. 그놈이 언젠가 자식을 낳으면, 스무 살이 되기 전에 내게 보내 삼 년 동안 조수 노릇을 시키기로 했지. 하지만 히스파니에는 그 약속도 지키지 않았어. 사실 그놈은 약속 같은 거 거의 안 지키는 놈이야."

조슈아는 점점 더 심하게 웃고 있었다. 그때 쥬스피앙의 목소리가 커졌다.

"그런데, 기대도 않고 있는데 갑자기 히스파니에의 손자이자 심지어 데모닉인 녀석이 내 수중에 뚝 떨어지다니! 이거야말로 하늘의 도우심, 아니 하늘의 복수가 아니고 뭐겠냐! 인형 얘기는 안됐지만 이제 내 손에서 벗어날 생각은 버리시지. 아니, 삼 년 뒤로 미뤄두라고. 세월이 흐르긴 했지만 결국 데모닉 조수를 한 명 얻게 되는구만! 으하하하!"

그즈음 웃음을 그치지 못했던 조슈아는 쥬스피앙과 별로 다를 것 없는 태도로 웃어대고 있었다. 그러다가 그의 말을 듣고서 잠깐 웃음을 그치더니 말했다.

"하나 지적해드릴 것이 있는데 말이죠."

"뭔데?"

"전요, 데모닉 히스파니에의 손자가 아니거든요?"

쥬스피앙은 무슨 당치않은 소리냔 표정이었다.

"그도 데모닉이고, 너도 데모닉이고, 더구나 아까 할아버지라고 부르지 않았나?"

"할아버지인 건 맞는데요, 작은할아버지라서요. 제 할아버지는 돌아가신 프리드리크 폰 아르님 공작이시고, 그분은 히스파니에 할아버지의 큰형님이시죠. 우리 집안의 데모닉들은 괴상한 역사를 갖고 있어서 한 번도 직계 혈통에 영향을 끼친 일이 없어요. 단 한 명, 데모닉 이카본을 제외하면요. 하나 덤으로 알려드리자면 히스파니에 할아버지는 아직까지 결혼도 안 했고 물론 자식도 없답니다. 푸하하핫!"

말을 마치자마자 웃음을 터뜨리는 모습이 조금 전 쥬스피앙과 너무 비슷해서 리체와 막시민은 얼빠진 표정으로 수군거렸다.

"거봐, 비슷하다니까."

"하나로도 충분했는데, 젠장."

물론 쥬스피앙은 무척 실망한 표정이었다. 그가 다시 다그쳤다.

"그게 정말이야? 그놈이, 그 나이가 되도록 아직껏 자식 한 명 없다고?"

막시민이 느긋하게 덧붙였다.

"사실 결혼하기엔 성격적 결함이 많은 노인네라서……."

그러나 상황은 다시 한번 뒤바뀌었다. 이걸로 다 해결됐다고 생각한 리체가 여전히 웃어대는 조슈아를 쳐다보다 말고 문득 이렇게 말했던 것이다.

"그런데 말이야, 막시민 너도 고물 같이 생긴 바이올린 하나 갖고 있지 않았니? 혹시 돌고 돌다가 그게 네 손에 왔으리란 생각은 웃기지만…….”

그 순간, 막시민은 소리를 빽 지르고 말았다.

“그럴 리가 없잖아!”

“응, 아니구나.”

물론 리체가 이렇게 대꾸했다고 해서 상황이 수습되는 것은 아니었다.

수색은 끝났다. 바이예 경 휘하의 경기병 서른 명은 들판 어귀에 모여 한 사람이 오기를 기다렸다. 얼마 후, 수색 결과를 전해 들은 남자가 나타났다. 이른바 지휘관이었다.

그자는 말없이 병사들을 둘러보다가 돌아서서 들판을 응시했다. 아무 흔적도 못 찾았다는 자들을 새삼 다그쳐봤자 의미는 없었다. 지휘관의 침묵에 긴장한 병사들이 고되게 반시간을 보내고 나자 멀리서 한 사람이 말을 타고 달려왔다.

그제야 남자가 반응을 보였다.

“어떤가?”

다가온 자는 말에 탄 채 고개를 숙여 보이고는 대답했다.

“예상한 대로입니다. 들판에 마력이 작용하고 있습니다. 보이지 않는 결계가 있어서 그 안으로 들어간 게 아닌가 싶습니다.”

"누가 만든 결계지?"

"근처 마을 사람들 얘기로는 이 근방에 마법사가 하나 살고 있다고는 하는데 워낙 왕래가 없는 모양이라 어떤 자인지는 잘 모르더군요."

얼마나 대단한 자인지도 알 수 없다는 의미였다. 남자는 고개를 끄덕였다.

"결계 안으로는 어떻게 들어가지?"

"워낙 다양합니다. 다시 말해, 결계를 친 자가 정해놓은 방법을 찾지 못하면 진입은 불가능하다는 뜻이지요. 추측할 방법도 없고요."

"그러면 그 결계에 들어간 자가 다른 곳으로 갈 수도 있나? 아니면 어딜 가자면 도로 이곳으로 나와야 하나?"

"결계와 연결되지 않은 장소로 가려면 밖으로 나와야 합니다. 물론 결계란 아주 광범위하게 칠 수도 있습니다만, 소문대로 마법사의 집이라면 집 규모에 맞게 작을 거라고 생각됩니다. 그러니 다른 곳으로 이어질 정도로 큰 결계는 아닐 것 같습니다."

남자는 고개를 끄덕이며 장갑을 주의깊게 고쳐 꼈다. 그리고 그제야 병사들에게 주의를 돌렸다.

"좋아. 포위에 들어간다. 증원군이 오는 즉시 들판 주위에 철저한 포위망을 짜도록."

일상적인 어투에 불과했지만 병사들은 감전된 것처럼 즉각 움직였다. 병사들이 흩어지자 남자는 왼손에 쥐고 있던 말채찍을 이리저리 휘둘러보았다. 아무래도 자세가 서툴렀다. 보고를 했던 남자가 물었다.

"오른손이 불편하십니까?"

"아니. 하지만 의사가 한동안 오른손은 쓰지 말라 하더라고. 의사 말은 들어야겠지."

"절대로 못 내놔요!"

"무슨 헛소리야!"

"난 정당한 방법으로 얻었다니까요!"

"도둑놈의 제자 주제에!"

막시민이 잤던 다락방은 네 명이 몰려들자 초만원이 되었다. 그중에서 바이올린으로 추정되는 둘둘 말린 천 꾸러미를 쥔 사람은 의자 위에 올라선 막시민이었다. 쥬스피앙이 빼앗을 능력이 없어서는 아니었다. 그는 마법사였고 이곳은 자기 집이었다. 따라서 언제 빼앗아도 상관없었기에 오히려 화를 내는 데 집중한 까닭이었다.

"도둑놈? 그 말만은 못 참겠는데?"

그렇게 말한 막시민은 갑자기 바이올린 뭉치를 높이 쳐들더니 자기 무릎에 냅다 내리치려 했다. 쥬스피앙은 깜짝 놀라 막시민의 허리를 끌어안다시피 하며 바이올린과 무릎 사이에 머리를 들이밀었다. 분위기를 본 리체는 눈치 빠르게 도망치기 좋은 입구 앞을 확보했다. 그때 조슈아가 침대를 딛고 성큼 올라서더니 막시민의 손에서 바이올린을 낚아챘다.

"다들 그만둬요!"

키가 제일 큰 조슈아가 바이올린을 높이 쳐들었기 때문에 애들처럼 뛰어오르기 싫은 두 사람은 움직임을 멈췄다. 담요가 스륵 풀려 바닥에 떨어지자, 악기로서의 역사는 끝내고 장작으로나 쓰면 알맞을 것 같은 바이올린이 모습을 드러냈다.

리체가 어이없어하며 혀를 찼다.

"나 같으면 돈 얹어줘도 안 가져. 아니, 돈만 가져가."

쥬스피앙은 막시민을 노려봤다.

"아까 저걸 부쉈으면 넌 오늘 인생 막 내렸다."

막시민도 지지 않고 내뱉었다.

"막 내리기 전에, 당신이 아무리 오래 살아도 절대 잊을 수 없을 정도로 흠씬 두들겨줬을걸."

도저히 대화가 될 분위기가 아니었다. 하지만 싸워서 득 될 상황도 아니었다. 바이올린 문제가 튀어나오기 전까지만 해도 이곳을 탈출하고 인형을 없애는 데 쥬스피앙의 도움을 받을 수 있으리라 기대하던 참이었다. 바이올린의 별명이라는 '변덕쟁이'는 사실 쥬스피앙에게 더 잘 어울리는 이름으로,

상황이 나빠지면 셋 다 샐러리맨이 나타날지도 모르는 위험한 들판으로 눈 깜짝할 사이에 내던져질 가능성도 없지 않았다. 물론 바이올린만은 빼고.

게다가 후회도 안 할 것 같다.

"그러니까……."

조슈아는 입을 열면서 다시 생각해봤지만, 그렇다고 순순히 바이올린을 내주자고 막시민을 설득할 수 있을 것 같지도 않았다. 무엇보다 조슈아도 히스파니에의 물건을 남의 일방적인 얘기만 듣고 건네줄 수는 없다는 생각이었다. 그렇다고 '당신 말을 믿을 수 없다'고 말해버리면 싸움만 한층 커질 뿐이었다. 여전히 딜레마에 빠진 채 조슈아는 말을 이었다.

"여러분, 일단 진정하시고 바이올린은 잠시 제삼자에게 맡기겠습니다."

조슈아는 리체에게 침대 구석도 안전할 거라고 눈짓으로 설득한 뒤 바이올린을 아기처럼 안겨주었다.

"잠시 돌봐줘."

그리고 돌아서서 두 사람을 보았다.

"얘기 좀 정리할까요. 쥬스피앙 님 얘기로는 으음, 반세기쯤 전에 히스파니에 폰 아르님이 쥬스피앙 님한테 바이올린을 '빌려' 갔고, 일차로 돌려달라고 요구했을 때 새로운 조건, 즉 자식을 삼 년간 조수로 보내는 것으로 지불을 마치겠다고 합의했는데 그것조차 지키지 않았다 그거죠?"

쥬스피앙이 대꾸했다.

"그러니까 그놈이 도둑놈이지."

조슈아는 손을 흔들었다.

"아니죠. 처음에는 도둑질이었는지 몰라도 다시 만났을 때 당신도 합의를 시도했잖습니까? 그러니 이젠 거래를 하고 대가를 지불하지 않은 것으로 바뀌었죠. 즉, 절도가 아니라 사기죠."

조슈아 특유의 쓸데없는 지적을 들은 쥬스피앙은 데모닉을 상대해본 자 특유의 방어적인 표정으로 조슈아를 쏘아봤다.

"이 데모닉 놈이, 벌써부터 논점 일탈하려고 걸치는 거 봐라. 절도나 사기나 어쨌든 정당한 권리가 내게 있는 것만은 똑같아!"

"글쎄요. 이제라도 대가를 지불하면 어떻게 될까요?"

"뭐?"

조슈아는 이번엔 막시민 쪽으로 고개를 돌렸다.

"막시민 네 입장은 나도 잘 알지. 우리가 코츠볼트에서 같이 지낼 때 할아버지께서 그걸 네게 주셨잖아. 그때 난 저렇게 낡은 것을 선물이랍시고 주다니 할아버지도 보통 구두쇠가 아니네 싶었거든. 그렇다 보니 그게 보물이라는 소릴 듣고도 농담이려니 했었고, 네 생각도 별다르지 않았겠지. 하지만 그게 보물이든 고물이든 넌 정당한 방법으로 얻은 거니까 그 전의 일에 대해선 관심도 없겠지?"

"너 같으면 있겠냐?"

조슈아는 해맑은 미소로 응답했다.

"물론 없지."

그렇게 말하자마자 곧장 쥬스피앙을 돌아봤다.

"이 문제가 근본적으로 해결이 되자면 히스파니에 할아버지를 불러와야겠지만 그건 불가능하잖아요? 그러니 쥬스피앙 님께서 새로운 조건으로 다시 막시민과 합의를 하시는 수밖에 없을 것 같군요."

"내가 왜 내 물건을 놓고 합의를 해야 해!"

조슈아가 슬그머니 웃더니 말했다.

"쥬스피앙 님. 당신이 만일 딸에게 예쁜 모자를 사줬는데, 사실은 그게 장물이라며 누군지 모를 사람이 나타나 다짜고짜 빼앗아 간다면 가만히 보고만 있을까요?"

예상한 대답이 바로 튀어나왔다.

"내 티치엘의 것을 빼앗아 가는 놈을 내가 가만히 두겠어?"

"그러면 막시민은 바이올린을 내놔야 합니까?"

"……."

조슈아는 팔짱을 끼고 두 사람을 번갈아 봤다.

"그러니까 새 조건을 정하시죠. 사실을 말하자면 그 조건도 히스파니에 할아버지가 이행해야 되는 거지 막시민하고는 상관없어요. 막시민은 히스파니에 할아버지의 아들도 아니고, 손자도 아니고, 그렇다고 제자도 아니잖아요?"

조슈아가 그 말을 했을 때 쥬스피앙은 무슨 생각을 하는지 막시민을 구석구석 뜯어보는 중이었다. 그러더니 뜻밖에 태도를 바꾸어 말했다.

"바이올린은 악기야. 악기는 잘 다루는 자가 가지는 편이 좋겠지. 더구나 카프리치오를 연주하는 건 매우 어려운데, 안타깝게도 난 그걸 연습할 기회가 없었어. 그러니 만약 네가 이걸 잘 연주할 수만 있다면 네 것이 되는 것도 나쁘지 않겠다는 생각이 드는군. 어때, 한번 켜볼 텐가?"

쥬스피앙은 말을 맺으며 집게손가락을 둥글게 붙였다가 펴서 허공에 몇 번 내저었다. 그러자 조금 전까지 벌인 실랑이가 무색하게도 리체가 안고 있던 바이올린이 떠올라 허공을 가로지르더니 막시민의 손 위로 떨어졌다. 막시민이 바이올린을 잡자 쥬스피앙이 턱짓을 하며 말했다.

"어디 들어보자고."

막시민은 인상을 찌푸린 채 얼마간 쥬스피앙을 노려보았지만 사실 이건 나쁘지 않은 기회였다. 의자에서 내려와 바이올린을 턱밑에 갖다 대고 활을 잡자 잠깐 끽끽대던 바이올린은 곧 유연한 소리를 내기 시작했다.

솔직히 말해 아주 훌륭한 연주는 아니었다. 음악에 까다로운 조슈아의 귀에는 특히 그랬다. 다시 말해 취미로 켜는 사람으로는 나쁘지 않은 정도였다. 그건 바이올린이 낡은 탓도 있겠고…….

그렇게 생각하며 쥬스피앙 쪽을 바라본 조슈아는 깜짝 놀라고 말았다.

"이거야 정말, 믿을 수가 없군."

쥬스피앙은 당황하다 못해 충격을 받은 얼굴이었다. 얼마나 놀랐는지 짧은 연주가 끝날 때까지 벌린 입을 다물려고도 하도 않았다. 백 년 넘게 살아온 마법사라 해도 음악에까지 조예가 깊으란 법은 없는 건가, 하고 생각하다가 조슈아는 미묘한 사실을 눈치챘다. 쥬스피앙은 놀랐지만 감동한 기색은 아니었다. 그렇다면 연주 실력에 감격한 것은 아닐 것이다.

"아…… 이건 생각 이상이야. 정말 놀랐어. 이 정도일 줄이라고는 전혀……."

연주를 중단한 막시민이 눈썹을 찡그리며 말을 막았다.

"이봐요. 내 실력은 내가 잘 안단 말입니다. 턱 빠지게 입 벌리고 들을 만한 연주는 아니란 거."

쥬스피앙은 갑자기 화를 냈다.

"이 멍청한 녀석아! 당연하지! 세상 누구도 그놈의 바이올린을 그렇게 켤 수는 없단 말이다!"

막시민이 바이올린을 어깨에서 떼더니 말했다.

"그럼 내 연주가 그렇게 형편없었나? 그것도 아니라고 보는데."

쥬스피앙은 의자를 낚아채어 휙 뒤집어놓고 앉더니 양팔을 의자 등받이에 올리고 막시민을 향해 손가락질을 해댔다.

"카프리치오는 아무나 소릴 낼 수 있는 악기가 아니야. 바이올린의 현과 활이 만나는 점을 정밀하게 보면 접근하는 방향, 닿는 각도, 모든 것이 미세하게 차이가 나는데, 보통 바이올린이라면 그걸 일일이 계산할 필요는 없지. 하지만 다른 바이올린이 백 개의 문을 가진 집이라면, 카프리치오는 문이 딱 하나뿐인 집이다. 마력의 현은 활과의 마찰점이 백분의 일, 심할 때는 몇백분의 일 단위로 정해져 있어서 그걸 정확히 잡아내지 못하는 한 절대로 소리가 나지 않지!"

쥬스피앙은 말을 하며 제풀에 흥분해서 주먹으로 등받이를 내리쳤다가 곧 오만상을 찌푸린 채 손을 흔들어댔다.

"그러니 저 악기로 선율을 내기가 얼마나 어려울 것 같나? 그건 천재성으로도 해결이 안 돼. 오직 무지막지한 인내심과 연습으로 모든 경우를 일일이 시험해보는 방법밖에 없어. 그래, 난들 그걸 연주하려 해보지 않았을 것 같아? 하지만 바로 질려버렸어. 나처럼 똑똑한 자들은 단순 작업의 반복에는 금방 진절머리를 내거든. 넌 도대체 얼마나 연습했냐? 십 년 동안 바이올린만 켰다 해도 믿겠는데."

쥬스피앙의 말을 듣는 동안 막시민은 점점 더 미간을 찌푸리더니 바닥을 냅다 걷어찼다.

"젠장, 빌어먹을 노인네가 날 굶려먹었구나!"

조슈아가 물었다.

"그게 무슨 소리야?"

"그놈의 죽을 고생! 난 바이올린이 원래 다 이런 줄 알았단 말이야! 어휴, 가난이 원수지. 내가 돈이 있어서 새걸 하나만 만져봤더라도!"

따지고 보면 웃긴 상황이었지만 표정만으로도 얼마나 죽을 고생을 했는지 느껴져서 농담 걸 분위기가 아니었다. 쥬스피앙이 말했다.

"그래. 그게 핵심이지. 말해봐. 히스파니에가 자넬 어떻게 가르쳤나?"

"덕택에 바이올린이란 건 활을 잡은 손가락들의 각도까지 재어야 하는 악기인 줄 알고 살았다고요."

"그래. 그러면 히스파니에는 자기가 먼저 수많은 마찰점들을 실험해보고 자네를 가르쳤군? 그래서 기간이 단축된 거고. 그렇다면 히스파니에는 물론 연주를 할 줄 알았겠지?"

"글쎄요. 그 노인네는 자기 바이올린을 갖고 있었고 이건 내게 줘버린 거라서. 뭐 어쨌든 할 줄 알았다고 칩시다."

쥬스피앙은 흡족한 얼굴이었다.

"데모닉 조슈아, 지금 한 말 들었지? 방금 인정한 대로 막시민은 히스파니에로부터 바이올린의 연주법을 배운 '제자'로군그래. 어떤가?"

그러더니 조슈아가 미처 뭐라 반론하기도 전에 큰 소리로 선언했다.

"새로운 조건을 말해주겠다. 히스파니에의 제자로서, 심지어 바이올린까지 물려받은 막시민 리프크네 군. 관대한 쥬스피앙은 자네에게 카프리치오를 하사하겠다. 대신! 그 대가로 이곳에 남아 내 조수가 되도록 명하겠다. 기간은 물론 삼 년."

막시민은 잠깐 동안 멍한 표정을 지었다.

"삼 년?"

막시민이 정신을 차리기 전에 조슈아가 급히 말했다.

"그럴 수 없어요. 우리가 떠나야 한다는 문제보다, 삼 년이 너무 길다는 부분보다, 무엇보다도 막시민은 마법사의 조수 같은 일을 잘할 사람이 아니란 말입니다! 절대로 후회하실걸요."

그런데 막시민은 뜻밖으로 화를 내지 않았다. 대신 쥬스피앙이 앉아 있는 의자 앞으로 가더니 잘라 말했다.

"죄송하지만 그런 제안은 받아들일 수 없습니다."

너무 진지한 어조여서 쥬스피앙도 눈을 둥그렇게 뜨고 그를 올려다보았다.

"무슨 애긴지는 압니다. 그 노인네한테 사기를 당했고, 뭐 그런 사기쯤 충분히 치고도 남을 노인네라는 점도 잘 알고 있고, 그리고 제가 그분에게 바이올린을 배웠단 사실도 부인할 생각은 없어요. 그 결과 당신의 주장에 근거가 생긴다는 것도 알겠고요. 하지만 말이죠, 히스파니에 씨도 그랬다니 핑계로 들릴는지 모르겠지만, 저 역시 여기 머물 수 없는 이유가 있습니다. 그리고 당신이 제 이유를 인정하리라는 확신도 있습니다."

"어째서?"

"당신은 마법사니까요."

쥬스피앙은 말없이 턱을 괸 채 막시민을 올려다봤다.

"처음엔 말이죠, 당신의 도움을 조금 얻어보려는 생각으로 이야기를 꺼내봤던 거죠. 전 제가 봤던 게 인형인 줄도 몰랐고, 당신이 말해주기 전엔 그게 얼마나 심각한 문제인 줄도 몰랐거든요. 그러니까 쥬스피앙 님 당신이 절 설득한 셈입니다. 당신을 설득하려다가, 저 자신이 얼마나 상황을 모르고 있는지 깨닫게 됐달까요."

막시민은 조슈아를 턱짓했다.

"저 자식이 유일성을 훼손당했다, 이 말은 마법사께서 한 애깁니다. 세상에 하나뿐인 인간들 중 오직 홀로, 유일성을 심각하게 훼손당했습니다. 비록 제가 마법에 대해 잘 모르긴 하지만 이러다가 저절로 사라져버리는 건 아닐까 싶기도 하거든요. 유일성이란 게 완전히 지워지면 그는 칼로 찌르지 않아도 죽는 게 아닐까요?"

쥬스피앙이 말했다.

"거기에 대해선 나도 해줄 말이 없어. 말했다시피 금지된 인형술에 대한 기록은 거의 없다. 그러니 무슨 일이 일어날지 솔직히 나도 몰라."

"모르지요. 그러니 그 부서진 유일성의 조각 일부라도 움켜쥐고서, 적을 쳐 없앨 때까지 버텨야 할 것 아닙니까? 그리고 그런 조각 중 하나가 바로 접니다. 이럴 줄은 전혀 몰랐지만, 제멋대로 의심하고 여기까지 쫓아오는 바람에 저란 놈은 과거의 조슈아를 구성하던 것들 중에서 훼손되지 않고 남은 조각이 된 셈입니다. 다시 말해 저는 본래의 조슈아를 기억하고, 진짜와 가짜를 구별하고, 그리고 둘로 갈라진 후의 경험도 공유한 유일한 인간입니다. 조슈아가 아직 가짜한테 완전히 밀려나지 않은 건, 저 같은 친구가 남아 있어서가 아닐까요? 그렇다면, 저는 일이 해결될 때까지 이 자식 옆을 떠나선 안 되는 게 아닐까요?"

조슈아는 무슨 말을 해야 할지 모르는 표정이었다. 그러다가 가까스로 말했다.

"너, 내가 갑자기 가루로 변해 부서져 내리기라도 할 것처럼 생각하는 거야?"

막시민이 눈을 내리깔며 대꾸했다.

"알 게 뭐냐. 가나폴리의 마법 같은 거, 나 같은 평범한 녀석이 알 게 뭐냐고. 어떻게 될지, 어떻게 알아? 이건 십중팔구 미친놈이 벌인 일이고, 무슨 일이 벌어질지 짐작도 못 하는 게 당연한데, 그럴수록 더더욱 손놓고 있을 순 없는 것 아니냐?"

그러더니 발음에 힘을 주어 덧붙였다.

"이 버터쿠키 같은 놈아."

"……."

막시민은 쥬스피앙 쪽으로 고개를 돌렸다.

"당신은 마법사죠. 정말로 '훌륭한 마법사'라면 이런 문제를 모르는 체할 수 없을 거라고 생각하는데요."

쥬스피앙은 대꾸 없이 의자에서 일어나더니 그들에게 따라오라는 손짓을 했다.

# 가나폴리의 두 번째 마법

가나폴리의 기록에 남은 가장 위대한 마법 중 첫째는 사람을 닮은 인형이다. 먹지도 마시지도 않으나 항상 완전하며, 마법으로 태어났으니 마법이 거두기 전에는 영원히 사는 존재들. 그리고 두 번째는…….

"사실 가장 효과적인 방법은 이거야. 이 댁에는 저 아저씨가 사랑해마지않는 우리 또래 딸이 있거든? 그 애처럼 천진난만한 표정으로 눈물을 글썽이면서 '제발 도와주시면 안돼요?' 하고 말하는 거지. 하지만 날 봐. 도저히 그런 역할이 어울리게 생겨먹질 않았잖아?"

리체는 쥬스피앙을 설득할 수 있다고 생각되는 방법들을 떠오르는 대로 늘어놓는 중이었다. 마지막 말에 막시민이 수긍하여 고개를 끄덕거리고 있는데 조슈아가 불쑥 말했다.

"아니, 너도 충분히 어울릴 것 같은데."

리체가 냉담하게 대꾸했다.

"너 눈이 어떻게 된 거 아니니?"

세 사람을 데려가고 있는 쥬스피앙이 무슨 마음을 먹었는지 아직 몰랐기에 그들은 불안했다. 쏟아져 나온 대안들 중 그럴싸한 것은 없었다. 그렇게 온갖 궁리를 하며 열 발짝쯤 떨어져 따라가는 동안 복도가 끝이 났다. 정면에 청록색 도자기 타일을 빙 둘러 장식한 아치형 입구가 보였다. 여닫을 문은 없었고, 입구 안쪽은 널찍한 홀이었다. 쥬스피앙을 뒤따라 차례로 홀 안에 들어선 조슈아와 막시민, 그리고 리체는 문득 당황했다. 홀이 너무 넓었던 것이다.

그들이 이틀 밤을 지낸 집을 떠올려보자면 조금 잘 지은 농가처럼 보이던 1층과 다락방 세 개로 들어찬 2층까지는 서로의 크기가 잘 맞았다. 그런데 3층인지 지하인지 또는 이어진 옆집인지 모르겠지만, 쥬스피앙의 집 서너 채쯤은 들어가고도 남을 홀이 바로 그 집안에서 나타난 것이다. 덧붙여 눈가리개도 없이 따라왔는데 이곳이 3층인지 지하인지 뭔지 전혀 알 수가 없다는 사실도 어이없었다. 분명한 건 그들은 계단을 올라갔고, 또 내려가기도 했고, 복도를 거치거나 문을 여닫거나 하며 이곳으로 왔다는 사실뿐이었다.

막시민이야 본디 쓸모도 없고 귀찮기만 한 궁리는 안 하고 만다는 주의였지만 사물의 도면을 그리는 데 능숙한 리체는 여기까지 온 과정을 되짚어 집 모양을 알아내겠다고 이마를 짚으며 심각한 고민에 빠졌다. 옆에서 지켜보던 조슈아가 충고처럼 들리지 않도록 주의하며 말했다.

"나도 해봤는데, 안 되더라고. 논리적인 공간이 아냐."

막시민이 턱짓으로 조슈아를 가리켰다.

"이런 문제는 저 녀석의 판단을 그냥 믿는 쪽이 편하거든."

홀의 천장은 열 명의 키를 넘었고, 맞은편 가장자리까지는 백 보쯤 가야 할 듯했다. 그러나 그저 밋밋한 벽돌로만 둘러싸인데다 심지어 텅 비어 있었다. 별다른 시설이랄 것이 전혀 없었다.

"아무것도 없잖아?"

막시민의 말에 조슈아가 고개를 저었다.

"아냐. 저기 바닥에 나무 받침 같은 것들이 있잖아."

정말 있긴 있었다. 물론 척 보기에 아무 쓸데도 없어 보였다. 그 위에 뭔가가 올려져 있지 않다면 말이다.

"여긴 왜 온 건가요?"

등을 보인 채 홀 중앙을 쏘아보고 있던 쥬스피앙이 한참 만에 대꾸했다.

"너, 인형을 없앤다고 했지. 그러려면 페리윙클로 가야지."

막시민은 쥬스피앙의 뒤통수와 나무 받침들을 곁눈질하더니 입속으로 중얼거렸다.

"설마 저 나무토막들이 우릴 페리윙클인가 하는 곳으로 보내줄 것 같진 않고……."

저 성격 괴상한 마법사가 무슨 생각을 하는지 모르니 페리윙클로 보내준다고 함부로 좋아하기엔 일렀다. 뭔가 위험천만한 냄새가 풍겼다.

"뭘 어쩌려는 건지 미리 말해주면 안 될까요?"

리체도 말해봤지만, 쥬스피앙은 더이상 대꾸하지 않았고 그렇다고 무엇을 하려는 기색도 보이지 않았다. 리체가 둘을 돌아보며 말했다.

"순간 이동과 같은 무지막지하게 어려운 마법을 시전하시려다 보니 널찍한 공간이 필요한 거 아닐까?"

조슈아가 고개를 갸웃했다.

"그건 아닌 것 같은데."

"내가 희망사항을 말했다는 걸 이해해봐."

그 말을 한 직후, 홀을 돌아본 리체는 갑자기 말문이 막혔다. 잠시 후 단지 이렇게 말했다.

"하."

이제 나무토막은 보이지 않았다. 정확히 말해 다른 것으로 가려졌다. '다른 것'의 출현이 너무나 예상 밖이고, 터무니없고, 장소와 어울리지 않았기에 그 상황을 '나무토막이 안 보인다'와 같은 말로 표현하는 건 적절하지 않았지만 말이다.

"저건…… 배잖아?"

세 사람은 얼굴을 마주봤다. 각자 머릿속에 떠올린 생각이 동시에 말이 되어 튀어나왔다.

"섬이라더니, 정말 배를 타고 가라는 거야?"

"저 배와 바이올린을 바꾸잔 건가?"

"와, 배가 저절로 나타났어."

배는, 높다란 중앙돛대와 짧은 삼각돛대, 튼실한 용골과 매끈한 배쌈을 갖춘 흠잡을 데 없는 모습이었다. 게다가 인어를 조각한 금빛 뱃머리 장식에, 연황색 뱃전에는 조개와 고둥, 불가사리 모양이 조밀하게 새겨진데다 배쌈에는 파도까지 그려져 있었다. 무척 아름다웠느냐 하면…….

"장난감치곤 무척 크네."

손차양을 하며 올려다본 리체의 감상이었다. 유리 케이스에 넣어 거실에 장식할 법한 귀여운 배를 백 배쯤 불려놓은 모양이다 보니 어쩔 수 없는 평가였다.

"조용히 해."

뜻밖으로 가장 불평이 많을 것 같은 막시민이 나지막이 주의를 주었다. 다행히 쥬스피앙은 도취된 나머지 리체의 말을 듣지 못했다.

"어째서 갑자기 나타났느냐고 물을 생각이겠지? 이렇게 중요한 것은 상하지 않도록 당연히 이중 결계 안에 감춰놨지. 이게 무엇일 것 같나? 짐작이 가나? 이건 바로 가나폴리의 마법을 재현한 유일무이한 배야! 오, 정말 아름답지 않나? 이것은 미美의 극치, 전설의 현신, 세상 모든 배를 무색케 하는 우아함을 품고 있어 배라고 부르는 입이 부끄러워지는 예술품이 아닌가! 저 금빛, 저 섬세함, 볼 때마다 경외심이 느껴지지!"

듣는 것만으로도 낯뜨거워지는 얘기를 잘도 늘어놓았지만 그래도 상대에게 동의를 구하며 귀찮게 굴진 않았다. 그는 본래 누군가가 자기 의견에 동의하지 않는 상황이 머릿속에 잘 떠오르지 않는 성격이었다.

막시민이 말했다.

"물론 그렇겠죠. 그런데 물은 어디 있죠?"

모두가 지적하고 싶었던 부분이었다. 원하던 질문을 받은 쥬스피앙은 득의만면하여 막시민을 돌아보았다.

"물은 필요 없어."

"아, 잘됐군요. 저도 새삼스럽게 항해 같은 걸 배우고 싶진 않았거든요. 저 배는 그냥 은유적 공간인 거겠죠? 역시 귀찮은 일은 생략하고 단숨에 이동하는 쪽이 취향에도 맞고 시간도 절약하고……."

"저 배는 날 거거든."

막시민이 뭐라 말했든 전혀 영향받은 기색이 아닌 것은 둘째 치고…… 난다고?

"저 배가…… 음, 날것이란 소린가? 하긴 구워놓은 것 같진 않네."

"막군, 정신 차려."

납득 안 가는 상황에서 바로 횡설수설하기 시작한 막시민 대신 조슈아가 나섰다.

"저 배가, 하늘을 난단 말이죠?"

"그래."

"저, 조심스러운 얘기지만…… 겉으로 보기엔 그런 기능이 있을 것 같지 않거든요."

"그럼 넌 내가 겉보기로도 대마법사 같아 보이냐?"

"네?"

긍정도 부정도 할 수 없는 반문에 가로막힌 조슈아가 혼란에 빠지자 마지막으로 리체가 나섰다.

"새삼 똑같은 질문은 지겹고, 일단 날려봐요. 그럼 믿죠."

쥬스피앙은 콧방귀를 뀌었다.

"넌 저게 연으로 보이냐? 날리란다고 쓱싹 날리게?"

리체도 같이 콧방귀를 날렸다.

"아, 그럼 도대체 상식적으로 납득 가는 애길 해야 될 거 아니에요? 저게 어딜 봐서 날게 생겼어요? 아니, 날개 비슷한 거라도 붙여놓고 난다고 주장하면 황당하다고 웃기나 하지, 지금 아저씨의 주장은 웃긴 걸 떠나서 맑은 정신을 의심케 하는 수준이란 말예요."

"날개가 왜 없어? 저기 있잖아."

쥬스피앙이 가리킨 쪽을 보니 고물 쪽 배쌈에 깃털 비슷한 그림이 그려진 걸 말하는 것 같았다.

"이거 장난하자는 것도 아니고……."

그때 조슈아가 빙그레 웃더니 말했다.

"물고기가 날개를 달면 날치이고, 쥐가 날개를 달면 박쥔데, 배가 날개를 달면 뭐라고 부릅니까?"

"비행선."

"아."

막시민이 쥐어박는 시늉을 하며 말했다.

"납득하지 마."

하지만 조슈아는 개의치 않고 오랜만에 진지한 학생으로 돌아가 다시 물었다.

"비행선은 어떻게 납니까? 안타깝지만 저 날개는 움직일 것 같지 않군요."

"그거야 물론 마법이지. 마법은 마법사가 아닌 자한테 설명 안 해."

질문할 의욕을 차단하는 대꾸에도 조슈아는 낙심하지 않았다.

"배 자체에 마법이 걸려 있습니까? 아니면 마법사가 같이 타야 되나요?"

"마법사가 탈 필요는 없어. 그랬다간 내가 저걸 타야 되게?"

"그거 다행이군요. 그러면 방향이나 속도 같은 것은 어떻게 조절하지요? 소중한 배가 아무데로나 날아가버리면 큰일 아닌가요?"

쥬스피앙이 히죽 웃었다.

"그건 너희가 배워야 돼. 그런데 그리 간단하지 않으니 언제 다 배워서 출발할지 모르겠군?"

쥬스피앙은 입구 왼쪽으로 가서 벽을 슥 밀었다. 그러자 두 걸음 남짓한 너비의 벽이 반 바퀴 돌면서 뒷면에 설치된 책장이 나타났다. 그는 거기서 두께가 반 뼘쯤 되는 책을 한 권 집어 들어 조슈아에게 건넸다. 표지를 보니 "비행선 조종의 정석"이라는 글자가 박혀 있었다.

"그 책은 딱 한 권뿐이라 너희에게 줘서 보낼 순 없어. 그러니 조종법을 추려서 외우라고. 열흘 정도면 되려나."

조슈아가 받아든 책을 무심코 한 장 펼치는데 옆에서 리체가 항의했다.

"분명 우릴 페리윙클섬인가 거기로 보내준댔잖아요! 이래서야 언제 출발할지 전혀 짐작이 안 가고……."

"이봐, 그건 너희 사정이고. 이만하면 난 최선을 다한 거야. 이 배는 내 필생의 역작인데 이런 걸 이렇다 할 보증도 없이 빌려주기까지 하잖아. 하지만 너희가 조종법을 빨리 못 배우는 건 너희 탓 아닌가?"

"열흘이 다 뭐야. 저런 걸 읽기만 하려 해도 열흘은 걸리지! 외우는 데는 십 년 걸리는 거 아니야? 차라리 책을 필사하는 쪽이 빠르겠네요!"

둘이 다투거나 말거나 막시민은 조슈아를 흘끔 봤다. 어느새 책을 후루룩 훑어본 조슈아가 싱긋 웃더니 손가락 세 개를 세워 보였다. 쥬스피앙이 한쪽 눈썹을 치켜 올렸다.

"사흘이라고?"

"세 시간인데요."

"뭐?"

막시민이 심드렁한 목소리로 대꾸했다.

"데모닉 히스파니에를 만나봤다고 했던 것 같은데 그 노인네가 어떤 사람인지까지는 잘 모르셨나 보군요. 저 자식은 세 시간도 지금 겸양 떠는 건데."

쥬스피앙이 미간에 주름을 잡더니 물었다.

"그럼 도대체 책 한 권을 외우는 데 얼마나 걸린단 말이냐?"

"보통 사람들이 그 책을 읽는 속도보다 좀더 빠른 정도던가. 하여튼 잘 모르겠고 그냥 데모닉이라서, 아니 천재라서 그런가 보다 하고 넘어가요."

쥬스피앙은 그 말에 마음이 상했다.

"뭐? 이봐, 천재란 책을 좀 외운다고 붙는 이름이 아냐. 내 연구실에 있는 저 찬란한 연구 업적들, 저게 하루아침에 되는 줄 아나? 오랜 노력과, 번뜩이는 영감과, 정리벽과, 창의적인 사고력과, 그리고 조수 역할을 해줄 똑똑한 딸까지 필요한 일인 걸 너희가 알아? 그 정도는 갖춰야 천재랄 수가 있지."

조슈아는 상황을 수습해야겠다는 생각에 얼른 끼어들어 맞장구를 쳤다.

"맞아요. 그런 능력이 있어야 진정한 천재겠죠. 그런 의미에서 당신이 훨씬 훌륭한 천재예요."

"당연히 그렇지!"

"그렇고말고요."

"외우는 게 다가 아냐!"

"옳은 말씀입니다."

"게다가 넌 딸도 없잖아?"

"아…… 네, 물론……."

조슈아가 머뭇거리자 쥬스피앙은 정말 당연하다는 듯 덧붙여 말했다.

"딸이 없는 마법사는 진정한 마법사가 아니라고."

"……."

물론 조슈아는 마법사도 아니었다. 막시민이 보다 못해 입을 열었다.

"그러니까 그 문젠 이제 됐고, 우리한테 뭐 더 설명할 것 있지 않나요? 말해주도록 기다리고 있자니 찜찜해서 못 견디겠네."

그제야 쥬스피앙이 팔짱을 끼며 모두를, 특히 막시민을 돌아봤다.

"나, 쥬스피앙은 네가 지금 데모닉 조슈아를 떠날 수 없다는 걸 이해했다. 잘못된 마법의 문제를 간과하지 못하는 것이 나처럼 인격적인 마법사의 힘든 점이지. 그래서 너희가 페리윙클섬으로 가도록 내 비행선을 빌려주겠다는 거야. 바람만 잘 잡아탄다면 넉넉잡아 보름이면 남쪽 바다에 떨어질 거고, 일을 해결하고 돌아오는 데도 그 정도 시간밖에 걸리지 않겠지."

그 말에 심드렁하던 막시민의 태도가 일변했다.

"잠깐, 정말 아노마라드 남쪽 바다까지 가는 데 보름밖에 안 걸린단 말인가요?"

"그것도 너희가 조종을 제대로 못 할 것을 감안해서 하는 소리야. 내가 같이 타고 간다면 틀림없이 열흘밖에 안 걸릴걸."

"되기만 한다면 이것 이상으로 빠른 방법은 없겠는데."

막시민은 장난감처럼 치장된 배를 다시 한번 쳐다봤다. 지금 들은 말을 믿을까 말까 저울질하고 있는 것이 분명했다.

"그래도 믿기에는 너무 허무맹랑한 얘긴데……."

막시민의 성격상, 저 배가 하늘을 난다는 말을 신뢰하는 것부터 간단치 않았을 게 틀림없었다. 어제부터 있었던 몇 가지 일들, 특히 이 집의 괴상한 구조와 결계의 존재가 아니었더라면 쥬스피앙의 마법에 대해서도 믿지 않았을 것이다.

하지만 그 마법으로 감자 껍질도 못 벗기잖아?

"역시 당신의 말을 믿을 수가……."

이럴 때면 의외로 가장 상식적인 예의를 발휘하는 조슈아가 나섰다.

"쥬스피앙 님, 이해해주셔서 고맙습니다. 그리고 이런 귀한 배까지 빌려주시는 배려에도 진심으로 감사드립니다. 가능한 한 빨리 모든 일을 해결하고 돌아와서 바이올린 문제에 종지부를 찍도록 하지요."

"야, 조군, 너 지금 나더러 빨리 돌아와서 삼 년 동안 조수 노릇을 하라는……."

쥬스피앙이 말을 막았다.

"아니. 생각이 바뀌었다."

막시민은 점점 더 불안한 표정이 되어갔다.

"네게 카프리치오 바이올린의 소유권을 넘겨준다. 그리고 너희가 가장 빠르게 문제를 해결하고 돌아올 수 있는 수단을 빌려준다. 물론, 막시민 군 너를 조수로 잡아두지도 않는다. 그 대신……."

"대신?"

"일이 해결되고 돌아오면, 정식으로 마법을 배워라."

"뭐라고요?"

쥬스피앙은 완강한 표정으로 다시 한번 잘라 말했다.

"마법을 배우란 말이야. 기초부터, 착실하게."

"내가 왜요!"

"너한테 카프리치오를 줬으니까 그렇지!"

둘은 눈을 부릅뜨고 서로를 쏘아봤다. 다짜고짜 마법을 배우라니, 막시민으로서는 황당함을 넘어 암담한 얘기였다. 평소 관심이 없었던 것은 물론이고 무엇보다 누가 앞으로 뭘 해야 된다고 정해주는 데 전혀 익숙한 성격이 아니었던 것이다. 부모조차 그의 인생에 참견한 적이 없었으니까.

"바이올린이랑 마법이 도대체 무슨 상관이냐고!"

"내 말은 지금껏 귓등으로 들었냐? 그 바이올린은 다시 재현되기 힘든 가나폴리 마법의 유산이란 말이다. 그런 것의 주인이 마법 끄트머리도 모르다니, 이게 될 법이나 한 소리냐! 내가 네게 그걸 넘겨주려고 마음먹은 것도, 빌어먹을 데모닉 히스파니에를 제외하면 네가 현재 이 세상에서 카프리치오 바이올린을 연주할 수 있는 유일한 인물임이 틀림없기 때문이지, 네가 뭐 마음에 들어서 주는 줄 알아? 하지만 네가 말했듯 난 마법사다. 그것도 무척 인격적이고 훌륭한! 그러니 훌륭한 마법사로서 절대로 마법을 모르는 자에게 마법의 유산을 넘겨줄 수 없어! 그러니 네게 마법을 가르치고야 말 테다!"

"싫다니까! 나도 한번 싫다고 말한 이상 끝까지 싫은 거야!"

"뭐야? 그러면 저 배는 안 빌려줘!"

"이봐, 일단 빌려주기로 했으면 빌려주는 거지, 갑자기 무슨 딴소리예요?"

"내 거니까 내 맘이야!"

"그게 무슨 놈의 훌륭한 마법사의 자세야!"

지금껏 보아온 바로 '훌륭한 마법사'라는 말에 민감한 쥬스피앙은 잠깐 머뭇거리더니 말을 바꿔 외쳤다.

"그러면 저 배는 빌려주지만…… 대신 배에 넣을 연료를 손톱만큼도 주지 않을 테다!"

"뭐? 치사하게 너무하잖아!"

"치사하든 말든 알 게 뭐냐?"

안타깝지만 이번만은 '훌륭한 마법사' 논리가 통하지 않을 것 같았다. 옛이야기들을 따르자면 마법사란 자들은 지금처럼 '보트를 주지. 단, 노는 빼고' 또는 '영원한 생명을 주지, 단 영원히 늙어가라고'와 같은 말장난을 무척 즐기는 인간들인 것이다.

"연료 까짓거 직접 구하면 되지!"

"될 것 같냐? 연료가 뭔지나 알고 하는 소리야?"

왠지 가르쳐줄 것 같은 분위기라 막시민은 재빨리 물었다.

"연료가 뭔데요?"

"금."

그 말에 조슈아도 놀라지 않을 수 없었다.

"금이라고요? 도대체 얼마나 필요한 건데요?"

"글쎄, 페리윙클까지 갔다 오려면…… 왕복 한 달 기준으로 약 1만 온스 정도?"

"세상에."

리체는 벌린 입을 다물지 못했고, 막시민은 황당한 나머지 목에 사레가 들려 기침을 터뜨렸다. 조슈아만이 조그맣게 중얼거렸다.

"생각만큼 많이 들지는 않는군요."

"많지 않다고? 1만 온스면 금반지로 몇 갠지 계산해보고 하는 소리야?"

리체가 다그치자 조슈아가 계면쩍게 웃더니 말했다.

"난 연료라고 해서 혹시 땔감처럼 들어가는 것이 아닐까 생각했단 말이야. 그나저나 세상에서 제일 비싼 탈것이겠는데."

"그 정도 내고 하늘을 날 수 있다고 하면 탈 사람도 꽤 있을걸?"

쥬스피앙이 자신만만하게 말하자 조슈아가 고개를 끄덕였다.

"솔직히 저라도 타보려 할 것 같군요."

"그건 조군 네가 아르님 소공작일 때의 얘기고, 이른바 거지 여행중인 너는 손톱만 한 사금 조각 한 개도 생길 데가 없다는 걸 알아줬으면 좋겠는데."

막시민은 몸을 휙 돌려 쥬스피앙을 봤다.

"그러면, 내가 당신 말을 들었으면 연료로 쓸 금을 당신이 줄 생각이었단 말입니까?"

"그러면 너희가 어디서 금을 마련해 오냐?"

"나중에 갚는 조건으로?"

쥬스피앙이 불쾌한 눈빛으로 막시민을 째려봤다.

"넌 내가 가난해서 요런 집에 사는 줄 아냐? 그건 단지 내 소박하고도 고상하며 자연 친화적인 취향 때문일 뿐이야. 마법 시약의 재료 중에는 금보다 훨씬 값진 것들이 널렸어. 나

정도 되면 연금술의 비의에는 통달했음을 알아야지."

"당신은 금을 만들 수 있단 말인가요?"

"두말하면 잔소리지."

조슈아는 막시민의 태도가 점점 달라지고 있는 것을 눈치챘다.

"아, 흠흠, 그러면 아까 한 대답으로 미루어 짐작해볼 때…… 금을 갚지 않아도 된다는 말이군요?"

쥬스피앙도 점잔을 빼며 대꾸했다.

"뭐, 비행선의 연료로 쓰인 금은 완전히 없어지는 것도 아니니 말이야."

"없어지지 않다니요?"

"금은 모든 금속들의 왕이지. 지배자라고. 금의 그러한 성질이 비행선을 움직이는 마력의 도가니를 지배하는 거야. 배 안에 있는 용광로에 금을 넣으면 금이 녹고, 녹은 금이 도가니로 흘러 들어가지. 그 도가니가 꽉 차 있기만 하면 배는 문제없이 움직여. 다만 조금씩은 소비가 되는데, 계속해서 채워주지 않으면 비행선의 각 부분들이 점차 말을 안 듣고 문제를 일으키지. 그걸 감안해서 필요한 금의 양을 말한 거야. 그러니 여행이 끝났을 때도 여전히 도가니 안에 금이 가득차 있을 거야. 없어진 건 일부에 불과할 테고, 그 정도는 돌려주지 않아도 돼."

"아아, 그렇군요."

막시민은 무척 탄복한 표정을 지었다. 조슈아가 보기에 이 친구에게 무슨 속셈이 있지 않고는 저렇게 고분고분하게 대꾸할 리가 없었다.

"저는 뭐, 가난해서 금 같은 건 없지만 그런 배라면 일생에 한 번쯤 타보는 것도 나쁘지 않겠죠. 이런 기회가 흔하게 오는 것도 아닐 테고, 그런 귀한 탈것을 빌려주시는 배려에 깊은 감사를 드리며, 다시 생각해보니 마법을 배우는 것도 그리 나쁜 생각은 아닐 것 같은 느낌이 드는데……."

"오, 그래? 드디어 결심했나?"

이제는 리체마저도 수상쩍은 눈빛을 보냈다. 하지만 쥬스피앙만은 전혀 눈치채지 못한 것처럼 보였다. 그는 비행선이 등장한 후부터 자신의 위업을 남들에게 처음으로 선보였다는 흥분에 완전히 도취되어 있었다.

"다만 당신 밑에서 배우기는 좀 곤란할 것 같은데요. 여긴 고향에서 너무 멀고, 집에 가면 제가 돌봐줘야 하는 동생들이 많아서요."

이 말을 할 때 막시민은 쥬스피앙에게 붙잡히지만 않으면 그놈의 마법을 십 년 뒤에 배우든 할아버지가 되어서 배우든 당신이 알 거 있겠냐, 하는 생각을 하고 있었다.

"오, 물론 꼭 나한테 배울 필요는 없겠지."

뜻밖으로 쥬스피앙은 제안을 쉽게 받아들였다.

"나도 너처럼 아무것도 모르는 초심자를 가르쳐본 지가 너무 오래되어서 잘할 수 있을지 의문이었어. 그보다는 역시 기초 교육에 전문적인 선생이 좋을 거야."

"네? 아…… 뭐 그렇겠죠."

막시민이 불안한 기운을 감지할 즈음, 쥬스피앙이 결론을 내렸다.

"네냐플에 들어가라."

막시민은 눈을 깜빡거렸다.

"네냐플? 그게 뭔데요?"

"학교야."

막시민의 표정이 금방 딸꾹질이라도 할 듯한 것으로 바뀌었다. 쥬스피앙은 아랑곳 않고 말을 이었다.

"네냐플 학장인 히라크 칼마린은 내 옛날 친구인데, 요새 젊은 축들 중에서 실력을 인정할 만한 몇 안 되는 마법사이기도 하지. 거기가 수준이 꽤 괜찮다고 들었어. 학교에서 기초를 배우고, 심화 단계를 배울 때가 되면 날 찾아와라. 네가 졸업하고 올 때까지 내 생각이 바뀌지 않는다면 널 진짜 제자로 삼을 테니까. 그런데 네 미래를 위해서는 안타까운 일이지만 내가 생각이 좀 잘 변해."

"아니, 잠깐만."

막시민은 안경을 고쳐 끼더니 쥬스피앙 앞으로 다가갔다. 몇 마디 논쟁하던 둘은 잠깐 만에 소리를 질러대기 시작했다.

“학교라니! 분명 수업 시간이니 쉬는 시간이니 따위가 있고, 식사도 정해진 시각에 먹고, 기숙사에는 제때 돌아와야 되고, 그딴 곳이겠죠? 난 누가 내 생활에 참견하는 거 딱 질색이란 말입니다!”

“학교가 싫다고? 척 봐도 뾰족한 대책이 없는 한심한 인생임이 틀림없는 놈이, 이 정도로 훌륭한 삶의 이정표를 제시해 주는데 무슨 놈의 잔소리가 그리 많아! 마법을 배우면 얼마나 훌륭한 호구지책이 되어줄 것이며, 취업 가능성도 극적으로 높아지는…….”

옆에서 듣자니 이야기는 점차 입학 광고 비슷하게 되어갔다.

“일단 네냐플을 졸업했다 하면 오라는 데가 줄을 선단 말이야! 돈도 금방 모으고 노후도 편안히 보장되는…….”

그 말이 막시민의 마음을 움직였는지는 미지수였지만 한동안 대꾸도 않고 있던 그가 불쑥 물었다.

“거길 졸업하는 것까진 좋다 치고…… 그후에 여길 와서 기껏 조수 노릇이나 하란 말입니까?”

그 말에 쥬스피앙이 발끈했다.

“나 같은 위대한 마법사가 제자로 삼아준다는 것이 얼마나 어마어마한 특권인지 알고나 하는 소리야? 다른 놈들은 제발 당신의 위대한 마법을 조금만 가르쳐주십사 쫓아다니며 비는데 이놈은 뭘 믿고 이렇게 콧대를 세워대는 거야!"

"세상 놈들의 생각이 다 똑같을 거라고 믿지 마시죠. 그런데 하나만 물어봅시다. 그놈의 네냐플인지 뭔지 하는 학교에서 먹이고 재우고 정도는 해줍니까?"

"그거야 물론이지. 돈을 내는데."

"뭐? 돈이라고? 나 돈 없어요. 암, 한 푼도 없지."

"장학금 주면 갈 테냐?"

막시민은 재빨리 표정 관리를 했다.

"전액 줍니까?"

옆에서 보고 있던 조슈아가 감동해서 리체에게 속삭였다.

"연기 실력이 나보다 나은 것 같아."

쥬스피앙은 소년처럼 눈을 흘기더니 허리춤에 끼고 있던 양피지 공책을 뽑아 한 장 북 찢고, 직접 만든 자동 잉크 펜을 꺼내 들어 멋진 필체로 휘갈겨 썼다.

히라크 칼마린 친전

일전에 나한테 빌려간 보석초 화분 두 개 값을 이 편지 갖고 가는 잔소리 많은 놈의 수업료 대신 지불해주게.

잔돈은 용돈으로 줘버려.

참고 1 : 안경 쓰고 용의가 지저분한 갈색머리 놈임.

참고 2 : 화분 나머지 세 개 값은 꼭 갚을 것.

위대한 은둔 대마법사

앨베리크 쥬스피앙

"자, 그럼 가기로 한 거지? 잘 간직해. 이 문서로 받을 수 있는 돈이 한두 푼이 아니니까."

도무지 중요한 문서처럼 보이지 않는, 심지어 삐딱하게 찢어진 양피지 조각을 받아든 막시민이 중얼거렸다.

"젠장, 이름을 쓰면 되잖아요. 지저분한 갈색 머리 놈은 또 뭐야."

현금이었으면 더 좋았겠지만 이만해도 나쁘지 않은 거래였다. 어쨌든 다른 속셈도 있고 말이다. 옆에서 내용을 건너다보던 조슈아가 지적했다.

"'친전'은 봉투에 써야죠. 펴자마자 내용이 다 보이는데 친전이라고 써봤자……."

그런 말을 해봤자 천재답게 남의 지적 따위는 들은 체 만 체하는 쥬스피앙에게는 소용없었다. 대신 쥬스피앙이 갑자기 생각났다는 듯 덧붙였다.

"아참, 깜빡 잊고 말 안했는데, 네냐플에는 입학시험이 있어. 듣기로는 어렵기로 악명이 높다는데. 재수나 삼수 정도는 각오해야 할지도.”

그와 동시에 막시민이 뒤통수 한 대 얻어맞은 표정으로 소리쳤다.

“뭐야, 그냥 입학하는 게 아니란 말이야? 그런 얘기야말로 미리 했어야 될 거 아닙니까!”

# 소녀 유령

그분은 당신을 만나지 않으십니다. 당신은 죽는 순간까지도 그분을 만날 수 없을 것입니다. 그리고 나와 내 딸도 당신을 따라가지 않습니다. 당신은 한 번의 기회를 잃었습니다. 세상 일에 두 번 기회가 주어지는 경우가 얼마나 적은가요. 그리고 이 또한 두 번의 기회가 없는 일이랍니다. 이제 당신에게 더 드릴 말씀은 없습니다. 조용히 가주십시오. 그리고 다시는 오지 마세요.

"포위는 완벽합니다. 아무도 이 들판을 몰래 빠져나갈 수

없을 겁니다."

부관들의 일상적인 보고였기에 남자는 지나가는 말처럼 물었다.

"하늘로도?"

"네?"

남자는 하늘을 올려다봤다. 하늘은 무척 맑았다. 밤이 되려면 멀었으니 뭔가가 날아간다 해도 놓칠 가능성이라면 모를까 발견하지 못할 일은 없을 것 같았다. 하지만 부관의 보고를 돌려 생각하자면 '나 간다, 애들아 안녕!' 하며 대놓고 빠져나가는 일은 있을지도 모르니까.

"내 생각엔……."

부관은 긴장했다. 그의 지휘관은 말투는 부드럽지만 동정심, 관용, 이해심 같은 것은 조금도 없는 사람이었다.

"날씨가…… 너무 좋은 것 같아."

"네?"

남자는 다시 하늘을 올려다봤다. 미동도 않는 새파랗게 갠 하늘이 뭔가 숨기고 있다고 믿는 것처럼.

부관이 대꾸를 못 하고 우물쭈물하고 있자 남자가 느긋한 어조로 화제를 바꾸었다.

"결계 안으로 전언을 보낼 방법은 없나?"

결계 안에서는 여행 준비가 착착 진행되고 있었다. 리체는 쥬스피앙을 다그쳐 식량이나 담요 따위 여행용품들을 뜯어내느라 바빴고, 막시민은 리체가 시키는 대로 큰 짐을 옮겨놓더니 출발 전 휴식을 핑계로 다락방에 틀어박혀 뭔가 궁리하는 모양이었다. 그리고 조슈아는 읽어야 할 책을 읽고 있었다. 홀 구석에 주저앉아서.

조슈아가 『비행선 조종의 정석』을 다 읽는 데는 두 시간 정도 걸렸다. 읽는 것과 동시에 외운 것은 물론이었다. 그러고 나자 당연히 배 안을 살펴보고 싶어졌다.

리체와 달리 조슈아는 이 배에 대한 쥬스피앙의 낯뜨거운 찬사에 어느 정도 동의했다. 내부는 여느 배와 비슷했지만 판자 하나하나가 꼼꼼하게 재단되고 정교하게 짜맞춰져서 대충 자른 다음 못질해 메운 곳이 없는 것은 물론이고 흘러나온 아교 흔적조차 없는 배였다. 그런 판자들이 죽 늘어선 갑판 가운데 서서 사방을 둘러보자 묘하게 즐거워졌다.

돛대에 돛은 없었다. 아직 달지 않았나? 하긴, 날아가는 배라면 돛이 굳이 필요하지 않을지도 모른다. 그렇다면 왜 이렇게 배와 흡사하게 만들었을까? 어차피 마법으로 날아간다면 모양이야 침대든 접시든 상관없는 것 아닌가?

혹시, 불시착하면 그때부터는 항해를 하란 건가?

그런 생각이 떠오르자 대뜸 불길해져 얼른 고개를 흔들어버렸다. 비행선 조종 문제라면 책을 통째로 외워뒀지만, 항해에 대한 상식이라면 기껏해야 배가 뒤로 가지 않고 앞으로 간다는 정도밖에 몰랐던 것이다.

명색이 키 모양을 문장으로 갖고 있는 가문의 후계자인데, 하는 생각이 들어 소리 없이 웃다 보니 켈스니티가 하던 말이 떠올랐다. '이럴 때면 네가 그의 자손이라는 사실이 도무지 믿어지지 않아.'

"하긴, '뱃놈 공작'이라고까지 불린 사람의 후손치고는 좀 그런가?"

그렇게 중얼거렸을 때, 고물 쪽에서 누군가가 대꾸했다.

"뱃—놈—공—작—이라고?"

조슈아가 흠칫 놀라 돌아보니 판자 색깔과 비슷한 옷을 입은 소녀가 턱을 괴고 앉아 조슈아를 바라보고 있었다. 머리도 연노란색이고, 피부조차 노르스름해서 조금 전에 둘러볼 때는 못 알아봤던 건가 싶었다. 어쨌든 조슈아는 저도 모르게 이렇게 말했다.

"어…… 그 이름은 함부로 쓰면 안 돼."

이카본의 별명이긴 했지만, 그다지 우아한 이름이 못 되다 보니 예전에도 당사자 없는 술자리 같은 데서나 입에 담는 별명이었다. 이젠 당사자조차 죽어 사라졌지만 아르님 가문의 자손 앞에서 남이 입에 담을 만한 이름은 아니라고 즉각 생각한 것이 어쩐지 신기했다.

"그—으—래?"

소녀가 일어나 다가왔다. 가까이에서 보니 소녀의 옷이나 머리의 색깔은 판자와 많이 달랐다. 둘 다 흑갈색에 가까웠다. 아까는 왜 비슷해 보였을까?

"응. 그런데 넌 누구지? 아, 네가 쥬스피앙 님의 딸이란 애구나?"

상대가 소개하지 않았지만 이곳에 있을 소녀가 달리 없는지라 말로만 듣던 티치엘인가보다 생각했다. 소녀는 긍정도 부정도 않고 다짜고짜 다른 얘기를 꺼냈다.

"너의 머리, 본래 그런 색깔이야?"

소녀는 조슈아의 회색 머리를 보고 있었다. 조슈아는 당황해서 저도 모르게 머리카락을 매만졌다.

"머리? 아, 실은 이런 색깔이 아니었지만."

갑자기 뭔 소리를 하는 건가 생각하면서도 대답은 마저 했다.

"어느새 이렇게 돼버렸어. 이유는 모르겠고. 일찍 머리가 세나 보다 하고 생각할 뿐이야."

"노인들의 머리카락은 하얗잖아."

"좀 다르긴 하지만, 뭐."

"이 배가 마음에 들어?"

"응…… 그런 것 같네. 너도 이 배를 같이 만들었니?"

"나는 배를 만들 줄 몰라."

대답이 묘하게 이리저리 튄다 싶었지만 그래도 쥬스피앙보다는 대처하기가 낫다고 생각하며 조슈아는 미소 지었다.

"넌 너희 아버지만큼 특이한 것 같지 않아 마음이 놓이네."

"난 아버지를 안 닮았어."

"응, 그래. 아니, 조금은 닮은 것 같아."

사실 조슈아는 소녀와 대화하는 것보다 배를 좀더 살펴보고 싶었다. 그래도 그냥 가버리는 것은 실례가 될 것 같아 조금 궁리하다가 말했다.

"같이 배를 둘러보지 않을래?"

"응."

조슈아가 뱃머리 쪽으로 걸어가자 소녀가 따라왔다. 조슈아는 처음에 소녀가 배 안을 안내해주지 않을까 싶었지만 그건 그냥 기대에 불과했다. 소녀는 이 배에 대해 조슈아보다도 아는 것이 없는 것 같았다.

"이 키는 정말 항해용인 걸까? 배 밑바닥에도 키가 붙어 있었지만 사실 하늘을 날 때는 쓸모가 없을 테니 말이야."

"글쎄."

"책에도 이런 얘기는 안 나와 있었어."

"책?"

"너희 아버지께서 쓰신 비행선 조종 책 말이야. 그 책을 조금 전에 읽었거든."

소녀는 대답하지 않았다. 조슈아는 몇 걸음 더 걷다가 웃으면서 말했다.

"사실 그 책은 두껍기만 하고 쓸데없는 얘기가 절반 이상이었어. 비행선을 만들게 된 동기, 만들기 위해 수집한 자료, 포기할 뻔했을 때의 기억, 완성한 후의 희열, 앞으로의 기대 같은 것만 잔뜩 씌어 있어서 실제로 조종하는 법은 얼마 안 되더라고."

"그래?"

조슈아는 점차 이 애가 쥬스피앙의 딸이 맞나 의심쩍은 생각이 들었다.

"넌 그 책 전혀 안 봤니?"

"이제부터 볼 거야."

그것도 이상한 대답이었다.

"지금까지 안 봤다면서 왜?"

그러자 소녀가 고개를 돌려 조슈아를 똑바로 보며 말했다.

"너랑 같이 갈 거니까."

지금 잘못 들은 건가, 아니면 뭔가 일이 꼬인 건가 당황하고 있을 때 입구 쪽에서 발소리와 떠드는 소리가 들려왔다. 다른 사람들이 돌아오는 모양이었다. 조슈아는 그들에게 가 보려는 생각에 소녀에게 말했다.

"잠깐만."

줄사다리를 몇 단 내려가다가 훌쩍 뛰어내렸다. 몸이 가벼워 그 정도는 문제없다고 생각하며 살았는데 조슈아는 문득 두통을 느꼈다. 아주 짧게, 그러나 번개처럼 확 스치고 지나갔다.

"아……."

관자놀이를 누르면서 겨우 평정을 되찾고 세 사람에게 다가갔다. 리체가 한 걸음 나오며 말했다.

"준비 완료야. 오늘 당장 출발해도 된대."

"그래? 그런데 몽플레이네 씨는 어떻게 되는 거야?"

쥬스피앙이 대신 대답했다.

"세자르라면 들판에서 잘 놀고 있는 것 같더군."

"혹시 들판에 다른 사람은 없고요?"

"다른 사람? 음, 경기병 한 떼가 돌아다니던데?"

이 말을 쥬스피앙이 한 것은 처음이었으므로 세 사람은 모두 바짝 긴장했다. 특히 리체가 당황했다.

"언제부터요? 아니, 그걸 본 게 언젠데요?"

"세자르 말이야, 아니면 경기병 말이야?"

"몽플레이네 씨 말예요!"

"경기병!"

리체와 막시민은 각자 다른 대꾸를 하고 서로의 얼굴을 봤다. 그리고 둘이 똑같은 걱정을 하고 있음을 확인했다.

"세자르라면 방금 전이야. 경기병은 오늘 아침이었지."

"혹시 지금도 볼 수 있어요?"

쥬스피앙은 로브 안쪽에서 두툼한 두루마리를 하나 꺼내더니 아무것도 씌어 있지 않은 곳을 찾아 펼쳐 들고 있으라고 지시했다. 이어 펜을 뽑아 그 안에 커다란 원을 그려 넣자 갑자기 원 속에서 여러 가지 형태가 불쑥불쑥 튀어 오르기 시작했다. 나무가, 바위가, 풀이, 그리고 말과 사람이. 처음에는 펜으로 윤곽만 그린 것 같은 모양이었지만 곧 구체적인 모습으로 변했다.

먼저 눈에 띈 것은 세자르였다. 그는 결계석 앞으로 돌아와 있었다. 결계석을 들여다보며 어떻게 할까 궁리하는 기색이었다.

"됐냐?"

막시민이 고개를 흔들며 급히 말했다.

"경기병을 비춰봐요."

그러자 쥬스피앙은 두루마리를 더 넓게 펼치게 하고는 빈자리에 다시 원을 그렸다. 거기서도 조금 후 형태들이 튀어나오기 시작했다.

경기병들은 이제 서 있었다. 모여서 무언가를 기다리는 모습이었다. 막시민은 찾던 사람을 얼른 발견하지 못했다. 이 두루마리를 통해서 볼 때는 사람의 얼굴이 마치 움직이는 펜 그림처럼 보이기 때문이었다.

그러나 결국 발견했다.

물론 그들은 그자의 얼굴을 알지 못했다. 그땐 가면을 쓰고 있었으니까. 그러나 하나만은 잘못 볼 리 없었다. 사람의 얼굴을 뒤덮을 정도로 거대한 손.

막시민과 조슈아는 아무 말도 하지 않았다. 단지 돌처럼 굳어져 있을 따름이었다. 그러나 리체는 펄쩍 뛰며 소리 질렀다.

"얼른, 얼른 몽플레이네 씨를 여기로 데리고 들어와요! 얼른요!"

별 호감은 없는 아버지지만 당장 위험에 처해 있다고 생각하니 못 견디겠던 모양이었다. 쥬스피앙만이 느긋하게 세 사람을 번갈아 봤다.

"도대체 왜 그래? 밖에 빚쟁이라도 왔나?"

그때 세자르 몽플레이네는 문제의 결계석을 들여다보며 쭈그리고 앉아 있었다.

"그만하면 볼일도 다 끝났을 텐데 왜 아직 안 부르는 거야?"

그는 돌을 손으로 쓸어보다가 이 돌로 목소리를 전달하는 건 어떨까 하는 데 생각이 미쳤다.

"사람도 보내는데 목소린들 못 보내겠어."

언제 작동될지 모르는 비석 위에 다리 아프게 쪼그리고 있느니 몇 번 불러보는 것쯤 어려울 것도 없었다. 그는 잠시 궁리하다가 비석에 입을 바짝 갖다 대고 말했다.

"어이."

"이봐."

이걸로는 알아듣는다 해도 별 도움이 안 되려나? 세자르는 목소리를 높이고, 내용도 달리했다.

"어이, 이봐! 세상에서 가장 영리하고 위대한 마법사라면 분명히 내 목소리가 들릴 텐데! 고상하고, 천재적이며, 잘생기고, 딸도 예쁜 마법사라면 내 목소리가 들릴 텐데!"

"저 소린 뭐야?"

가장 먼저 알아들은 사람은 귀가 예민한 조슈아였다. 쥬스피앙이 두루마리 끄트머리를 말다 말고 물었다.

"무슨 소리?"

"고상하고, 천재적이고, 잘생기고, 딸도 예쁜 마법사를 찾는 소리요."

"그건 난데?"

옆에서 리체가 다그쳐 물었다.

"그 목소리, 몽플레이네 씨였어?"

조슈아가 고개를 끄덕이자 리체는 발을 동동 구르며 자기 목소리도 들릴 거라고 생각하는 것처럼 소리쳤다.

"거기서 뭘 하는 거야? 지금 그런 태평한 소리나 할 때야?"

잠시 조용하다 싶더니, 이번에는 모두의 귀에 분명히 들렸다. 외침에 가까운 목소리였다.

"들었소? 나 좀 데려가시구려!"

쥬스피앙은 '이런 빌어먹을 놈' 정도의 말을 씨부렁대며 손끝을 휘둘렀다. 다음 순간 세자르는 쭈그리고 앉은 자세 그대로 나타났다. 그는 나타나는 순간에도 이렇게 말했다.

"어이."

리체가 들고 있던 두루마리를 놓아버리고 손을 내밀어 세자르를 일으켜 세웠다. 다친 데가 없다는 걸 확인하자마자 화를 냈다.

"우리를 이런 곳으로 덩그러니 보내놓고 어디서 헤매다가 이제야 나타나요! 그동안 우리가 얼마나 고생을 했는지 알아요? 쓸데없는 걱정이나 시키고!"

"나도 고생했는데. 리체 네가 식량을 다 가져갔잖아. 앞으로는 나눠서 갖고 다니자고."

"그런 것보다도, 아니 그게 요점이란 말이에요? 난……."

"그게 요점 아니야. 요점은……."

두리번대다 드디어 조슈아를 발견한 세자르는 그에게 시선을 맞춘 채 느릿느릿 말했다.

"'그놈'이 왔습니다."

막시민이 대신 대답했다.

"봤어요."

대꾸하는 것과 함께 쥬스피앙에게 몸을 돌렸다.

"우리, 지금 당장 출발할 테니까 연료를 부탁합니다."

쥬스피앙은 서두르는 기색 없이 바닥에 떨어진 두루마리를 다 말아 도로 허리춤에 꽂더니 말했다.

"출발하는 건 좋은데, 갑자기 서두르는 이유가 뭐냐? 그놈이 누군데 그래?"

리체가 아직 흥분을 가라앉히지 못한 채로 빠르게 말했다.

"제가 맨 처음에 말했잖아요! 우리를 뒤따라오는 깡패 같은 놈이 있다고요. 그놈과 얼굴 마주치기 싫으니까 당장 떠나게 해주세요."

"그러니까 밖에 있는 경기병들한테 들키기가 싫다 이거야? 그런데 이거 어쩐다?"

쥬스피앙이 부정적인 뉘앙스로 이야기하자마자 세 사람이 동시에 달라붙어 소리쳤다.

"왜요? 무슨 문제가 있는데요?"

"이 비행선 말이야."

세자르까지, 넷의 눈이 모두 쥬스피앙에게 쏠렸다.

"일단 밖에 나가야 날릴 수가 있는데."

그때 남자는 들판 가운데 쭈그리고 앉아 뭔지 모를 소리를 커다랗게 지껄이다가 갑자기 사라져버린 자가 있던 곳에 와 있었다. 그리 멀지 않은 곳이었기에 외침 소리가 아주 잘 들렸던 것이다.

남자는 아래를 내려다보았다. 비석처럼 생긴 돌판 하나가 덩그러니 놓인 것이 보였다. 혼자서 얼마간 들여다보고 있던 남자는 마법사이자 부관인 사내가 다가오자 그 돌을 가리켰다.

"찾았습니다. 이게 바로 그 결계 안으로 들어가게 해주는 표지일 겁니다."

남자는 고개를 끄덕이더니 질문했다.

"그런데 이거 말도 전해지나?"

"확실하진 않지만 가능할지도요. 그런데 하실 말씀이라도 있으십니까?"

남자가 빙그레 웃더니 말했다.

"나야 늘 할말이 많지."

모두의 머리 위에서 가볍게 목을 고르는 소리가 들려온 것은 그때였다.

"음, 크흠."

조슈아는 흠칫하여 눈을 크게 떴다가 숨을 딱 멈추며 서서히 내리깔았다. 잘못 알아들을 리 없는 목소리였다. 아니, 조슈아는 누구의 목소리도 잘못 알아듣지 않았다.

"조슈아?"

리체가 나쁜 예감을 확인하려는 것처럼 그를 부르고 시선을 위로 향했다. 어느 쪽을 보든 아무것도 보이지 않았지만 사로잡힌 것처럼 꼼짝 못하게 된 것만은 같았다. 막시민은 입술을 꽉 다물며 생각했다. 저 목소리를 다시는 듣고 싶지 않았는데.

"아, 아, 잘 들립니까?"

바로 곁에 온 것처럼 또렷한 목소리였다. 평이하고 사무적인 어조도 똑같았다. 이 순간 세 사람은 이곳에서 말을 해도 저자에게 들리지 않는다는 사실을 잊고 있었다. 아무도 입을 열지 않았다.

"뭐, 들린다고 치고……. 어딘지 모를 곳에 계신 세 분, 아니 네 분. 약속을 지키러 왔다는 사실을 알려주려고 말이야. 약속한 날짜에서 하루가 초과됐군. 그 점은 미안하게 생각해."

쥬스피앙이 침묵을 깼다.

"저놈은 뭐야?"

리체가 퍼뜩 놀라 쥬스피앙을 보다가 그제야 이쪽 목소리는 전달되지 않는다는 걸 깨닫고 호르르 한숨을 내쉬었다. 그래도 어쩐지 크게 떠들 기분은 나지 않아 조그맣게 말했다.

"깡패죠."

"깡패? 내가 듣기론 잡상인 같은데? 너희들, 물건값 떼어먹었냐? 도대체 얼만데?"

"제발 남의 말 좀 믿어요."

쥬스피앙은 리체의 말을 믿고 말고 하는 것과는 별개로, 밖에 나타난 자보다 방문객들의 반응에 더 흥미를 느끼는 것 같았다. 따라서 그는 그자와 굳이 대화를 시도하지도 않았고, 반면 말을 막으려 하지도 않았다.

막시민은 생각했다. 이자가 하는 말에 계속 귀를 기울여도 좋을까. 어차피 저쪽과 이쪽은 적대 관계가 분명하고 협상의 여지가 없으니 더 나눌 얘기 따윈 없다. 들어서 좋은 정보가 나올 리 없는 것이다. 물론 저자가 말실수를 할 수도 있다. 하지만 들리니까 그냥 듣고 있는다는 건…… 어쩌면 일방적으로 공격당하는 것과 마찬가지 아닐까?

거기까지 생각했을 때 다시 목소리가 들려왔다.

"다들 그곳은 안전하다고 믿고 있을지도 모르겠지만, 내 생각은 좀 달라. 뭐, 친분 정도는 있겠지. 하지만 선악에 대한 판단은 모두가 다른 거지. 사슴과 사냥꾼 중에 누가 옳다고 할 수 없는 것처럼, 너희와 나도 마찬가지야."

리체가 인상을 썼다.

"뭐라고 떠드는 거야?"

쥬스피앙이 말했다.

"자기변호를 하고 싶은 것 같은데?"

막시민은 다시 생각했다. 자기변호라고?

왜 저자가 변명 따위를 하려고 들지? 지난번에도 그자는 사람들의 기준이 모두 다르다는 이야기를 했었다. 누군가에게는 사소한 일도, 다른 사람에게는 죽여야 할 죄가 될 수 있다고 말했던 기억이 났다. 이건 동어반복이다. 그는 했던 말을 되풀이하기를 좋아하는가?

"난 말이야, 사실 너희에게 특별한 원한은 없어. 너희가 어떻게 살아왔는지 전혀 모르고, 물론 관심도 없고. 그런 내가 이렇게 수고하는 이유는 단 하나, 봉급을 받기 때문이지. 난 그 봉급에 매여 있는 보잘것없는 존재에 불과해."

낮게 웃는 소리가 머리 위에서 울렸다. 그가 자신을 샐러리맨이라고 칭한 건 그 이상으로 자기를 밝힐 필요를 못 느꼈기 때문이기도 했지만, 동시에 자신의 역할에 대한 관점을 드러낸 것이기도 했다.

"누구든 봉급을 받으면 합당한 일을 해야 하지. 난 의뢰인의 정의에는 관심 없고, 사실 관심을 가질 자격도 없어. 봉급쟁이의 고충이나 역할의 한계에 대해 아는 사람이라면 내 일을 방해하려 하지 않을 거라 생각해. 사사로운 친분 관계에

얽매여서 다른 사람이 봉급을 받으며 어렵게 하는 일을 방해하는 사람은 넓은 관점의 균형을 모르는 자라 할 수 있겠지."

목소리에서 싱글싱글 웃고 있는 모습이 연상되어 어쩐지 등골이 싸늘했다. 그의 얼굴을 모르기에 웃는 얼굴 대신 가면밖에 떠올릴 수 없다는 것이 한층 기분을 이상하게 만들었다.

"늑대에게 쫓기는 토끼가 불쌍하다고 늑대들을 잡아 죽이다가는, 기하급수적으로 늘어나는 토끼들 때문에 초원이 망가지고 다른 초식동물들까지 피해를 보게 된다고. 이 세계의 주인공은 토끼가 아니지. 물론 늑대도 아니야. 누군가를 주인공으로 보고 주인공을 방해하는 자는 다 악으로 규정하는 건 어린애들의 생각이잖아?"

그때 막시민이 갑자기 팔을 휘두르며 외쳤다.

"저 소리, 멈추게 해!"

소리를 막을 수 있는 사람은 쥬스피앙뿐이었다. 그런데 쥬스피앙은 막시민의 말에 얼른 답하지 않고 고개를 약간 기울이며 천장을 올려다보고 있을 뿐이었다. 그러는 동안에도 목소리는 계속 들려왔다.

"그런데 내가 알기로 마법사는, 그런 사적인 관점에 휘둘리는 경우가 거의 없어. 마법사는 균형을 알지. 특히 그가 '훌륭한 마법사'라면 잘 알 거야……."

막시민은 쥬스피앙에게 바짝 다가가 다그쳤다.

"멈춰버릴 수 없어요? 듣기 싫은데, 저놈 입을 막아버릴 방법은 없냐고요!"

그제야 쥬스피앙이 막시민에게 시선을 주더니 대꾸했다.

"내가 듣고 있잖아."

"뭐라고요?"

"좀 있어봐."

막시민이 억지로 성질을 누르며 다시 뭐라 말하려 했을 때 갑자기 크고 또렷해진 목소리가 머리 위를 울렸다. 그 소리는 명백히 그날, 세자르의 집 식당에서 들었던 미친 자의 목소리 그대로였다.

"세상에는, 죽고 죽이는 자가 있어 균형이 있다는걸."

조슈아는 천장을 올려다보던 시선을 내렸다. 고개 숙인 그가 입술을 깨무는 것이 보였다. 막시민이 신랄하게 내뱉었다.

"너, 설마 데모닉 주제에 저따위 한심한 개똥철학에 감화당했냐?"

"아니, 그게 아니라."

조슈아는 입술을 짓씹으며 말을 이었다.

"저자의 이야기가, 내가 인형을 명분 없이 사냥하려 한다는 말로 들렸어."

막시민이 날카롭게 대꾸했다.

"명분이 왜 없냐? 자기방어는 생물의 본능이야! 너란 놈은 누가 널 해치려 하는데 저항할 의지조차도 없냐!"

조슈아도 막시민을 똑바로 바라봤다.

"그러면 인형이 날 사냥할 명분도 똑같이 충분하지 않아?"

"그 인형은 네가 아니잖아. 네가 추구해야 될 건 너 자신의 생존이야! 다른 누군가가 아니라!"

조슈아는 고개를 저었다.

"아니…… 그도 나야."

그때 마지막 목소리가 들려왔다.

"그럼 곧 다시 만나자고. 난 여기서 기다리고 있을 테니."

더이상 소리는 들리지 않았다. 그러나 한참 동안 아무도 입을 여는 사람이 없었다. 조슈아가 눈을 꽉 감으며 관자놀이를 짚는 모습이 보였다. 막시민은 일부러 말을 걸지 않았다. 저 자식의 기묘한 자기 객관화를 한두 번 봐온 것이 아니고, 그런 만큼 한두 마디로 깨뜨릴 수 없다는 것도 알고 있었다.

이윽고 입을 연 사람은 쥬스피앙이었다.

"저놈이 나한테 살려달라고 비는 것 같은데?"

쥬스피앙의 관점에서는 그게 맞는 해석일지도 몰랐다. 그는 곧 이어 말했다.

"제 놈이랑 나랑 무슨 상관이라고 내가 쫓아가서 죽일 거라고 생각하는 거야? 누가 누구한테 균형을 가르쳐? 너희는 출발 준비나 해라."

리체가 쥬스피앙을 바라봤다.

“더 준비할 것도 없어요. 아저씨가 방법을 알려주기만 하면 돼요. 어떻게 나가고, 어떻게 배를 띄우면 되는지.”

“배를 먼저 결계 밖으로 내보내야 돼. 배를 띄우는 일은 내가 한다. 조금 시간이 걸릴 거야. 그동안 너희가 할 일은 간단해. 시간을 끄는 거지.”

“네? 시간을 끌어요?”

불길한 느낌을 받은 리체가 되묻는데 막시민이 입을 열었다.

“배를 처음부터 아예 먼 곳에 나타나게 할 방법은 없습니까?”

쥬스피앙이 고개를 흔들었다.

“비행선이 안전하게 뜨려면 저 들판처럼 넓은 장소가 필요해. 다른 데도 들판이야 있겠지만 좌표와 지형지물이 미확인이라서 보낼 수가 없어. 들판 가운데 사는 누군가의 집 지붕 위에 난데없이 떨어뜨려서는 곤란하니까. 그랬다간 배도 망가질 테니 너희에게도 좋을 것은 없겠지.”

리체가 물었다.

“그러면 저희는 비행선 출발 준비가 다 될 때까지 여기서 기다리면 안 돼요?”

“나는 혼자 밖으로 이동할 수 있지만 내가 먼저 나가버리면 누가 너희를 내보내주는데? 그리고 귀찮지만 굳이 왔다갔

다한다 해도, 비행선을 처음 가동시키려면 얼마 동안 집중해서 주문을 적용할 시간이 필요한데 그동안 방해하는 놈들을 막아야 할 것 아니야?"

그 말을 듣자니 갑자기 한 가지 사실이 분명해졌다.

"잠깐, 저 배를 아직 한 번도 날려본 일이 없습니까?"

"맞아. 왜?"

모두가 멍해졌다.

"……젠장, 날긴 하는 겁니까?"

배를 노려보던 막시민이 말하자 쥬스피앙이 벌컥 화를 냈다.

"이놈이 지금 누굴 의심하는 거야?"

"그러다가 갑자기 문제가 생겨서 날지 않으면 어쩔 건데요?"

"그런 일은 없어!"

"그걸 어떻게 알아요!"

"내 배는 완벽해!"

"……."

이제 와서 말다툼을 해봤자 소용이 없었다. 대안 따위 없었으므로 결국 실질적인 질문을 하는 도리밖에 없었다.

"배가 뜨는 데는 얼마나 걸리는데요?"

"삼십 분 정도?"

저도 모르게 얼굴 근육이 움찔거렸다.

"그 정도면 저자가 우리 셋을 처리하고 점심 도시락이라도 까먹으면 딱 적당하겠네요."

그때 세자르가 입을 열었다.

"적당하지 않도록 해보자."

"그게 가능한 얘기가 아닌데……."

세자르가 쥬스피앙을 돌아봤다.

"로…… 아니 앨…… 아니, 마법사 씨. 환영을 만들어줄 수 있을까?"

"환영이라니?"

리체가 묻자 세자르가 그들을 번갈아 보며 말했다.

"우리와 똑같이 생긴 환영을 만드는 거지. 몇십 분 정도면 없어지는 그런 거 말야. 그런 것으로 저자들의 주의를 끌어 다른 곳으로 보낼 수만 있다면 삼십 분 정도는 어떻게 버티지 않을까?"

"성공할 수도 있겠지만, 만약 잘되지 않으면?"

세자르가 허리에 찬 칼집을 툭 건드렸다.

"그땐 여기에 의지해보는 수밖에."

# 아흔여덟 명의 영혼

약속하겠습니다. 여러분이 바라마지않는 '그것'을 만들겠노라고.

대륙에 남은 모든 기록과 마법을 모아 이 땅에 '그것'을 재현할 것을 맹세합니다.

그리고 '그것'은 여러분을 고향땅으로 보내주겠지요.

막시민이 이상한 낌새를 챈 것은 그즈음이었다.

쥬스피앙이 환영, 즉 그가 '그림자 인형'이라고 부르는 것을 만들어 결계석이 있는 곳으로 내보낸 직후, 조슈아가 내내 말이 없었다는 것을 눈치챘던 것이다. 처음에는 혼자 괴상한 생각에라도 잠겨 있겠거니 여겼다. 그러나 조슈아의 안색이 점차 새파랗게 되어가자 그냥 내버려둘 수가 없었다.

"조슈아, 너 왜 그래?"

그러나 조금 떨어져 선 조슈아는 대답이 없었다.

"조슈아!"

시선이 허공에 가 있다 싶었다. 다가가 물어보려 했을 때, 주문을 외며 손가락을 꼽아 세고 있던 쥬스피앙이 말했다.

"됐어. 빚쟁이들이 흩어졌군. 그럼 준비됐겠지? 한꺼번에 나간다!"

말이 떨어지는 것과 함께 눈앞이 하얗게 되었다가 다른 곳으로 바뀌었다. 너무나 빠르고 선명한 변화였다. 바로 적응하지 못하고 다들 비틀거렸을 정도였다.

며칠 전 결계석을 찾아 헤매던 들판에는 이제 풍경과 어울리지 않는 범선 한 척이 우뚝 솟아 있었다. 오래전 바다였던 곳에 홀로 남은 유적처럼 낯선 풍경이었지만, 감상적으로 바라보기에는 너무 새것이었다.

높이 솟은 선체 옆에는 네 사람만이 서 있었다. 쥬스피앙은 들판으로 나오자마자 바로 다시 배 안으로 이동한 모양이었다. 배는 다소 비탈지고 풀이 길게 자란 곳에 떨어져서 선체 아래 선 그들을 어느 정도 가려주었다.

세자르가 가장 먼저 평소 모습을 되찾았다. 그는 풀숲 너머로 인기척이 있는지 살피며 귀를 기울여보았다. 아직은 별다른 소리가 들리지 않았다. 세자르는 칼을 뽑아 들더니 말했다.

"다들 멀리 떨어지면 안 돼."

주저앉았다가 일어난 리체가 세자르의 집에서부터 갖고 나온 목검을 쥐더니 막시민을 보며 말했다.

"둘 중 하나는 조슈아에게 주지그래?"

막시민은 몽둥이와 짤막한 칼, 두 가지를 갖고 있었다. 쥬스피앙의 집에서 가지고 나온 것인데 물론 하나는 조슈아에게 줄 작정이었다. 다시 돌아보았을 때 다행히 조슈아는 정신을 차린 것 같았다.

"너 이제 괜찮냐?"

대답은 조금 사이를 두고 돌아왔다.

"……응."

그러자 막시민은 칼을 덥석 쥐여줬다. 잠깐 물건을 맡기는 것처럼.

"이거 들고 있어."

조슈아는 어쩐지 멍한 눈으로 막시민의 손과 자기 손을 번갈아 보더니 말했다.

"왜 칼을 나한테 주는 거야? 나보다는 네가……."

"난 그런 짧은 칼보다 몽둥이 쪽이 더 편해."

어차피 조슈아가 전력에 도움이 될 거라고는 기대하지 않았다. 그렇지만 갑자기 위험에 처하면 역시 칼 쪽이 낫겠지 싶었다.

조슈아가 마지막으로 칼을 잡아봤던 건 모나 시드 학교를 다니던 시절이었다. 그때도 말 그대로 잡아봤다는 정도고, 그나마 신이 나서 휘둘러본 건 어려서 비취반지 성의 숲에서 아버지와 전쟁놀이를 하던 시절뿐이었다. 아르님 공작은 말할 나위 없이 훌륭한 검사였다. 그런 아버지가 하나뿐인 아들에게 검술을 가르치려 해본 것도 그때가 마지막이었다.

처음에는 무척 어색했다. 보다 못한 리체가 자세를 바로 잡아주려고 했을 정도였다. 그러나 곧 기억을 되살린 조슈아는 신기하게도 도움 없이 자세를 제대로 취했다.

"자, 한 팔 간격 정도로 떨어져 서십쇼. 너희 둘도 서로 등을 보호하도록 반원형으로, 그래. 그리고 되도록 큰 소리는 내지 말도록 하자."

지금은 세자르의 견해가 가장 쓸모 있는 때였다. 막시민은 배 안에 있는 쥬스피앙에게 언제 되느냐고 소리쳐 묻고 싶었지만 상황이 상황인지라 참고 기다리는 도리밖에 없었다.

"무작정 기다리자니 미칠 노릇이네."

솔직히 막시민은 쥬스피앙이 적들을 마법으로 쓸어버리는 것도 가능하지 않았을까 생각했다. 저런 배를 만드는 마법사가 그런 정도도 못 할까?

왜 해주지 않는지 짐작이 가지 않는 건 아니었다.

"그놈의 균형……. 균형으로 밀전병이나 돌돌 말아 먹어라……."

막시민이 웅얼거리고 있을 때 리체가 문득 생각난 듯 말했다.

"그런데 저 아저씨 딸애도 마법을 배웠을 텐데 순간 이동쯤은 도와줄 수 있지 않았을까? 그러면 벌써부터 여기 나와 위험을 무릅쓰지 않아도 되잖아."

"딸인지 뭔지 어디로 갔는지 코빼기도 보이지 않잖냐."

막시민은 쥬스피앙이 딸을 여간 애지중지하는 것 같지 않아 기대도 안 했던 모양이었다. 그런데 가만히 듣고 있던 조슈아가 불쑥 말했다.

"나, 봤는데?"

"보다니?"

"이 댁 아가씨 말이야."

어느 귀족 집안의 딸을 언급하는 것처럼 들렸지만 그건 조슈아의 말버릇 탓이고 실제로 가리킬 사람은 한 명뿐이었다. 리체가 물었다.

"티치엘 말이야?"

"이름은 말하지 않았지만. 하지만 따님은 한 사람뿐이지 않아?"

"그거야 그렇지. 그런데 언제 봤어? 난 못 봤는데?"

"아까 책을 읽다가 배에서……."

말하다 보니 그 애가 좀 수상쩍었던 것이 생각났다. 조슈아는 미간을 찌푸리며 물었다.

"티치엘이라는 아가씨는 어떻게 생겼어?"

리체가 기억을 더듬더니 대꾸했다.

"솔직히 하도 어렸을 때 봐서 잘 기억도 안 나. 백금색 머리? 좀 얌전하고 착실한 인상이고."

"백금색?"

조슈아가 어리둥절한 표정이 됐을 때, 머리 위에서 쥬스피앙의 목소리가 들려왔다. 고개를 드니 뱃전 너머로 상체를 반쯤 내민 모습이 보였다.

"다들 멀찍이 물러서! 한 열 걸음 정도!"

시키는 대로 물러나면서 조슈아가 외쳐 물었다.

"저, 여쭤볼 게 있는데…… 따님은 지금 어디 계신지요?"

"내 딸애? 그건 왜?"

"그게, 집안에서 마주쳤던 것 같아서요."

쥬스피앙은 무슨 황당한 소릴 하느냐는 것처럼 허공에 손가락을 내저었다.

"내 티치엘은 보름쯤 전에 아노마라드로 심부름을 보냈는데 네가 어떻게 봐?"

"네?"

쥬스피앙의 얼굴이 뱃전에서 사라졌다. 막시민이 의심쩍은 표정으로 조슈아를 쳐다봤다.

"너, 뭘 본 거야? 혹시……."

막시민은 리체가 듣고 있다는 것을 생각해서 끝말을 흐렸다. 조슈아는 대꾸 없이 당황한 표정으로 흙바닥을 내려다봤다. 그런데 쥬스피앙이 다시 뱃전에 나타났다.

"너, 정말로 티치엘을 봤어?"

"잘 모르겠어요. 그냥 어떤 여자아이를 만났을 뿐이에요."

그러자 쥬스피앙이 대뜸 소리쳤다.

"혹시 유령을 봤나?"

막시민과 조슈아가 동시에 흠칫하여 고개를 드는데 리체가 픽 웃어버렸다.

"대낮에 무슨 유령 타령이에요. 하녀라도 봤던 거겠지."

"우리집엔 하녀가 없다. 결계 때문에 밖에서 누가 들어올 수도 없고. 네가 본 건 분명……."

쥬스피앙이 그렇게 말하는 동안 조슈아는 뱃전을 올려다보고 있었다. 그런데 쥬스피앙의 뒤에서 어떤 사람이 나타나는 게 아닌가? 그것도 두 명이나. 혹시 반대쪽에서 습격해온 자들인가?

"조심해요! 뒤에!"

조슈아가 외치자 쥬스피앙은 뒤를 돌아봤다. 그러더니 천천히 몸을 돌려 조슈아를 내려다보며 말했다.

"아무도 없는데?"

"……."

조슈아는 말문이 막혀 당혹스러운 표정을 지었다. 막시민이나 리체도 조슈아가 무얼 보았는지 모르는 표정이었다. 그러나 조슈아의 눈에는 분명히, 그리고 지금도 보였다. 두 명, 세 명, 그리고 이제 다섯 명이 된 사람들이. 그들은 쥬스피앙의 양쪽에서 나란히 뱃전에 몸을 기댄 채 조슈아를 내려다보고 있었다. 뻔뻔스러울 정도로 태평한 표정으로.

"조슈아."

막시민이 불렀지만 조슈아는 뚫어져라 뱃전을 올려다보기만 했다.

"조슈아, 너…… 정말로 보이냐?"

"……."

"조슈아……."

"조슈아!"

조슈아는 대답할 수 없었다. 그들이 차례로 입을 열기 시작했던 것이다.

「이제야 내 모습이 보이는 모양이지?」

「그동안 네게 얼마나 많은 말을 걸었는데.」

「들은 체도 해주지 않던 널 한때는 미워할 뻔했지.」

「하지만 이젠 우리 사이좋게 지낼 수 있겠군.」

「어떤가, 젊은 아르님이여?」

마치 한 사람의 각각 다른 입이라도 되는 것처럼 이어지는 문장을 차례로 말했다. 그러나 그들 중 두 명은 여자, 두 명은 남자, 한 명은 노인이었다.

조슈아는 우뚝 선 채 꼼짝도 하지 못했다. 켈스니티 때문에 익숙해졌다고 생각했지만 아니었다. 왜 갑자기 나타났을까? 지금까지는 단지 목소리에 불과하던 자들이 어떻게 한꺼번에 다섯 명이나 모습을 드러낸 것일까?

무엇보다 그들의 모습은 흐릿하지 않고 선명했다. 평소 켈스니티를 볼 때와 거의 같았다. 만약 보이지 않는다는 사실을 알려줄 다른 사람들이 없었다면 조슈아는 그들을 보통 사람으로 생각했을 것이다. 그렇게 생각하는 순간, 켈스니티가 했던 말이 떠올랐다. '아무리 그들이 네 주위를 맴돌더라도 반응을 보여선 안 돼.' 반응을 보였던가? 아, 그렇다…….

배에서 마주친 소녀에게 대꾸하지 않았던가.

"유령이 어쩌고저쩌고, 도대체 무슨 소리야? 그거 진심으로 하는 얘기인 거야?"

어지러운 머릿속을 뚫고 리체의 목소리가 들어왔다. 그와 동시에 막시민이 아까부터 그를 부르고 있었음을 깨달았다.

"막군, 켈스의 말이 맞았어."

조슈아의 목소리는 혼자 중얼거리는 것처럼 낮았다.

"그럼 그게 정말…… 그런 거냐?"

뱃전에 섰던 사람들이 하나하나 모습을 감췄다. 정신을 차리고 살피니 쥬스피앙도 이미 보이지 않았다. 그러나 조슈아가 막시민을 보자, 어느새 일행의 사이에 네 명이나 되는 낯선 사람들이 서 있었다. 조슈아가 눈을 크게 뜬 채 말을 못 하고 있는데 막시민이 다시 물었다.

"정말 보였냔 말이야. 지금도 보여?"

조슈아는 감히 그들 사이에 유령이 서 있다는 말을 할 수가 없었다. 다행히 이 유령들은 말을 걸어오진 않았다.

"보……였어."

"많아?"

그때 들판 너머만 바라보고 있던 세자르가 입을 열었다.

"유령이란 게, 전 희끄무레한 그림자 같겠거니 싶었는데 보통 사람과 똑같게 보인단 말입니까? 이 댁 따님으로 착각했을 정도로?"

조슈아는 가까스로 고개만 끄덕여 보였다. 리체가 자기 손으로 입을 막았다.

"말도 안 돼."

리체의 얼굴을 본 막시민은 어떻게든 설명을 해야겠다고 생각하고 두서없이 입을 열었다.

"그러니까, 조슈아한테 영매의 힘이 좀 있어. 그래서 가끔…… 유령이랄까, 뭐 그런 것들이 보이는데, 원래는 한 명만……."

리체의 눈이 커지는 것을 보며 더 낫게 설명할 방법이 없나 궁리했지만 사실 없었다. 게다가 그런 유령이 한 명도 아니고, 점점 늘어날지도 모른다고 말했다간 무슨 반응이 나올지 몰라 말을 더 이을 수가 없었다. 그런데 세자르가 평소답지 않게 신중한 어조로 말했다.

"그럴 수도 있겠다 싶은데요. 그 소릴 들으니 생각나는 일이 있어서 말입니다. 어제 얘긴데, 제가 혼자 이 들판에 있다가 어떤 아가씨를 만났거든요."

막시민도 세자르를 돌아봤다.

"그런데 도저히 이런 곳에 혼자 있겠다 싶은 모습이 아니었단 말입니다. 귀족 댁 아가씨처럼 생겼는데, 옷차림도 연회에 온 것처럼 무척 곱더라고요. 길을 잃은 기색도 아니고, 그런데 이런 들판에 혼자 앉아 있다니 이상하잖습니까? 그래서 몇 마디 물어봤는데 경기병들이 잠깐 나타난 사이에 어느새 사라져버렸더라고요. 그런 칵테일 드레스 같은 걸 입고 뛸 수도 없고, 주변에 숨을 곳도 전혀 없는데 말이지요. 도련님 말씀대로라면 그 아가씨도 유령이 아니었을까요?"

리체가 한심한 듯 고개를 흔들었다.

"아빠, 유령 얘기, 이거 유행 아니야. 뭐 좋은 거라고 따라 해?"

리체는, 아직은 친하다고 하기 어려운 조슈아는 그렇다 치고 자기 아버지에게까지 그런 능력이 있다고는 생각되지 않는 모양이었다.

"글쎄다. 나도 몰라. 솔직히 지금 소공작께서 하신 얘기를 듣지 않았더라면 유령 어쩌고 하는 얘기는 생각도 안 했을 거야. 정말 보통 사람과 똑같았거든. 왜 이런 데 있는지 모를 모습이라는 것만 빼면. 아, 그런데 도련님."

조슈아와 세자르의 눈이 마주쳤다.

"어렴풋이 그 아가씨가 누굴 닮았다고 생각했는데, 딱 떠오르지가 않았거든요? 그런데 이제 생각났습니다. 지금 보니 알겠군요."

세자르는 조슈아의 얼굴을 찬찬히 뜯어보며 말을 이었다.

"소공작을 닮았어요."

네 필의 말은 여전히 저만치에서 달리고 있었다. 잠깐이면 따라잡으리라고 생각했는데 좀처럼 간격이 좁혀지지 않았다. 말들은 멈칫거리지도 않았고 기수들도 지치지 않았다. 욕을 하며 채찍질을 해대는 경기병들을 아이들 다루듯 따돌리며 끊임없이 직선으로 달렸다.

조금 이상하다는 것을 깨달은 것은 멀리 휘어진 강줄기가 보일 무렵이었다.

"저놈들, 저대로 갈 참인가?"

한 명이 중얼거렸지만 말발굽 소리 때문에 주위 사람들에게 제대로 들리지 않았다. 그러나 실은 모두의 생각이 같았다. 강을 향해 똑바로 가고 있는데, 강에는 다리가 없었던 것이다. 게다가 속도도 엄청났다.

"속도 줄여! 어이!"

도망자들에게 외친 것이 아니었다. 경기병을 이끌던 장교의 외침이었다. 그렇지 않아도 속도는 줄어들고 있었다. 저 강은 하류였다. 말을 타고 건널 만한 깊이가 아니었다. 도망자들이 미친듯 달린다 해서 함께 빠져 죽을 수는 없는 일 아닌가?

"반원 진형! 포위한다!"

순식간에 진형이 벌어졌다. 멈춘 말들이 저마다 열기 어린 콧김을 내뿜었다. 포위는 완벽했다. 그러나 눈을 의심케 하는 일이 벌어졌다.

도망자들은 그대로 강을 건너갔다. 수면을 밟고서.

"어, 어떻게 저런……."

다들 눈이 튀어나올 지경이 되어 서로 얼굴을 마주봤다. 그때 뒤에서 다른 말이 맹렬한 속도로 달려와 멈추었다. 부관이자 마법사인 자였다.

"모두 처음 집결한 곳으로 돌아가라! 명령이다!"

당황한 경기병들이 웅성거렸다. 부관은 말머리를 돌리며 다시 외쳤다.

"저건 환영술에 불과해! 서둘러! 진짜를 놓치면 대가를 톡톡히 치르게 될 거다!"

'대가'라는 말에 지휘관인 그 남자의 무서움을 떠올린 경기병들은 그제야 그가 이미 곁에 없음을 깨닫고 안색이 변했다. 처음에는 분명 함께였는데 언제 없어졌는지 아무도 몰랐다. 그는 언제 이 상황을 눈치챘던 것일까? 어디서부터 되돌아갔을까? 만약 그들이 뒤쫓는 것이 환영이라고 확신했다면 왜 혼자만 되돌아갔을까?

답은 하나뿐이었다. 남자는 경기병 모두와 한 명뿐인 자기 자신을 나누는 것으로, 두 부대를 편성했다고 판단했던 것이다.

모든 일은 한꺼번에 일어났다. 풀숲 너머에서 남자가 천천히 걸어나왔을 때, 조슈아는 그를 보지 못했다. 얼굴이 새파래진 채 세자르를 쏘아보고 있었던 것이다. 막시민은 가장 먼저 상황을 눈치채고 도리 없이 몽둥이를 꽉 움켜쥐었다. 리체는 배를 올려다봤다가, 곧 포기하고 앞을 봤다.

남자는 챙 넓은 솜브레로를 푹 눌러써 얼굴이 보이지 않았다. 그는 거리를 두고 멈춰 서더니 버릇대로 먼저 말을 걸었다.

"내가 기다리겠다고 했는데, 도리어 너희를 기다리게 했군."

손끝으로 챙을 조금 올려 잡더니 시선이 뱃전 위까지 올라갔다가 내려왔다.

"들판과 배라. 강은 한참 더 가야 나올 텐데. 너희 넷이서 이제부터 번쩍 들고 운반할 참인가?"

농담도 아니고, 웃기지도 않고, 웃으면서 말하지도 않았지만 그렇게 말하며 스스로 즐기고 있는 것만은 분명했다. 막시민은 대꾸를 해야 할까 계산해보았다. 대꾸가 소용없으리라는 판단을 하는 순간 남자가 쇄도해왔다.

막시민과 리체가 거의 동시에, 똑같은 자세로 손에 쥔 것을 휘둘렀지만 아무것도 맞지 않았다. 마찬가지로 공격을 당하지도 않았다. 남자는 그들로부터 단 두 걸음 떨어진 곳에 멈췄다. 그런데 모습이 이상했다. 뭔가에 가로막힌 자세인데 아무도 막고 있지 않았다.

남자가 속삭이듯 중얼거렸다.

"뭐지."

그때 낯선 누군가가 말했다.

「젊은 아르님을 지켜주라는 부탁을 받아서 말이야.」

"흡!"

리체는 하마터면 들고 있던 목검을 떨어뜨릴 뻔했다. 그녀뿐 아니라 모두가 들었다. 모습 없는 허공에서 들려오는 목소리를.

남자는 오래 놀라고 있지 않았다. 목소리가 노여움으로 변했다.

"투명화 나부랭이라면 집어치워."

남자는 통과하려 했다. 그러나 상대는 투명화 마법을 쓴 인간 따위가 아니었다. 그랬더라면 오히려 속도와 감각에 의지하여 급소를 노릴 수 있었을지도 모른다. 그러나 막아선 것은 사람이 아니라 일종의 벽이었다. 매끌매끌하지만 물론 보이지 않는.

"……."

다가오지 못한 남자는 조슈아를 쏘아보았다. 처음에는 조슈아도 그를 보고 있는 것 같았다. 그러나 시선의 초점이 달랐다.

조슈아가 말했다.

"너희는…… 뭘 원해? 난 줄 것이 없어. 너희가 원하는 건 내게 없어. 아무것도."

「물론 넌 우리에게 줄 것이 없어. 참 안타까운 일이야.」

"난 너희의 소원 따위 안 들어줘."

「너에게는 들어줄 힘도 없어. 젊은 아르님, 어린 데모닉.」

그들의 대화는 이곳에 선 모든 사람에게 들렸다. 리체는 지금이 대낮이라는 사실도 잊고 온몸을 후들후들 떨었다. 세자르는 눈만 커다랗게 뜬 채 굳어 있었다. 오직 막시민만이 당혹감으로 얼굴을 찡그리며 소리쳤다.

"야, 이거 도대체 몇 명이냐?"

그러나 이제 조슈아는 살아 있는 사람의 말을 듣지 못하는 것 같았다. 허공에서 허공으로 옮겨지는 눈빛이 영락없는 미친 사람이었다.

"누가 날 도우라고 부탁했지?"

「우리가 믿고 따르는 친구. 우리의 사제.」

그때 솜브레로를 쓴 남자가 손목 안쪽에서 작은 주머니를 꺼내 뒤집으며 은회색 가루를 흩뿌렸다. 그와 동시에 그를 막아선 벽의 형태가 드러났다. 마법이 깃들인 물체를 감지해내는 '힌덴의 가루'는 값비싼 마법 도구였지만 지금 같은 때는 확실한 효과를 발휘했다.

자신을 둘러싼 벽의 윤곽이 드러나자 재빠르게 돌아 다가온 남자는 허리에서 얇은 검을 뽑더니 가장 가까운 세자르를 향해 내찔렀다. 그러나 그는 농부 차림의 세자르를 너무 얕보았다. 세자르는 재빨리 몸을 돌리며 다가오는 검을 옆으로 튕겨내고 반사적으로 자세를 낮췄다.

그러나 다음번에는 그만큼 운이 좋지 않았다. 남자는 오른 발을 마치 손에 쥔 무기처럼 낮게 휘둘러 처진 손을 걷어차는 것과 동시에 검날 아래쪽을 이용하여 기울어진 검을 올려쳤다. 도무지 예상할 수 없었던 엉뚱한 공격 때문에 검을 놓칠 뻔한 세자르는 자세가 흐트러졌다. 하체의 힘과 유연성이 엄청나지 않고는 성립되지 않는 공격이었다.

그자가 세자르에게 여유 있게 검을 들이대려 했을 때, 옆에서 리체의 목검이 달려들었다. 검을 쥔 손을 노렸다. 목검은 날이 없으니 상대의 무기를 떨어뜨리는 것이 가장 나은 방법이었다. 그러나 불행히도 방향이 오른쪽이었다. 힘껏 내리친 목검에 맞았지만 남자는 아픈 기색도 보이지 않고 커다란 오른손으로 태연하게 목검을 움켜잡더니 뚝 부러뜨려버렸다. 그리고 피식 웃으며 리체에게 말했다.

"자세는 좋았어."

남자의 눈이 막시민을 향하자 막시민은 쥐고 있던 몽둥이를 바닥에 놓아버렸다. 남자가 고개를 갸웃하며 말했다.

"넌 그냥 포기인가?"

"전혀 달라."

막시민은 빈손으로 팔짱까지 끼더니 주위의 유령들을 마치 보이는 것처럼 둘러봤다.

"당신들의 사제로부터 부탁을 받았다고 했죠? 여러분의

협조에 진심으로 감사드리며, 아르님 소공작을 위협하는 저분을 좀 먼 곳으로 보내주셨으면 하는데."

그런데 뜻밖의 대답이 들렸다.

「그건 전적으로 젊은 아르님에게 달린 문제야.」

"무슨 뜻이죠?"

「그가 우리를 받아들이기로 결정해야만 하지.」

"받아들인다는 게 무슨 뜻인데요?"

되묻는 순간, 조슈아의 목소리가 들렸다.

"강령降靈을 말하는 거겠죠? 무슨 뜻인지 알 것 같군요. 좋습니다. 내 안으로 들어오시죠. 전부 다!"

미친 사람처럼 불안정하던 눈빛이 달라졌다. 아니, 미친 사람처럼 보인다는 점은 같았다. 그러나 불안에 떠는 병자가 아니라 자신이 미쳤다는 것을 똑똑히 알고 있는, 막시민이 가끔 말하던 대로 '미친 정신을 가진 인간'처럼 반들거리는 눈동자였다.

"조슈아, 너 그런 짓은!"

그러나 조슈아의 말이 떨어지는 것으로 결정은 끝났다. 갑작스레 빠른 바람이 일어났다가 뚝 끊어졌다. 조슈아는 강한 바람이 몸을 때리고, 이어 의식을 덮쳐온다고 느꼈다. 그러나 최초의 충격은 잠시뿐 곧 그의 의식은 수많은 의식의 범람으로 묻혀버렸다.

첫 번째 변화는 즉각적이었다. 주위 사람들은 조슈아의 손이 약간 빛나는 것을 보았다. 빛은 곧 눈이 멀어버릴 듯 강렬한 백열광으로 변해 시야를 휘감았다. 조슈아를 중심으로 실체가 없는 힘이 뻗어나가더니 주위 모든 사람들을 세차게 퉁겨내버렸다. 선체까지 날려가 부딪히고 바닥에 떨어진 막시민은 아픈 것도 잊고 벌떡 일어나 소리쳐 불렀다.

"조슈아!"

곧 다시 한번 빛이 밀려왔다. 저도 모르게 눈을 감았다가 뜨자 흡사 빛 속에 떠 있는 것처럼 모든 사물이 지워져 있었다. 그 빛 속에서 뭔가가…… 떠오른다. 뭐지? 사방에서 떠오르는 수백 개의 덩어리는…….

바위들이다!

"이게…… 도대체 어떻게 되어가는 거야……."

세자르도, 리체도, 심지어 그 남자도 어디로 날려갔는지 보이지 않았다. 모든 것이 뒤죽박죽된 가운데 한 가지만은 분명했다. 그들이 있던 들판에는 저렇게 많은 바위가 없었다. 대지를 뒤집어엎고 있는지 없는지 모를 암반을 뒤흔들어 뽑아내기 전에는.

대체 누가 그런 짓을 하고 있단 말인가? 정말로 조슈아가?

천천히 떠오르던 각양각색의 바위들이 허공에 멈췄다. 막시민의 머리카락이 허공에서 너울거리기 시작했다. 바람이다. 그리 세지는 않지만…… 곧 맹렬하게 불어가기 시작했다. 바위들이 한꺼번에 들판 너머로 내던져진다!

콰콰쾅!

그때, 빛 속에서 조슈아의 윤곽이 약간 드러났다. 그는 어떤 동작도 취하지 않았다. 심지어 고개도 비스듬하게 떨어뜨리고 있었다. 정신을 잃은 것처럼. 하지만 모든 힘은 그를 중심으로 몰아쳤다. 빛도, 바람도. 그리고…… 조슈아의 머리카락이 일순 새하얗게 변한 것처럼 보였다. 빛 때문이 아니었다. 그제야 막시민은 본래 검었던 조슈아의 머리카락이 회색으로 변한 것도 어쩌면 같은 이유가 아닐까 하는 생각이 들었다. 성에서 켈스니티를 만났기 때문에.

굉음이 연달아 들판 너머를 뒤흔들었다. 날카로운 말의 울음소리와 비명, 떨어지고 부서지고 깨어지는 소리가 계속됐다. 막시민은 더 참지 못하고 조슈아에게 달려가려 했다. 그때 누군가의 손이 막시민의 발목을 붙잡았다. 흠칫하며 뿌리치려 하는데 목소리가 들렸다.

"가지 마……. 가선 안 돼."

내려다보니 리체였다. 넘어진 채 막시민의 발목을 붙들고 있었다.

"이거 놔. 저대로 둘 순 없어."

"네가 뭘…… 어떻게 막니? 그러지 말고 조금만 기다려……."

“뭘 기다리란 거야! 저 자식이 완전히 미쳐서 영영 제정신으로 돌아오지 않을 때까지?”

리체는 힘겹게 몸을 일으키더니 아예 양팔로 막시민의 다리를 꽉 껴안아버렸다. 그리고 이번에는 똑똑히 말했다.

“기다리라면 좀 기다려봐. 너만 똑똑한 줄 알아?”

막시민은 당황했다.

“도대체 무슨 소릴…….”

그때였다. 등뒤에서 쿵쿵거리는 소리가 들렸다. 바닥이 울리고 있었다. 울린 이유는 그 위에 놓인 것의 진동이었다. 사방이 웅웅거렸다.

배가 움직인다!

“다 된 거야?”

막시민이 몸을 홱 돌려 뱃전을 올려다봤다. 뱃머리 쪽에서 다섯 갈래의 푸른 광채가 번쩍이는 것이 보였다. 동시에 익숙한 목소리가 고래고래 고함쳤다.

“뭘 해! 다들 얼른 뛰어 올라오지 못해!”

리체가 언제 쓰러져 있었느냐는 듯 벌떡 일어나고, 막시민은 올려다보며 맞고함을 내질렀다. 소음이 너무 커서 소리를 칠 수밖에 없었다.

“저 자식을 데려가야 된다고요!”

옆에서 리체도 소리쳤다.

"그런데 어떻게 올라가요? 사다리도 없어요?"

"사다리는……."

소리가 잠깐 묻히는가 싶더니 사다리가 아니라 밧줄이 하나 스륵 내려왔다.

"이걸 타고 올라가요?"

그 반대였다. 쥬스피앙이 밧줄을 타고 미끄러져 내려왔다. 몸이 가벼워서인지 마법사치고는 괜찮은 솜씨였다. 그러나 내려오자마자 그는 둘에게 고함쳤다.

"죽고 싶어서 꾸물거려? 저 난리가 안 보여? 군단 규모의 유령들이 모였단 말이다! 저놈들이 힘을 합치면 반경 천 걸음 정도는 모조리 박살나! 이 배도 물론이고! 서둘러! 당장 떠나야 해!"

막시민은 밧줄을 흘끔 봤다.

"너 먼저 올라가."

리체에게 한마디 던지더니 바로 조슈아 쪽으로 몸을 돌렸다. 리체가 붙잡으려 했지만 허사였다. 쥬스피앙은 펄쩍 뛰었다.

"멈춰! 그 녀석한테 손대면 안 돼!"

조슈아를 가까이에서 본 막시민은 스스로의 눈을 의심했다. 이제 머리카락만이 아니었다. 얼굴을 비롯하여 드러난 모든 피부가 흡사 청백색이었다. 눈은 뜨고 있지 않았다. 잠든 것 같은 얼굴로, 그러나 흔들리지도 않고 똑바로 서 있었다.

터질 듯한 빛과 모든 것을 허공으로 띄우는 바람에 휩싸인 창백한 모습은 마치, 그러니까 마치…….

인형 같다. 도자기처럼 새하얀 인형.

조슈아가 했던 말이 머릿속을 맴돌았다. '그도 나야'라고, 그렇게 말했다. 젠장, 인간을 복제해 인형을 만들었고, 이젠 인간도 인형에 가까워지고 있다는 거야?

"조슈아."

막시민의 말을 듣기라도 한 것일까, 고개를 떨어뜨리고 있던 조슈아가 서서히 머리를 바로 세웠다. 그 모습은 다행스럽다기보다 기괴해 보였다. 태엽을 감았더니 인형이 움직이기 시작하는 것처럼.

"조슈아!"

막시민은 손을 뻗었다. 몸은 세워져 있되 맥없이 흔들리는 손을 잡으려 했다. 그때 옆에서 목소리가 들렸다. 낯선 여자의 목소리였다.

「젊은 아르님은 네 말을 듣지 못해. 그리고 건드리지 마. 가벼운 충격으로도 생명이 끊어질지 몰라.」

막시민은 소리가 들려온 쪽을 쏘아봤다.

"도대체 무슨 짓을 했지? 죽을지도 모른다니, 그걸 지금 말이라고 하는 거야!"

대꾸하는 여자의 목소리는 얄미울 정도로 침착했다.

「별다른 것은 안 했어. 다만 너무 많은 혼이 들어갔을 뿐이야. 보통 인간이라면 한두 명의 혼도 못 견디지. 물론 처음부터 그렇게 많이 들어갈 수도 없으니 견디느냐 못 견디느냐는 문제도 안 되고 말이야. 하지만 데모닉은 달랐어. 조금 전에 젊은 아르님이 강령을 허락하는 순간, 수백의 혼들이 그의 몸 안으로 들어가려 했어. 이를테면 경쟁을 한 거지. 그런데 놀랍게도, 그가 가진 강령의 힘이 너무 강력했기 때문에 너무 많은 혼이 한꺼번에 들어가고 말았어.」

"도대체 몇 명이나 들어갔는데 그래!"

「아흔여덟. 그러니 그가 홍수처럼 쏟아지는 외부 의식들 속에서 자신의 의식을 놓치는 것도 무리는 아니지.」

순간 머릿속이 멍해지는 기분이었다. 한 사람 안에 아흔여덟 명의 혼이 들어 있다고?

"그럼 죽을지도 모른다는 말은……."

「말 그대로야. 그는 데모닉이지? 하지만 그의 정신력이 아흔여덟의 혼을 수용할 정도로 강하다 해도 인간의 몸은 물리적 실체이니까 그렇게 무리한 충격을 견딜 순 없어. 다시 말해 지금, 터질 듯한 상태에서 멈춘 거야. 자칫 건드렸다가 바로 숨이 끊어져도 이상할 것이 없다고.」

대꾸할 말은 하나뿐이었다.

"그럼 전부 도로 나오면 되잖아! 그 혼인지 뭔지 하는 작자들도 조슈아가 죽기를 바라진 않을 것 아냐!"

「그것도 간단한 일이 아냐. 지금 저 앞에서 벌어지고 있는 일은 모두 그 혼들의 힘이야. 여럿이다 보니 상상 못 할 정도로 강한 영력이 쏟아져 나왔지. 그런데 그걸 통제해야 할 젊은 아르님은 의식이 없어. 비유하자면 미친듯 달리는 말을 탄 기수가 정신을 잃은 상태랄까? 말에게 명령을 내리자면 기수가 정신을 되찾아야 할 것 아니야?」

이런 상황에서 비유까지 하는 여유가 유쾌하게 느껴질 리 없었다.

"뭘 그렇게 당연하다는 것처럼 떠드는 거야? 나한테 설명만 하면 책임이 없어지는 줄 알아? 당신이 누구인지는 모르겠지만 저들에게 명령을 내려서라도 멈춰야 할 것 아니냐고!"

「안타깝지만 의사소통도 안 돼. 인간의 몸속에 들어간 영혼이 외부와 대화를 하려면 도리 없이 그 인간의 몸을 이용해야만 돼. 다시 말해 젊은 아르님의 입술로 말해야 한단 말이야. 그런데 아흔여덟이나 되니 그중 누가 말해야 할까? 그들끼리 서로 의사소통이 될 리도 없어. 만일 그들이 한꺼번에 말하려 시도한다면, 예상되겠지만 끔찍한 결말로 끝날 뿐이라고.」

"그럼 도대체 어떻게 해야 된단 말이야?"

「방법은 하나뿐. 우리의 사제가 와야 해. 사제는 우리 모두에게 한꺼번에 말을 전할 수가 있어. 그래서 지금 그를 찾는 중이야.」

"사제라면, 혹시 켈스니티?"

그때까지 침착하던 여자의 목소리가 놀란 것으로 바뀌었다.

「네가 사제를 알고 있어? 어떻게 알지?」

당황한 가운데에서도 막시민은 뭔가 이상하다는 생각이 들었다. 조슈아는 켈스니티가 다른 유령들로부터 자신을 보호하고 있다고 말했다. 더구나 얼마 전에 다른 유령들에게 반응을 보이지 말라고 몇 번이나 강조한 것도 켈스니티가 아니었던가. 그런 켈스니티가 저들의 사제이며 심지어 모두와 한꺼번에 대화할 수 있는 능력이 있다고?

그런 생각을 떠올리자 지금 듣고 있는 말의 진위도 의심쩍었다. 이가 맞지 않는 부분이 있을 때는 어디까지 믿을까 말까 나눠보는 것보다 전체 상황을 부정하고, 처음부터 새로 생각하는 것이 빠르다.

"거짓말하지 마. 켈스니티가 너희의 사제라고? 오히려 반대겠지. 켈스니티는 오래전부터 너희가 조슈아에게 접근하는 것을 막으려고 했어. 너희가 지금 같은 일을 저지를까 봐 그랬겠지. 너희는 켈스니티가 없는 틈을 타서 목적을 이뤄보려 했지만, 네 입으로 말한 대로 뜻밖의 상황이 생겨서 살아 있는 사람의 몸을 하나 가져보려던 시도는 실패했어. 그런 너희에게 조슈아를 살릴 마음이 있을까? 살아난다면 그것대로 좋겠지만, 죽어도 그만이란 거겠지? 하지만 충고 하나 할까? 지금처럼 너희의 힘을 제대로 구현해줄 사람은 조슈아 외에는 어디에도 없을 거다. 조슈아 하나 때문에 이 자리에 몰려든 수많은 유령들의 존재가 방증하는 사실이지."

어디까지 본심을 찔렀을까? 대답이 얼른 들리지 않는 것은 제대로 의도를 간파했기 때문일까, 아니면 모조리 오해였던 탓일까?

하지만 일단 시작한 이상 끝까지 밀어붙이지 않으면 의미가 없었다. 막시민은 허공을 한번 쏘아보고 조슈아가 있는 쪽으로 고개를 돌리며 외쳤다.

"자, 나올 마음이 있어, 없어? 사제가 와야 한다느니 하는 헛소리는 그만 집어치워. 왜 못 나온다는 거야? 내가 보기에 그 까닭은, 너희가 서로 양보를 할 생각이 없어서야! 고상한 목적 따위는 없고 전부 자기 욕심만 생각하는 썩어빠진 놈들이기 때문이지!"

그때였다. 조슈아를 휩쌌던 흰 광채가 일순 흐려지고, 동시에 노르스름한 다른 빛이 나타나 그의 몸을 둥글게 감쌌다. 뭐지? 막시민이 고개를 돌리자 쥬스피앙이 보였다.

"마법도 모르는 어린 녀석이 유령을 상대로 겁도 없이 잘도 떠들더군. 하지만 덕택에 이걸로 됐다. 네가 주의를 끌어주는 틈에 보호 결계를 하나 쳐놨어. 이제 저들은 나갈 수만 있고 도로 들어갈 순 없게 됐어. 조금만 기다려봐. 몇 명만 줄어들면 돼. 이미 줄어들고 있어."

막시민은 불안감을 완전히 떨칠 수가 없었다.

"기다리라고요?"

쥬스피앙이 눈을 흘겼다.

"이 의심 많은 놈아, 저들은 데모닉 조슈아가 가진 힘을 과소평가하고 있단 말이다."

막시민은 쥬스피앙의 말뜻을 이해하지 못했다. 그러나 잠시 후, 놀랍게도 조슈아는 눈을 번쩍 떴다.

"너, 정신이 드냐?"

조슈아는 대답하지 않았지만 들판에 휘몰아치던 공기와 돌의 흐름이 즉시 느려지기 시작했다. 그때 조금 전 막시민과 대화하던 목소리가 다시 들렸다.

「우리의 사제가 오는 편이 좋다는 말은 거짓이 아니었어. 하지만 너, 우리와 사제의 반목을 알고 있었구나. 그래, 우리는 사제가 오기를 바라기도 하고, 바라지 않기도 했지. 만일 그가 온다면 우리를 가만히 두려 하지 않을 거야. 후후후…….」

무척 불쾌한 웃음소리였지만 조슈아가 깨어났으니 쓸데없는 다툼을 벌이고 싶지 않아 막시민은 더 대꾸하는 것을 삼갔다.

조슈아는 들판의 소용돌이가 서서히 가라앉는 것을 응시하고 있었다. 그가 자의로 그것을 조절하고 있을까? 알 수 없었지만 조슈아의 표정은 침착했다. 이윽고 바람이 약해지면서 돌들은 느리게, 마치 눈이 내리는 것처럼 천천히 땅 위로 내려왔다. 이윽고 마지막 돌 하나까지 내려앉았을 때, 목소리가 다시 말했다.

「젊은 아르님, 정말 보통이 아니구나. 수백 년 동안 이런 영매는 처음 봐. 고작 여덟 명이 줄어들었을 뿐인데 바로 정신을 되찾았어. 아흔 명의 혼 정도는 아무것도 아니란 건가. 하지만 한번 길이 열렸으니 우린 언제든지 다시 올 거야.」

목소리는 더 들리지 않았다. 소리의 잔상이 귀에 남은 듯할 뿐이었다. 서늘한 기분이 가시기까지는 좀더 시간이 걸렸다.

곁에서 쥬스피앙이 말했다.

"유령의 잔소리 따위야 아무래도 좋겠지. 자, 적들이 정신을 차리기 전에 저 자식을 데리고 얼른 가버려. 너희가 기껏 며칠 동안 얼마나 나를 귀찮게 했는지 조용한 일상이 백 년 전의 일 같구만."

막시민은 말없이 조슈아의 정면으로 가서 두 손을 내밀었다. 시선이 마주친 조슈아는 마치 다른 사람처럼 무표정했다. 그러나 이윽고 한 발짝 내딛더니, 막시민에게 몸을 기댔다.

막시민은 그대로 조슈아를 둘러멨다. 두 사람이 먼지만이 맹렬한 들판을 지나 배가 있는 쪽으로 사라지자 쥬스피앙은 팔짱을 끼며 중얼거렸다.

"그러면 조용한 일상을 되찾기 위해 뒤처리를 해볼까."

누군가가 슬그머니 일어나 옆에 서더니 말했다.

"좀 거들어볼까나."

리체가 배로 올라가는 것을 확인하고 돌아온 세자르였다. 강령이 일어난 직후 배로 올라가 쥬스피앙에게 상황을 알려 준 사람이 그였다.

이윽고 먼지가 가라앉자 쓰러진 말과 사람, 거대한 갈퀴로 쓸어 할퀸 것처럼 파헤쳐진 들판, 그 위에 아무렇게나 내려 꽂힌 바윗돌들이 뒤섞여 아수라장이 된 광경이 나타났다. 하지만 뒤늦게 온 경기병들만이 벼락 맞은 모습으로 일어나려 애쓰고 있을 뿐, 그들을 위협했던 가장 큰 적은 어디로 갔는지 보이지 않았다.

"소공작께서 무시무시하게 휘저어놓고 가셨구만."

"강령술이란 게 이 정도로 규모가 커지면 웬만한 마법사도 갖다 댈 게 못되지. 그 녀석은 얼마나 대단한 힘인지도 잘 모르는 것 같지만."

하나는 보기 좋게 팔짱을 끼고, 다른 하나는 여유 있게 검을 짚고, 경기병들이 일어나기를 기다리는 동안 등뒤에서는 대륙 유일의 하늘을 나는 배가 떠오르기 시작했다.

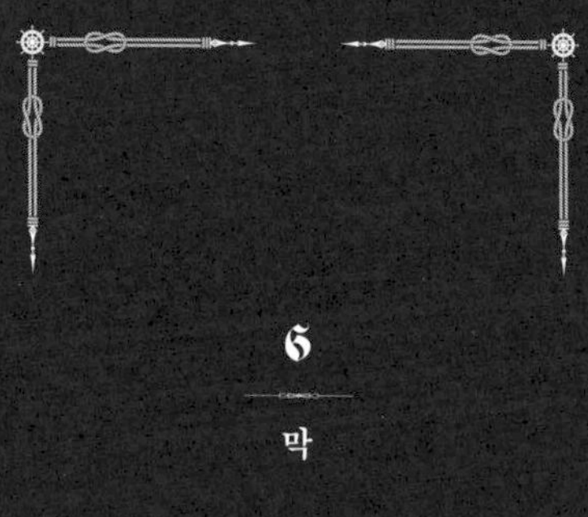

# 6

# 막

# TRANS

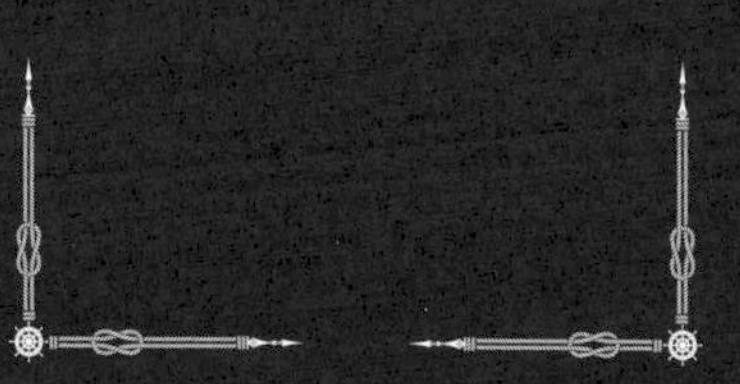

# 모퉁이집

어린아이는 선하여 죽어서 갈 지옥은 없으나, 살아서 가는 지옥은 있다. 어머니가 떠난 세상, 그곳이 어린아이의 지옥이며 이 세상은 지옥에 살고 있는 어린아이의 울음소리로 가득차 있다.

카잘스는 흔히 '모퉁이집'이라고 불렸다. 금간 유리처럼 제멋대로 뻗은 오거리에 불쑥 튀어나와 한쪽 벽은 장미골 시장, 맞은편 벽은 구두장이 골목에 면해 있는 길쭉한 삼각형 모양의 집이다. 삼각형의 꼭짓점에 교차로가 있었는데, 이 집이 길 쪽으로 너무 튀어나와 있어서 실제로는 교차로 대신 이 집의 머리가 오거리의 중심점이었다.

모퉁이집의 1층은 선술집이었다. 사십 년 된 장미 덩굴 그림을 지우지도, 고쳐 그리지도 않은 외관은 음산할 정도로 허름했다. 그래서인지 술값도 저렴했다. 술은 종종 물을 타는지 평판이 나빴고, 요리 솜씨도 그저 그랬지만 이 집은 묘하게 인기가 있었다. 그 까닭은 모퉁이집 2층에 있었다.

모퉁이집 1층에 드나드는 자는 평범한 주정뱅이지만, 2층에 발을 들여놓았다면 평온한 가정을 꾸리기는 그른 인간이라 했다. 2층은 여러 개의 방으로 나눠져 있어서 지저분한 거래를 트려는 도둑놈들이 방을 곧잘 빌렸다. 2층 가운데 위치한 홀에서는 며칠 밤을 꼬박 새우는 판돈 큰 노름판이 날마다 벌어졌다. 수삼 일 얼굴이 안 보이다가 새벽녘에 모퉁이집의 문짝을 비틀비틀 밀고 나와 바로 강물에 뛰어내렸다는 사람의 이야기가 드물지 않게 들려오곤 했다.

카잘스는 일흔이 넘은 주인 할멈의 이름이기도 했다. 줄리아 카잘스를 사람들이 친근하게 '줄리'라고 불렀을 무렵엔 이곳도 지금 같지는 않았다. 음식도 맛이 좋았고, 직접 담그는 사과술도 정평이 있었다고 했다. 그 시절 2층은 댄스홀이어서 정문의 놋쇠 손잡이를 밀고 나오는 오른손은 젊은이답게 보들보들했고, 왼손은 누군가의 손을 꼭 잡고 있는 경우가 많았다. 그렇게 카잘스에서 만나 결혼한 부부의 자식이 카잘스 2층에서 신세를 망치고 있다는 이야기도 가끔 들렸다.

할멈은 괴이할 정도로 오래 살고 있었지만, 이미 십 수 년 전부터 자식들에게 장사를 내맡긴 상태였다. 할멈이 지금의 모퉁이집의 악명을 알고 있는지는 분명치 않았다. 귀가 들리지 않은 지 오래되었던 것이다.

극단적인 변천사를 겪는 와중에도 모퉁이집은 늘 장사가 잘되었다. 무슨 장사를 하든 망하기 힘들 정도로 위치가 좋았기 때문이다. 댄스홀도, 선술집도, 도박장도, 언젠가 도서관이 된다 해도 쉽게 망할 것 같지 않았다. 거리를 밀어버리고 새로 구획을 짜지 않는 한 늘 모퉁이집이라고 불릴 것이고, 카잘스 할멈의 자식들이 손을 털고 나가도 누군가 새 장사를 시작하려고 들어올 게 틀림없었다.

동전 몇 푼 짤랑이는 삯일꾼부터 하룻밤에 수만 엘소를 뿌리는 귀족 출신 난봉꾼까지, 단도를 품은 악당에서 도박에 빠진 자식을 찾으러 온 노부인까지, 온갖 사람들이 모퉁이집의 반들반들 닳은 손잡이를 밀고 들어갔다. 그들 중 누구도 사람들의 이목을 끌지 않았다. 양산을 쓴 아가씨가 몸종 두 명에 드레스 자락까지 끌고 들어온다 해도 놀라는 사람은 없었을 것이다. 비밀은 모퉁이집 2층에 있었다. 2층의 방을 하나 빌려 들어앉으면 일부러 문을 두드려 부를 때까지는 물 한 잔도 갖다주지 않는다는 특별한 서비스, 일반적인 의미의 서비스와는 반대되는 이 '서비스'가 어떤 사람들의 마음을 움직였던 것이다.

누군가가 지붕을 뜯고 2층의 풍경을 한꺼번에 내려다본다면 무척 흥미로울 것이다. 빈집털이 계획을 세우는 건달패들이 모여 험한 소리를 주고받는 옆방에는 부모 몰래 달아나자고 약속하는 젊은 남녀가 있고, 도박꾼들이 핏발 선 눈으로 주사위를 노려보는 홀 뒤에는 저들의 만남을 철저히 숨기고 싶은 자들이 목소리 낮춰 협상을 한다. 그들 모두는 모퉁이집 2층이 꼭 필요하다는 것 말고 아무런 공통점이 없었다.

5월 27일 밤, 세 명의 젊은이가 모퉁이집의 놋쇠 손잡이를 밀고 들어갔다. 11시가 되기 조금 전, 옆방에서는 판돈이 100만 엘소를 넘나드는 희대의 도박판이 벌어지고 2층 홀에는 어린아이를 안은 젊은 부인이 건달들에게 둘러싸인 채 초조하게 남편이 나오기를 기다리는 풍경 속으로.

앞장선 젊은이는 체격이 당당하고 축 늘어진 모자 챙 아래로 보이는 얼굴도 거칠어 마치 부두 노동자 같은 느낌을 주었다. 뒤따르는 둘 중 키가 작은 쪽은 수도사처럼 망토에 달린 두건을 푹 내려써 얼굴을 감췄고, 마지막 한 명은 중절모 아래에 머플러를 높이 감아 실제로 보이는 것은 눈가뿐이었다. 그들 둘은 마치 댄스홀 시절에 이곳을 드나들던 사람처럼 곱

살한 손을 갖고 있었다. 그러나 하나는 장갑을 끼고, 다른 한 명은 소맷부리를 길게 하고 있었기에 실제로 눈에 띄지는 않았다.

들어서자마자 매캐한 담뱃진 냄새가 코를 찔러서 두건을 쓴 젊은이가 미간을 찌푸렸다. 선술집은 그날도 만원이었다. 1층에서 술을 마시다가 적당한 시각이 되면 2층으로 올라가려는 축들이 바에서 진을 치고 있는 모습이 보였다. 얼근히 술이 오른 취객들을 헤치고 바 앞에 다다른 첫 번째 젊은이가 테이블을 두드려 바텐더를 불렀다.

"뭘 드릴까?"

"2층."

바텐더는 어깨를 들썩하더니 물었다.

"3호실?"

"그렇소. 손님은 와 있소?"

"조금 전에."

바텐더는 뒤에 선 두 젊은이를 곁눈질로 보며 겉옷 안쪽 허리춤에서 열쇠 하나를 떼어 내밀었다.

"계단 오른쪽 두 번째 방이오. 번호패가 떨어져서."

할말을 다 했다고 생각한 바텐더는 술잔을 테이블에 두드려대는 손님들에게 가버렸다. 젊은이들은 계단을 올라갔다.

2층에 오르자 왁자지껄한 소리는 절반 정도로 줄어들었다.

3호실 문에는 바텐더의 말대로 번호패가 없었다. 문을 두드릴 것도 없이 열쇠를 꽂아 돌렸다. 문짝은 감옥 문처럼 두툼해서 문지방을 긁는 소리가 요란했다.

"반갑소."

문을 닫아거는 동안 테이블 너머에서 벌써 인사가 날아왔다. 돌아보니 테이블 하나, 의자 여섯 개뿐인 휑뎅그렁한 방에 창을 등진 의자 세 개를 차지하고 앉은 자들이 보였다. 가운데 앉은 금발의 사내가 오늘의 약속 상대일 것이다.

"반가운 만남이 됐으면 좋겠소이다."

앞장섰던 키 큰 젊은이가 뼈 있는 말로 대꾸하며 의자를 끌어당겼다. 그가 앉자 다른 두 젊은이도 자리에 앉았다. 금발 남자가 입을 열었다.

"인사들 할까. 이쪽은 내 친구 애니스탄 벨프. 재능 있는 마법사지. 그리고 이쪽은 칸카, 내 참모."

젊은이는 모자를 벗어 테이블에 내려놓고 상대의 눈을 똑바로 바라보며 말했다.

"돈 크레아라고 부르시오."

"나는, 모로라고 부르면 될 거요."

더한 소개는 필요 없었다. 자신을 모로라고 말한 테오, 즉 테오스티드 다 모로는 팔짱을 끼며 빙그레 웃더니 고개를 한쪽으로 기울였다.

"그런데 돈 크레아, 당신은 상상 이상으로 젊군. 민중의 벗의 간부들은 능력으로 뽑히는 모양이오."

칭찬처럼 들렸지만 본심은 당신처럼 어린 사람이 제대로 된 권한을 갖고 있느냐는 의문의 표시였다. 그러자 다른 두 젊은이 중 하나가 입을 열었다.

"조직의 간부들은 서로에 대해 임무와 활동 이력, 그리고 연락을 위한 이름 외에는 알지 못하는 것이 원칙입니다. 또한 역할 분담이 확실하기에 돈 크레아 님을 만난 이상 다른 간부를 만날 일은 없을 것입니다."

자신들을 믿을 만하게 보지 않는다 해도 다른 대안은 없음을 미리 못박는 말이었다. 테오는 말을 한 사람에게 시선을 보냈다. 소개를 하지도 않을 정도라면 말단 단원일 텐데 대화의 핵심을 잘 짚는다 싶었다. 머플러로 얼굴을 거의 가렸으나 눈매만으로도 서슬 푸른 성미일 듯했다. 검은 중절모 아래로 흔히 보기 힘든 옅푸른 색 머리카락이 이채를 띠었다.

"다른 뜻이 있어 한 말은 아니오. 돈 크레아 님과 면담하게 된 것을 영광으로 생각하고 있소이다. 더구나 지금 뵙는 분은 귀족 포섭의 명수라고 들었소. 내 어찌 기대하고 존경하지 않을 수가 있겠소. 하하하……."

세 젊은이의 시선을 한몸에 받으면서도 자연스레 웃어젖히는 것을 보며 란지에 로젠크란츠는 테오가 연기에 능한 사내라고 판단했다. 그에 반해 곁의 애니스탄이라는 마법사는 긴장한 기색이 역력했다. 칸카는 노련하게 내리깐 눈으로 그들을 하나하나 평가하고 있음이 느껴졌다.

나이보다 노숙한 인상의 하일저를 내세워 간부 역할을 맡기고 자신은 수행 단원 노릇을 하겠다는 계획을 세운 것은 란지에 본인이었다. 처음에 하일저는 자신의 역할을 쉽게 받아들이려 하지 않았다. 협상을 이끌 자신이 없다는 것이 이유였다. 그러나 란지에가 어차피 대화는 대부분 자신이 하게 될 거라고 설득하여 지금의 모양새가 갖추어졌다.

오늘 협상의 당사자인 켈티카 3지구 위원장은 물론 란지에였다. 하지만 어차피 상대는 란지에의 본명이나 활동명을 몰랐다. 테오와 란지에의 만남을 결정한 것은 민중의 벗 중앙지도부인 망명의회였고, 란지에가 협상 상대로 결정된 것은 그의 이력이 이 일에 걸맞다고 판단되었기 때문이다. 하지만 그걸 결정한 지도부 인사들조차 란지에가 누구인지, 얼굴은 물론 나이조차도 알지 못했다. 그런 만큼 협상 과정에서 전략의 일환으로 다른 사람을 간부로 내세웠다 해서 문제가 될 것은 없었다.

하일저, 그러니까 돈 크레아가 대꾸했다.

"포섭의 명수는 나보다 저 친구지. 내가 아주 신뢰하는 친구이외다. 말재주도 나보다 낫고 말이오."

테오는 싱긋 웃으며 란지에에게 고개를 돌려 물었다.

"뭐라고 부르면 되겠소?"

"디, 라고 부르시죠."

그렇게 말하며 란지에는 머플러를 풀었다. 방안의 빛이라고는 테이블 귀퉁이에 놓인 기름 램프가 고작이었지만 매끈하게 빛나는 턱선과 서늘한 눈매, 우아한 콧날이 또렷이 드러났다. 테오는 놀란 시늉을 하며 말했다.

"그런 얼굴로도 비밀 결사 활동을 할 수가 있소? 한번 보면 도저히 잊기 힘들 얼굴인데."

하일저가 말했다.

"모로 씨만 비밀을 지켜준다면 별 탈 없을 거요. 아직은 공공연한 활동만 하는 처지니까 말이오."

테오는 바로 알아듣고 말했다.

"신뢰를 보여주셔서 고맙소. 하지만 나 또한 비밀이 지켜져야만 하는 입장이니 피차일반이겠지."

이제 본론으로 들어갈 때였다. 칸카가 입을 열었다.

"우선 저희의 제안을 받아들여 이 자리를 마련해준 망명의회에 감사를 표하고 싶습니다. 지금껏 따로 추구해왔을 뿐, 공동의 신념이었던 것을 이제 함께 추진하게 되리라 생각하니 마음이 든든합니다. 어떻게 서로에게 도움을 주고 궁극적인 목표를 이룰지 논의하는 것만이 남은 과정이라고 생각합니다. 저희가 제출한 제안은 알고 계시겠지요?"

하일저가 대답했다.

"동료를 얻는다는 것은 무척 기쁜 일이오. 지도부에서도 이번 일에 특별히 관심을 기울이며 자세한 지침을 내린 바 있소. 하지만 입회가 허가된 이상, 지도부와의 의사소통은 전적으로 켈티카 3지구 위원장인 나를 통해야만 하오. 원활한 협력을 위해 그 점을 먼저 말해두겠소이다."

칸카의 질문을 무시한 듯한 대꾸였지만 테오는 예상했던 이야기라는 듯 미소를 보였다.

"당연한 일이오."

"이해해주셔서 고맙소. 그러면 구체적인 논의에 들어갑시다. 디 군, 지도부의 의견을 말하게."

여기까지 하일저가 한 이야기는 란지에가 미리 지시해둔 그대로였다. 그러나 말하는 시점을 택할 줄 모르는 하일저는 상대가 무슨 말을 하든 상관없이 정해진 대사를 서둘러 읊어버렸다. 그래야 껄끄러운 자신의 역할이 끝나고 차례가 란지에에게 넘어가기 때문이었다. 그는 말재주가 없는 자신의 역할이 길어지다가 실수를 저질러서 협상을 방해할까 봐 무척 걱정스러워했다.

란지에가 입을 열었다.

"망명의회에서는 모로 씨의 제안을 신중히 검토하여 실효

성이 있다는 판단을 내렸습니다만, 위험 부담은 매우 큽니다. 단계별로 나눠 추진할 필요가 있다는 의견이 대부분이었습니다. 먼저 말씀을 좀 들을까 합니다. 첫 번째로 필요한 일이 무엇이라고 보십니까?"

실제로는 대부분의 판단이 란지에에게 맡겨져 있었지만, 란지에는 어디까지나 지도부, 즉 망명의회의 의견을 전하는 태도를 견지했다.

"일에는 물론 차례가 있소이다. 내가 공화국에 협력을 약속한 이상, 첫째 목표는 아르님 가문을 장악하는 것이 아닐까 하오. 그래야 앞으로 기회가 왔을 때 확실한 도움을 드릴 테니까. 그러고 나면 내가 제안한 책략들도 실행이 가능해질 것이오."

하일저가 고개를 끄덕여 보이자 란지에가 다시 말했다.

"그 방법에 대한 복안이 있으십니까?"

일단은 상대의 생각을 다 들을 심산이었다. 칸카가 대답했다.

"저희 주인께서는 아르님 공작 가문의 유일한 사위로서, 부인께선 돌아가셨지만 아드님을 남기셨지요. 현재 그 아드님께서는 유력한 작위 계승자로서 성에서 자라고 계십니다. 그러므로 그 아드님께서 아르님 가문의 계승자에게 주어지는 아르모리크 경의 칭호를 받는 것이 첫째 단계라고 봅니다."

그때까지 말이 없던 두건 쓴 젊은이가 불쑥 말했다.

"물론 소공작만 없어져준다면, 이겠죠?"

목소리만 들어봐도 상대는 젊은 여자였다. 칸카는 점잖게 대꾸했다.

"소공작은 이미 우리 수중에 있습니다. 그를 바로 죽이든 꼭두각시 노릇을 시키든 어려운 일이 아닙니다."

"글쎄요. 제가 듣기로 소공작은 보통 사람이 아니라던데."

말을 하면서도 이엔은 여전히 얼굴을 드러내지 않았다. 귀족이니만큼 혹시라도 마주칠 일이 생길지도 모르기 때문이었다. 만약 정체가 밝혀지더라도 혼자 몸을 감추면 되는 란지에와 달리 이엔의 신분이 드러나는 것은 간단한 일이 아니었다. 아마란스 백작까지 말려들게 되는 것이다.

칸카가 이를 드러내며 웃었다.

"데모닉을 아시는군요. 하지만 걱정 마십쇼. 문제가 되지 않으니까."

란지에가 입을 열었다.

"뭔가 복안이 있다는 건 알겠지만 우리에게도 밝히지 않으면 곤란하지 않을까요. 위험을 확인하지도 않고 안전한 것처럼 망명의회에 보고할 순 없는 일이니 말입니다."

"그 얘기는 협상 뒤로 미뤄도 상관없을 겁니다."

테오가 손을 저어 칸카의 말을 막더니 말했다.

"됐다. 어차피 알게 될 일, 우리를 신뢰하시는 분들에게 부자연스럽게 감출 필요는 없다고 본다. 돈 크레아, 그리고 디 군. 소공작은 서서히 죽어가고 있소이다. 물론 속도를 늦출 수도 있고, 영영 멈추게 할 수도 있소. 하지만 현재는 한 해 안에 자연사한 것으로 보이는 것이 계획이오. 데모닉은 본래 까닭 없이 요절하는 경우가 많아 의심받을 가능성은 거의 없소이다. 그러므로 그의 존재에 의미를 둘 필요는 없다 하겠소."

하일저는 란지에와 눈짓을 주고받은 뒤 말했다.

"좋소. 그 말을 믿겠소."

란지에가 말을 받았다.

"그렇게 해서 아드님께서 작위 계승자가 된다면 물론 바람직한 일이겠지만 그것만으로는 운신의 폭이 그리 넓어지지 않을 것 같군요. 모로 씨는 작위 계승자 본인이 아니고, 어린 아드님이 자랄 때까지는 현 아르님 공작의 권위가 절대적일 테니까요. 아드님이 공작이 될 때까지 기다리자면 일의 진척은 먼 미래의 일이 되어버리겠지요. 더구나 장기적으로 아드님이 자랐을 때 모로 씨와 의견이 다를 가능성도 배제할 수가 없습니다. 귀족의 특권이란 한번 누려보면 포기하기 어렵지요. 귀하게 자란 젊은 도련님께서 모든 특권을 내놓아야 하는 공화국 건설에 불만을 가질지도 모른다는 상상은 충분히 가능하다고 봅니다만."

란지에의 말을 듣던 이엔은 두건 속에서 은밀히 미소 지었다. 그녀 자신은 란지에가 방금 한 이야기의 예외로서, 스스로의 선택에 자부심을 갖고 있었다.

"좋은 지적이오. 우리 집안의 사정을 자세히 모른다면 그렇게 생각할 수도 있을 거요. 먼저 내 아들의 교육에 대한 권한은 전적으로 내 손에 있다는 점을 말해두겠소. 그리고 모로 가문은 귀족의 특권으로 인한 피해를 신물나게 겪었다는 점도 말해두오. 부끄럽지만 내 이야기를 좀 하겠소."

테오가 시선을 하일저 쪽으로 보냈다.

"모로 가문은 구왕국 시절부터 귀족이었소. 그러나 내 아버지는 가문으로부터 쫓겨났기에 나의 어린시절은 비참했소. 귀족이란 허울 때문에 오히려 더 견디기 힘들었지. 귀족들과 어울리지 못하는 것은 물론, 평민들로부터도 멸시를 당했소. 폐허나 다름없는 저택에서 교육은커녕 끼니조차 거르며 살던 나는 차라리 귀족이 아니었다면 얼마나 좋을까 밤낮으로 생각했다오. 그랬다면 거리에 나가 구걸을 해서라도 고픈 배를 채울 수 있었을 테니까."

그런 말을 하면서도 테오의 안색은 조금도 바뀌지 않았다. 그러나 곁에서 한마디 말도 없던 애니스탄의 얼굴에는 조금 동요가 있었다. 란지에는 그 모습을 놓치지 않았다.

"나는 열 살에 아르님 가문에 들어가 이듬해 데릴사위로 결정됐소. 내 상대는 백치 소녀였소. 그렇지 않았더라면 아르님 공작도 나와 같은 자를 사위로 맞을 생각은 꿈에도 하지 않았겠지. 통렬하게 말하자면 나는 팔아넘겨진 것이었소. 내 아버지는 나를 판 돈을 손에 쥐자 즉시 사라졌기에 낯선 저택에 던져진 내게 의지할 사람은 한 명도 없었소. 나는 스스로 살아나갈 방법을 배워야만 했소. 뭐, 그보다는 식사 예법부터 새로 배워야 했지만 말이오."

테오의 어조에는 당시 자신의 환경에 대한 노골적인 조롱이 묻어났다. 특히 공작부인 엘자에 대한 분노가 컸다. 공작부인은 테오를 들이고 나서 꼭 일 년 동안 그를 붙들고 뭔가를 가르치려고 애썼다. 그리고 이듬해가 되자 생명의 위협을 무릅쓰고 조슈아를 가질 결심을 했다. 공작부인의 심경이 왜 변했는지, 테오로서는 몰랐지만 그저 제 핏줄이 아닌 자에게 가문을 맡기기 싫었겠거니 생각할 뿐이었다.

"그때까지만 해도 현재의 소공작은 세상에 태어나지도 않았고, 공작부인의 건강이 나빠 태어날 가망도 없었소. 처음에는 그 집안에서 나의 위치가 어떤 것인지도 잘 몰랐소. 아무도 말해주지 않았으니까. 그러나 한 가지만은 분명했소. 가까이에서 본 진짜 귀족들은 내가 상상한 것 이상으로 더럽고, 편협하고, 불합리했소. 소공작이 태어난 뒤, 나를 대하는 그들의 태도가 일변하는 것을 보면서 그런 생각은 더욱 강해졌소. 저런 자들이 계속 특권을 쥐는 왕정이 과연 옳은가, 그런 의문을 품던 중 공화국이 들어섰소."

그때 열네 살이었던 테오는 공화 폭도가 무섭고 아르님 공작이 성안에 들여놓은 빈민들의 더러운 살림살이가 거슬려 문밖은커녕 아래층에도 잘 내려가지 않았지만 생각을 꾸며내는 것은 자유였다.

"알다시피 아르님 공작은 공화국 시절 공화정부에 협력하는 체하며 목숨을 부지했소. 그런 자가 지금은 새 국왕의 한 팔이 되어 행세하며 살고 있소. 참으로 구차한 일이 아니오? 이런 자가 비단 아르님 공작만이 아니지. 무슨 수를 써서든 특권을 놓치지 않으려 고군분투하는 그들의 모습은 실로 감명을 줄 정도였소. 왕정이 무너지지 않고는 이런 자들을 어찌 일소하겠소? 그리고 내 아들도 나와 같은 과정을 거칠 게 뻔하오. 그 아이는 내 피를 물려받았기에 이미 가문에서도 차별의 대상이오. 자랄수록 더 잘 알게 되겠지."

테오가 말을 끊자 이엔이 말했다.

"그렇다면 아르님 공작은 어찌할 거죠? 공작은 상당히 교활한데다 늙어 죽으려면 아직 멀었죠. 공작도 소공작처럼 서서히 없앨 방법이라도 있는 건가요?"

"서서히 없앤다라, 공작에겐 그런 방법이 불필요하오. 내가 소공작에게 그런 방식을 취하는 것은 핵심적인 적, 즉 공작의 예봉을 피하기 위해서요. 옛말에 재상의 개가 죽으면 조문을 오지만, 재상이 죽으면 오지 않는다는 말이 있지 않소? 그와 마찬가지요. 소공작이 의문사한다면 공작이 가만히 있지 않겠지만, 공작이 죽는다면 그런 조사를 할 사람조차 없을 것이오. 따라서 공작은 기회를 보아 단번에 없애면 되리라 생각하오."

이엔은 잠시 생각하더니 지적했다.

"하지만 모로 씨의 말대로 소공작이 죽고 공작마저 의문사한다면 아르님 가문은 큰 혼란에 빠지게 되겠죠. 권력은 물론이고 국왕과의 관계도 예전 같지는 않을 거고요. 오히려 아르님 가문만 몰락의 길을 걷게 되는 것 아닐까요."

공화파에 도움을 주기 전에 너희부터 망하는 것이 아니냐는 질문이었다. 테오는 한쪽 입꼬리만 올렸다.

"그렇기 때문에 소공작이 사라질 무렵, 내 아들과 내가 작위 계승자와 그의 후견인 이상으로 독자적인 지위를 가져야 하는 것이오. 그걸 위해 민중의 벗의 도움이 절대적으로 필요하고 말이오. 민중의 벗은 왕권 중추부에 숨은 지지자를 여럿 갖고 있다고 알고 있소. 그들의 도움을 얻어 내가 국왕의 신임을 얻는 것이 급선무요. 그래야 내가 아르님 가문의 힘을 이용해 왕가를 무너뜨릴 때도 결정적인 역할을 할 수가 있고, 신왕국을 일으켰던 아르님 공작이 공화국으로 돌아섰다는 상징적인 의미도 증폭될 걸로 확신하오."

이엔은 보이지 않게 눈살을 찌푸렸다. 그녀는 출신 배경 덕택에 권력욕이 많은 사람을 잘 꿰뚫어 봤다. 그러나 개인적인 불쾌감을 접고 제안만 놓고 본다면 좋은 전략이었다. 물론 모로라는 자를 믿는다는 가정하에 말이다.

잠시 사이를 두고 란지에가 입을 열었다.

"이야기 잘 들었습니다. 이제 망명의회의 제안을 이야기할 차례로군요."

란지에는 몸을 약간 앞으로 기울였다.

"아르님 공작의 제거가 공화국을 위해 중요한 계기가 될 것은 틀림없습니다. 하지만 모로 씨, 모든 일이 잘되어 아드님이 순조롭게 가문을 물려받는다 해도 아르님 공작의 사인死因을 조사하는 일은 필수적인 수순입니다. 그 일을 맡을 사람은 물론 당신이 되겠지요. 소공작도 죽은 후일 테니 이들 부자가 음모에 휘말린 것이 아닌가 하는 의혹은 클 수밖에 없습니다. 다른 귀족들 또한 혹시 저들에게도 같은 일이 벌어지지 않을까 하는 불안감으로 큰 관심을 갖고 지켜볼 겁니다. 그리고 결국 누군가를 지목하긴 해야 할 겁니다."

테오가 문득 반론했다.

"그것은 사고사가 될 수도 있소."

"아니요. 그런 결론이 난다면 표면적으로는 상황이 종료될지 몰라도, 사람들은 내심 당신을 배후로 생각할 겁니다. 석연치 않은 일이 생겼을 때는 그 일로 가장 큰 이익을 얻는 사람이 의심을 받죠. 그러고 나면 이후 당신의 입지는 눈에 보이지 않는 벽으로 가로막히게 됩니다."

란지에의 대답은 즉시 나왔다. 막힘없는 설명을 들으며 칸카는 저 '디'라는 자가 정말로 말단 단원이 맞을까 의심하기 시작했다.

"그러면 어떻게 해야 한단 거요?"

테오는 상대가 무엇을 원하는지 일단 들어야겠다고 생각한 모양이었다. 란지에가 말했다.

"당신보다 더 큰 이익을 얻는 것처럼 보이는 자를 만들어 내어야 됩니다."

"그게 누구요?"

"지도부는 가장 적절한 인물로 폰티나 공작을 제안했습니다."

물론 지도부의 결정이 아니라 란지에 스스로 한 판단이었다. 그러나 테오에게도, 칸카에게도 이것은 천만뜻밖의 이야기였다. 당황한 기색을 감추지 못한 테오가 말했다.

"신왕정을 떠받치고 있는 두 공작을 함께 제거하면 물론 좋겠지만, 너무 무모한 생각이 아니오? 아르님 가문이라면 내가 잘 알지만 폰티나 공작은 이야기가 다르오. 그는 평범한 책략가가 아닐뿐더러 강력한 정보 조직도 갖고 있다고 들었소. 그런 사람의 행동을 조작하는 것이 가능하겠소? 지도부에서는 계획을 갖고서 지시를 내린 거요?"

란지에가 엷게 미소 지었다.

"지시 단계는 아닙니다. 하지만 가상의 적이 없다면 당신을 보호하기가 힘들다고 보았을 뿐이죠. 반대하시는 것 같은데, 그렇다면 생각해두신 대안이 있습니까?"

"그보다 먼저 묻고 싶군. 폰티나 공작이 아르님 공작을 죽이려 할 까닭이 뭐요?"

란지에는 하일저에게 고개를 돌려 물었다.

"제가 설명해도 되겠습니까?"

하일저는 별문제 되겠느냐는 것처럼 가볍게 고개를 끄덕여 보였다.

"그러게."

하일저가 조금만 더 말주변이 있었더라면 이런 식으로 할 필요는 없었을 텐데, 하고 생각하며 란지에가 말을 이었다.

"두 공작은 겉보기에 협력하여 신왕정 세력을 양분하고 있는 것 같지만, 그럴 수만 있다면 혼자 독점하고 싶을 것이 자명합니다. 권력을 나눠 갖고 싶어 하는 자는 없으니까요. 우리는 그 사실을 환기시켜주기만 하면 되는 것이지요. 사실 두 공작을 반목하게 만드는 책략은 지도부에서도 여러 번 논의된 일이 있었습니다. 다만 모로 씨와 같은 결정적인 조력자가 없었기에 고양이 목에 방울을 달지 못하듯 유보되어왔을 뿐이지요. 그러니 아르님 공작을 없앨 기회만 온다면 둘을 반목시키기에 이보다 적당한 계기도 없을 것입니다. 하나는 사라지고, 하나는 죄를 뒤집어쓰고, 그리하여 양쪽 다 날개가 꺾이게 되는 것입니다."

일말의 동정심도 없는 사무적인 말투는 듣는 사람을 기가 질리게 만드는 면이 있었다. 테오는 약간 신경질적으로 말했다.

"하지만 그런 일이 도대체 어떻게 가능하냔 말이오."

"말씀하신 대로 폰티나 공작의 행동을 조작하는 것은 어렵습니다. 더구나 계략이 성공하든 말든 폰티나 공작을 감옥에 잡아넣을 수도 없는 일이죠. 그러므로 이 계략의 핵심은 폰티나 공작을 움직이는 것이 아닙니다. 필요한 것은 여론이죠. 사람들이 폰티나 공작의 위세 때문에 드러내놓고 말할 수 없을 뿐 음모가 있다고, 자신들은 진실을 알고 있다고 믿게 해주면 되는 겁니다. 그것으로 당신에 대한 의심은 자연스레 묻힐 것입니다."

테오는 상대를 새삼스레 쳐다봤다. 이자가 말단 단원일 것이라는 생각은 이미 버렸다. 말하는 태도로 보아 이자는 지시한 사람 이상으로 이 계략을 잘 이해하고 있었다.

"무슨 이야기인지 이해했소. 확실히 망명의회의 의견은 경청할 만한 가치가 있구려. 하지만 그건 아직 먼 미래의 일이

오. 그전에 소공작을 처리해야 하고, 그보다 앞서 나의 지위를 강화해야 하니까 말이오. 공작의 측근 몇 명을 끌어들이긴 했지만 그들은 내가 내 아들에게 주어질 작위를 원하는 줄로만 알고 있소. 그렇게 믿어주는 쪽이 나로서도 편하고 말이오. 하지만 지금의 계획은 마음에 새겨두겠소."

란지에가 눈을 약간 내리깔더니 말했다.

"그건 먼 미래의 일이 아닙니다."

"미래의 일이 아니라고?"

"상부의 의견은 반대입니다. 소공작보다, 공작을 먼저 도모하는 것이 낫습니다. 그리하여 소공작이 작위를 물려받고, 이어 그가 자연사하는 쪽이 좀더 매끄러울 겁니다."

칸카가 고개를 저었다.

"내 생각은 다릅니다. 짧은 기간 동안 두 번이나 공작이 바뀌는 것은 불필요한 혼란과 낭비를 초래할 뿐입니다."

"아닙니다. 계획의 초점을 잘 보십시오."

란지에는 다시 한번 하일저를 돌아보더니 허락을 받는 것처럼 눈짓을 나누었다. 칸카가 되물었다.

"초점이라니?"

"무게중심이지요. 소공작을 없애는 것은 간단하며, 심지어 데모닉이라는 좋은 구실마저 있습니다. 그러므로 이 일은 초점이 아닙니다. 문제는 공작이지요. 그는 제거하기가 어렵고, 제거한 뒤에도 의심을 벗어야만 하는 난관이 있습니다. 그러므로 공작을 없애는 것이 이 계획의 무게중심입니다. 사람들의 관심도 주로 공작의 죽음에 쏠릴 것이 틀림없습니다. 공작이 죽는 즉시 수많은 사람들이 이 수수께끼를 풀려고 머리를 굴릴 것입니다. 그렇게 되면 우리가 폰티나 공작에 대한 암시를 던져주기도 전에 자기들끼리 결론을 내려버리기 쉽습니다. 그때 소공작의 죽음이 선행됨으로써 이 일이 예고된 것처럼 느껴지게 하고, 심지어 동일한 사람의 계략일지도 모른다는 느낌을 주는 것은 좋은 생각이 아닙니다."

칸카는 미간에 주름을 잡았다.

"반대의 경우는……."

"반대의 경우를 생각해볼까요. 공작이 죽더라도 소공작이 작위를 물려받을 테니 당신의 존재는 관심의 초점이 아닐 겁니다. 공작의 죽음에 대한 의문이 최고조에 달했을 때 폰티나 공작의 개입을 암시하는 힌트를 주고, 폰티나 공작 배후설이 널리 퍼졌을 때 새로운 공작이 된 소공작은 서서히 쇠약해지다가 자연사합니다. 소공작이 데모닉의 운명 때문에 죽었다고 믿어줘도 상관없겠지만, 음모론을 믿고 싶어 하는 자들은 앞서 의심했던 폰티나 공작의 행동에 쐐기를 박는 사건이 터졌다고 생각할 것입니다. 퍼즐을 좋아하는 사람들은 한번 믿기 시작한 것을 위해 틀린 증거도 맞는 것처럼 끼워 넣는 경향이 있습니다. 퍼즐을 끝까지 맞추고 싶은 욕심이 앞선 까닭이지요. 그런 식으로 의심은 확신으로 바뀌고, 증거가 불충분한 것은 폰티나가 교활하기 때문이라고 여겨버립니다. 심지어 처벌할 수도 없는 자이기에 증오와 소문은 더욱 증폭됩니다. 이미 그 사이에 모로 씨가 끼어들 자리는 없습니다. 오히려 모로 씨는 비극이 연이어 닥친 가문을 수호할 책무를 진 사람으로서 기대를 한몸에 받게 될 겁니다."

너무나 정연한 추측이라 반박할 여지도 없었다. 무엇보다도 사람들의 심리를 꿰뚫어 보는 능력이 놀라웠다. 테오는 이 이야기가 망명의회의 지시일 거라고 생각하면서도 일말의 의심을 품었다. 디가 스무 살도 안 된 젊은이가 아니었다면 의심 없이 본인의 계략이라 여겼을 것이다. 그만큼 거침없이 흘러나오는 설명이었다.

"무슨 뜻인지 알겠소, 디 군. 그 계략의 타당성에 동의하오. 그러나 그대로 하려면 진행이 빨라져야만 할 것이오. 공작을 도모하기 전에 나의 입지가 충분히 커져야만 할 테니 말이오."

하일저가 말했다.

"그 점은 염려 마시오. 지원 논의는 충분히 되어 있소. 당신이 이번 일에 착수하기로 결정하기만 하면 열흘 내로 세 명의 고위 귀족을 만나게 될 것이오."

란지에는 테오가 하일저의 말을 들으면서도 오히려 자신의 표정을 살펴보는 것을 알았지만, 지시를 기다리는 사람처럼 옅은 미소만 띤 채 아무 말도 하지 않았다. 그동안 말없이 생각을 정리하던 칸카가 말했다.

"좋습니다. 누구를 만나게 되는지 물어봤자 미리 알려주지 않을 것 같으니 굳이 캐묻지 않도록 하지요. 그나저나 민중의 벗의 정보력이나 계략 입안 능력이 탁월하다고 하더니 과연 보통이 아니로군요. 그러나 공작을 없애는 일에 당장 착수하려면 이쪽의 일정에 차질이 생깁니다. 그러므로 우리도 지원에 대해 일부 약속을 받아야겠습니다. 무엇보다도, 꼭 제안하고 싶은 것이 있습니다."

"말하시오."

하일저가 대꾸했다. 칸카의 입가에 처음으로 미소가 떠올랐다.

"우리는 제안해주신 대로 공작 암살 계획을 추진할 것이고, 성공한 뒤에는 폰티나 공작에 대한 소문을 가문 내에서 퍼뜨리는 부분을 맡을 것입니다. 그동안 여러분은 왕국 중추부에서 우리의 입지가 확고해지도록 거물들과의 인맥을 주선해주시고, 그에 더해 전 대륙에 퍼져 있다는 민중의 벗 정보조직을 이용하도록 해주실 것을 요청합니다. 그리고 목표를 효과적으로 수행하기 위해 지금 이 자리에서, 공작을 도모할 날짜를 정하길 원합니다."

란지에의 시선이 칸카를 향했다. 칸카도 시선을 느끼고 상대를 보았다. 잠시 쏘아보는 동안 칸카는 처음으로 란지에의 눈동자가 갈색이 아니라 흔히 볼 수 없는 선홍색이라는 것을 눈치챘다. 그동안 램프의 불빛이 붉어 얼른 알아채지 못했던 것이다.

칸카는 말을 하면서 란지에가, 또는 하일저가 이 제안에 반대하리라 기대했다. 그에 대한 반론도 준비해두었다. 거사일의 결정은 양쪽 모두 배수진을 친다는 것을 의미했다. 칸카는 처음부터 자신들이 먹음직한 미끼를 쥐고 호랑이 앞에 선 입장이라고 생각했다. 민중의 벗은 비밀 결사였지만 왕국 내 각 계각층에 광범위하게 침투해 있었다. 귀족에서 평민, 부자에서 거지, 깡패에서 예술가에 이르는 온갖 신분의 인간이 다 있었다. 공화국 십 년의 역사가 완전히 헛되지는 않은 것이다.

그렇다고 그들을 나라처럼 받아들여서는 안 된다. 규모가 크긴 해도 민중의 벗은 서로가 서로를 모르는 수천 개의 검은 돌과 같았다. 어둠 속에서 존재를 더듬어볼 수는 있지만, 실체를 목격할 수는 없었다. 민중의 벗에 수년간 소속되어 있더라도 다른 회원을 열 명도 만나기 힘들다고 했다. 말단 회원으로 지낸다면 자신을 관리하는 하급 간부 한 명을 만나는 것이 전부일 수도 있었다. 물론 예외는 있어서 능력을 인정받은 자들은 중앙부로 빠르게 진출했다. 그러고 나서야 수백 명은 되는 거물급 인물들이 민중의 벗의 그림자 회원임을 알게 되는 것이다.

그런 조직과 거래를 하려 했을 때, 호랑이를 길들이듯 신중함, 그리고 대담함이 필요한 것은 두말할 나위도 없었다. 칸카는 노련한 책략가였다. 상대가 정세 파악에 능함을 알아차리자마자 그것을 역이용할 방법이 없을까 생각해보았다. 상대가 주도권을 쥐고 몰아댈 때면 자칫 쫓기는 데 정신이 팔려 챙겨야 할 조건도 손가락 사이로 흘리기 쉽다. 그걸 막으려면 아예 멈춰 서거나, 아니면 더 빨리 달려야 했다. 이제 와서 협상을 물릴 수 없으니 더 급진적인 주장을 하는 수밖에 없었다. 그것만이 협상의 주도권을 되찾아오는 방법이었다. 그런 주장을 한 후에 상대가 머뭇대며 반대하면 그제야 서로의 이해를 맞춰보며 그럴듯한 협상을 할 수 있게 되는 것이다. 쫓기지 않고서.

그렇게 생각하는 칸카의 귀에 란지에의 대답이 울렸다.

"좋습니다. 정합시다."

"아…… 동의하시는 겁니까?"

무심코 대답하는 것과 동시에 한 방 먹었다는 생각이 머릿속을 세게 울렸다.

상대가 소년의 모습이 아니었더라면 이렇게 쉽게 당하지는 않았을 것이다. 나이가 어릴 때는 개성이 고르게 발달하기 힘들다. 자신이 잘하지 못하는 쪽에는 편협해지기도 쉽다. 그런데 저 나이에, 정세 분석에 특출한 자가 어째서 대담하기까지 하단 말인가?

칸카가 무슨 생각을 하든 란지에는 평온한 어조로 말을 이었다.

"곧 6월이 되는군요. 반년 정도면 무리 없는 기간일 겁니다. 아니, 오히려 너무 길지도 모르겠군요."

칸카는 이성을 되찾고 냉정하게 생각했다. 사실 날짜를 정하는 것이 완전히 손해는 아니었다. 이쪽도 바빠지겠지만 저쪽에서 도움을 주는 속도도 그만큼 빨라질 것이다. 귀족 사회에서의 입지는 빨리 오를수록 좋다.

다만 문제가 있다면 폰티나 공작인데, 저쪽의 제안은 괜찮지만 이 일을 폰티나 공작이 알게 되어서는 곤란했다. 제대로 입지를 쌓기도 전에 폰티나 공작의 미움부터 산다면 앞에 산을 두고 전진하는 것이나 다름없어진다. 소문의 진원지를 모르게 하는 계략쯤은 혼자서도 자신 있었다. 그러나 소문의 존재를 알게 된 폰티나 공작의 행동을 막는 것은 개인의 힘으로 가능한 일이 아니었다.

그때 란지에의 목소리가 다시 들렸다.

"그쪽 일만 잘해주시면 폰티나 공작의 눈을 돌리는 것은 이쪽에서 맡지요."

저 무심한 눈동자로 상대의 마음을 읽는 것은 아닐까 싶었다. 물론 그보다는 상대가 머뭇대며 생각에 잠길 만한 문제를 바로 짚을 정도로 통찰력이 있는 것이겠지만.

"어떻게 할 생각입니까?"

"다른 관심사를 하나 안겨줘야겠죠. 뭐, 염려는 끼치지 않을 겁니다."

염려 말라기보다 자세한 것을 알려하지 말라는 의미에 가까웠다. 이제 상대가 용의주도한 자라는 것까지 알게 된 칸카는 마지막 선택을 할 수밖에 없었다.

"넉 달로 합시다."

"오늘은 5월 27일, 그러면 9월 27일이 되겠군요."

란지에가 하일저를 바라보자 그가 고개를 끄덕여 보였다. 란지에가 말했다.

"받아들이겠습니다."

테오 또한 이것이 위험한 약속임을 알고 있었다. 란지에의 대답이 떨어지는 순간 멈춰 있던 시계가 째깍, 소리를 크게 울리는 것을 들은 듯했다. 그러나 외견상 테오는 단지 미소를 지었을 뿐이었다.

"넉 달 뒤까지 모로 씨, 당신이 최소한 남작령 하나를 얻도록 해드리겠습니다. 국왕을 만날 기회도 있을 테니 당신이 얼마나 잘해내느냐에 따라 더 많은 것을 얻을 수도 있겠지요. 그리고 말씀하신 대로 민중의 벗 산하 정보원들의 조직인 나이트워크Nightwalk와 접선할 수 있는 경로를 지정해드리겠습니다. 다만 당신의 등급은 3단계일 것이고, 따라서 당신 쪽에서 필적하는 정보를 제공하지 않는 한 그들을 호출할 수 있는 것은 한 달에 한 번뿐입니다."

이제 막 클럽에 가입한 회원이, 비록 한 달에 한 번이라 해도 나이트워크를 호출할 수 있다는 것은 큰 특권이었다. 나이트워크는 공화파가 태어난 요람이라고 불리는 가장 오래된 조직이었다. 민중의 벗은 물론 당스부르크보다도 먼저 존재한 자들이었다.

어쩌면 최초에는 공화파 조직이 아니었을지도 모른다. 나이트워크는 전 대륙에 걸쳐 정보를 주고받았는데, 특히 아노마라드에서는 수천 명의 정보원들이 평범한 상인, 농부, 걸인, 작부, 심지어 귀족으로도 살아가고 있어 어떤 일도 이들의 눈을 벗어날 수 없다고 알려졌다. 지난 공화국이 세워졌던 동력, 그리고 현재 국왕이 민중의 벗을 뿌리 뽑지 못하는 이유도 나이트워크의 실체가 밝혀지지 않은 까닭이 컸다. 공화국이 무너진 후로 민중의 벗 회원들을 관리하는 방법 또한 나이트워크의 운영 방식에서 따온 것이었다.

"첫 접선 경로는 켈티카 13지구 트라메아 거리 10번지, 가구 수리공 한스 크로네의 딸 마샤입니다. 다만 한스 크로네는 회원이 아니므로 직접 찾아가서는 안 됩니다. 접선을 원할 경우 잔포드 시에 사는 친구 안나 에프만의 이름으로 편지를 보내십시오. 그러면 그녀가 다음날 오후 8시에 약속 장소에 나올 것입니다. 만일 그녀가 접선을 거부한다면 편지를 받은 날 밤 12시에 2층에 있는 자신의 방 창문 앞에 두 개의 램프를 놓아둘 것입니다."

"편지 내용은?"

칸카가 묻자 이엔이 옆에서 말했다.

"안나와 마샤는 열아홉 살이에요. 아버지가 펼쳐볼 경우를 대비해서 그 나이에 맞는 화제들로 채우시고, 행간에 장소를 단 한 군데만 암시하시면 되죠."

"무슨 뜻인지 알겠군요."

테오가 재미있다는 표정으로 물었다.

"안나는 실제 인물입니까?"

이엔이 대꾸했다.

"아뇨."

정확한 주소를 적은 종이가 테오의 주머니 속으로 들어갔다. 란지에가 하일저에게 눈짓하자 하일저는 의자에 기댔던 등을 떼며 세 사람을 둘러보았다.

"더 할 이야기가 없다면 이것으로 회견을 끝내겠소."

테오가 말했다.

"오늘 내 태도가 혹시라도 고압적이었다면 사과하겠소. 오랫동안 귀족들 틈에서 자라온 터라 더러운 습관이 가끔 튀어나오곤 하오."

란지에는 빙긋 웃더니 대답했다.

"오히려 우리가 당신을 귀족답게 대접하지 않는다고 불쾌해하시지 않길 바랍니다. 공화국을 추구하는 이상 우리는 왕족을 만난다 해도 똑같은 태도밖에 보일 게 없으니까요."

테오는 미소로 답했으나 지금까지 이자가 자신의 태도를 평가했음을 알고 상대의 빈틈없음에 불안감을 느꼈다. 민중의 벗에는 이런 자가 많은 것일까, 아니면 이번 일의 중요성 때문에 일부러 탁월한 자를 붙인 것일까?

모두가 분분히 자리에서 일어서는데 이엔이 그때까지 한마디도 하지 않은 애니스탄을 보며 물었다.

"마법사께서는 가입을 하지 않으셨다고 들었는데 앞으로도 그러실 생각이신가요?"

애니스탄은 잠깐 사이를 두고 대답했다.

"현재 저의 신념은 제 친구 자체입니다. 그가 원하는 것이 공화정 실현이라면, 저 역시 뜻이 같을 것입니다."

그 말을 들은 란지에가 빙그레 웃더니 말했다.

"그 말은 모로 씨의 목표가 다른 것으로 바뀔 가능성도 있으니 가입을 미룬다는 뜻으로 들리는군요. 안 그런가요?"

"……."

애니스탄이 대답하지 않자 테오가 재빨리 말했다.

"내가 설득할 테니 조금 더 기다려주시오. 어쨌든 나를 배신할 친구는 아니니까."

란지에도 지금은 더 몰아붙일 때가 아니라고 생각했기에 고개를 끄덕이며 문 쪽으로 몸을 돌렸다. 그때 테오가 그를 불렀다.

"실례일지 모르겠지만 디 군, 당신의 이름을 알고 싶소만."

란지에는 잠깐 돌아보더니 짧게 답했다.

"이지안입니다."

"이지안 디라……. 당신의 태도가 인상적이었소. 잘 가시오, 디 군."

그리고 다른 사람들에게도 고개를 돌려 말했다.

"돈 크레아, 이름 모를 아가씨, 모두 반가웠소."

모퉁이집 1층은 여전히 소란스러웠다. 테오 일행이 먼저 나간 뒤 사이를 두고 내려온 세 사람은 바로 나가는 대신 구석 테이블에 앉아 포도주를 시켰다. 주위가 워낙 시끄러워 옆 테이블의 대화도 알아듣기 힘들었기에 그들은 머리를 맞대고 이야기했다.

"어땠어?"

하일저가 어색한 미소를 지으며 란지에에게 묻자 이엔이 먼저 대꾸했다.

"그만하면 괜찮던데? 잘했어. 그런데 말할 시점을 조금 신중하게 택해봐."

란지에는 생각에 잠겨 하일저의 말을 듣지 못했다. 조금 전 부드럽게 웃으며 테오 일행을 보낼 때와는 딴판으로 무표정한 얼굴이었다. 이엔이 물었다.

"뭘 생각해?"

란지에는 손가락으로 테이블 위에 천천히 썼다. 데모닉, 이라고.

"소공작에 대해서는 그자가 알아서 한다고 했잖아?"

이엔이 의아한 듯 되묻다가 고개를 갸웃거렸다.

"상상을 초월하는 경지의 천재라고 했지. 그건 변수일까? 논리로 추측할 수 없는 존재라는 걸까?"

란지에는 자신의 손가락 끝을 한참 동안 내려다보고 있다가 입을 열었다.

"모로와 칸카, 말이 부딪히는 곳이 있었어. 비슷한 것 같지만 실은 다른 얘기였지."

"그랬어?"

이엔은 당황한 표정이 되어 시선을 천장으로 보냈다.

"아…… 잘 모르겠는데."

"모로가 설명한 대로라면 소공작은 서서히 독살당하고 있는 중이겠지. 그런데 칸카는 전혀 다른 이야기를 했단 말이야."

눈을 내리깐 란지에가 잠깐 사이를 두더니 말했다.

"꼭두각시, 라고 했어."

"꼭두각시?"

이엔도 그제야 떠올린 듯 긴장한 표정이 되었다.

"그래, 맞아. 꼭두각시 노릇을 시키는 것이 어렵지 않다고 했어. 이제 생각나. 그건 독살하고는 전혀 다른 얘긴데?"

"그렇지. 아마도 모로가 뭔가를 숨긴 거겠지."

하일저가 말했다.

"그게 뭘까? 마법일까? 사람을 꼭두각시처럼 부릴 수 있는 마법이 있어?"

"마법 문제는 다른 사람한테 자문을 얻어봐야겠지만……."

란지에는 스스로도 천천히 생각을 맞춰나가는 표정이었다.

"같이 왔던 마법사 친구를 생각할 때 마법은 가능성 있는 이야기지. 하지만 무엇보다 거짓말을 한 까닭이 뭘까? 만일 그런 마법이 있다면 왜 우리에게 숨기지? 오히려 그런 능력이 있음을 알려서 쓸 만한 파트너로 인정받는 게 나을 텐데. 소공작의 행동을 조작할 수 있다는 것은 죽이는 것보다 훨씬 유용한 얘기지."

이엔이 고개를 끄덕였다.

"맞는 말이야. 그럼 모로는 그런 마법의 존재를 우리한테 숨기고 싶었을까? 아주 대단한 마법이어서 알려주기 싫었다던가. 그래서 독살과 같은 좀더 간단한 방법으로 대체해서 말했을까?"

란지에가 고개를 저었다.

"대단한 마법이라 해서 감출 까닭이 있을 것 같진 않은데. 물론 마법을 범죄에 사용하면 마법사들로부터 제재를 받는다지만 이미 시일이 지났으니 그걸 밝혀낼 방법도 없고, 또 우리가 마법사도 아니니까 말이야. 그보다는 그게 일종의…… 금지된 마법은 아닐까 의심되는데."

"금지된 마법이라."

그들 중 마법에 조예가 깊은 사람은 없었으므로 당장 꼬집어 말할 수는 없었지만 그럴 법한 이야기였다. 위험한 마법을 금지하는 법이 있는 건 아니지만, 마법사라면 어떤 마법을 금지하는지 다들 알고 스스로 피하기 마련이었다. 금지된 마법을 추구하는 것이 알려지면 위험도에 따라 다른 마법사들과 교류가 끊어지는 정도에 그칠 수도 있고, 심할 경우 존경받는 상급 마법사들이 직접 제재에 나서기도 했다. 그러니 비밀을 유지하는 것이 중요할 수밖에 없었다.

란지에가 다시 말했다.

"물론 네 말대로 그것이 가나폴리의 사라졌던 마법 같은 것이어서 독점할 생각으로 알려주기 싫은 것일지도 모르지. 혹은 둘 다일지도 모르고. 그런데 또 하나 고려해야 할 점이 있어."

"뭔데?"

"모로가 처한 입장이나 오늘 한 이야기로 보면 그는 소공작을 무척 증오할 거야. 그로서는 결혼으로 약속받았던 후계자의 자리를 뒤늦게 태어난 소공작에게 빼앗긴 셈이니까. 이건 중요한 진실이고, 그의 행동 방식에 직접적인 영향을 끼치고 있어. 비록 내색하진 않았지만 추측할 만한 암시는 남겼지."

란지에는 검지로 포도주 잔 표면을 느리게 쓰다듬었다. 시선은 흘러내리는 물방울에 머물렀다. 이엔은 란지에가 술을 거의 마시지 않는다는 것을 알고 있었다. 술집이니만큼 평범하게 보이려고 술을 시켰겠지만 이엔은 란지에가 이렇듯 가끔 마시지도 않으면서 술을 바라보고 있을 때가 있음을 알고 있었다.

"내가 모로에게 지적했다시피, 모로가 아르님 가문을 차지하려는 이 계획에서 가장 중요한 것은 아직 수십 년은 끄떡없이 건재할 공작이야. 소공작이 아무리 후계자여도 수십 년을 고스란히 기다릴 생각이 아니라면 상식적으로 공작을 도모하는 계략을 짜는 것이 먼저지. 그런데 그는 소공작에게 먼저 손을 썼어. 그 결과 그는 마법과 같은 골치 아픈 수단이 필요해졌지. 말했다시피 소공작을 죽인다면 필연적으로 공작의 분노를 부를 테니까."

이엔이 고개를 끄덕였다.

"맞아. 소공작이 부자연스럽게 죽는다면 누구라도 모로를 제일 먼저 의심하겠지. 이미 아내조차 죽었으니 보호해줄 방패도 없고."

"그래. 모로도 그 점을 아는 것 같아. 그렇다면 인내심을 갖고 공작을 노리면 될 텐데 왜인지 모르지만 모로는 그때까지 기다릴 수가 없었어. 소공작을 죽일 수는 없으니 부자연스러운 마법의 꼭두각시로 만든다, 대체 그 꼭두각시로 하려는 일이 무엇이기에? 그런 것이 정말로 있나?"

이엔이 생각에 잠긴 표정으로 대꾸했다.

"어쩌면 그냥 죽여버리는 것으로는 얻을 수 없는 가치가 있을지도 모르잖아."

"그래, 내가 하고 싶은 이야기가 그거야. 그게 뭘까? 내가 지금까지 수집한 정보에 의거하여 답을 내자면 '그런 것은 없다'야. 소공작은 그냥 죽이거나 또는 나중에 죽이면 될 뿐, 독립적 변수가 아니란 말이야. 그렇다면 이유는 하나뿐이야. 모로가 소공작에게 품고 있을 개인적인 감정뿐."

"증오심?"

란지에는 얼른 대답하지 않고 두 사람의 얼굴을 번갈아 바라보더니 말했다.

"오늘 다 같이 보았다시피 모로와 같은 자가 진심으로 공화국을 원하고 있다고는 상상하기 힘들지 않나."

이엔과 하일저는 서로의 얼굴을 쳐다봤다. 어느 쪽도 얼른 대답하지 못했다. 그건 오늘 회견의 결과를 집약하는 한마디가 될 수도 있었다.

란지에는 섣불리 결론을 내리는 사람이 아니었다. 직감이 발달했지만 논리적 근거가 뒷받침되기 전에는 자신의 직감을 믿지도 않았다. 그럼에도 불구하고 오늘 만나본 결과, 그는 테오스티드 다 모로가 공화주의자가 될 사람은 아니라고 판단한 것이다.

"모로는 뼛속까지 귀족이지. 다만 자기 것을 빼앗긴 귀족일 뿐이야. 그런 자의 행동을 지배하는 건 빼앗긴 자리로 돌아가려는 욕망, 다시 말해 회귀본능이지. 그를 공화주의자로 만들고자 한다면 좀더 관찰하고 노력해봐야겠지만, 신뢰하는 것만은 시기상조라고 생각해. 그러므로 이번에 그와 불안한 제휴를 하기 위해서는 모로라는 사람을 움직이는 동인動因을 확실히 알 필요가 있어. 물론 그는 아르님 가문을 차지하기를 원하지. 하지만 오늘 보니 그자의 심리가 생각처럼 단순하지 않을지도 모르겠다 싶었어."

"단순하지 않다면, 어떻게?"

"어쩌면 그는 아르님 가문을 차지하려는 욕망보다, 소공작을 파멸시키고 싶은 마음이 더 큰지도 모르겠다고 생각한다."

그렇게 말하며 란지에는 잔을 집어 들더니 그로서는 드물게 입술에 댔다. 비록 미량에 불과하지만 보랏빛 액체가 약간 줄어드는 것을 보며 이엔의 눈동자도 놀란 듯 흔들렸다. 란지에가 무엇을 느꼈는지 짐작이 가지 않았다.

"그렇다면…… 그것이 이번 제휴에 미칠 영향은 뭐지?"

"조금 전 나는 공작을 먼저 도모할 것을 제안했고, 그는 받아들였어. 그가 간단히 해결할 수 있다고 자신했으니 소공작 문제가 이번 협상에서 고려 대상이 아닌 것은 물론, 실행 역시 전적으로 그의 소관이 되었지. 하지만 모로가 꾸민 한판의 도박을 그의 관점에서 본다면 소공작의 처치 시기는 무엇보다도 중대한 문제야. 심지어 우리와 만나기도 전에 이미 실행해버렸고, 그런 채로 뭔가를 기다리고 있었어. 아마도 가장 좋은 시기를. 하지만 소공작을 없애기에 좋은 날이 따로 없다는 것을 생각한다면 남는 필요는 하나뿐이야. 바로 관객."

"관객이라니?"

"자기가 한바탕 벌인 일을 보고 박수를 쳐줄, 다시 말해 공포와 절망에 사로잡혀줄 한 사람이 필요한 거야. 그 한 사람이 자신의 것을 빼앗아 갔던 존재라면 더욱 좋고, 질투심에 사로잡히게 했던 탁월한 존재라면 더할 나위 없겠지. 봐줄 사람이 없다면 공연의 의미도 없다고 생각하는 건 아닐까. 몇몇 예술가들이 그렇듯이."

이엔이 불쑥 말했다.

"네가 한 평가치고는 무척 뜻밖인데."

란지에는 웃지도 않고 대꾸했다.

"그렇지?"

이엔이 고개를 갸웃거리고 있다가 말했다.

"그럼 그게 소공작이란 말이야? 하지만 소공작은 희생자잖아? 희생자이면서 동시에 관객이 될 수가 있어?"

란지에는 선뜻 대답하지 않다가 잠시 후 말했다.

"그래. 나도 그게 이상해. 희생자이면서 동시에 관객이 되는 것, 그게 불가능하지는 않겠지만 이미 희생자를 붙잡아놓고 있다면 당장 내일이라도 실행하면 될 일이겠지. 왜 기다릴까? 무엇을 기다릴까? 내가 예술가가 아니어서인지 거기까지는 짐작하지 못하겠어. 그래서 내 생각도 거기까지지야."

그때 술꾼이 북적이는 테이블 사이로 한 사람이 걸어오더니 그들의 자리로 와 다짜고짜 털썩 앉았다. 이엔이 당황하여 쳐다보니 마흔쯤 된 남자가 취한 듯 불그레한 얼굴로 그녀를 향해 씨익 웃어 보였다.

"저기, 우리는……."

그때 란지에가 입을 열었다.

“오랜만이군요, 헨 씨. 아까부터 보고 있었습니다.”

남자는 란지에를 향해 남이 볼세라 재빨리 고개를 숙여 보였다.

“로젠크란츠 님께 인사드립니다. 말씀 나누시는 중인 듯해 조금 기다렸습니다.”

술 취한 듯 비스듬히 앉은 자세나 얼굴과는 달리 취한 기색이 없는 침착한 목소리였다. 이엔이 재빨리 눈치채고 말했다.

“이분이야?”

그들이 테오 일행을 보낸 뒤 이곳에 남았던 이유는 나이트워커 한 사람을 만나기로 했기 때문이었다. 그러나 이엔이나 하일저는 어떤 사람이 오는지 몰랐다. 나이트워크를 자유자재로 활용할 수 있는 1단계 접선 등급을 갖고 있는 사람은 란지에뿐이었다.

상대는 란지에를 오랫동안 알고 지낸 듯 나이에 개의치 않고 깍듯한 태도를 보였다. 란지에가 말했다.

“용건부터 말하지요. 아르님 가문의 소공작, 조슈아 폰 아르님의 최근 거취를 조사해주십시오. 대상 기간은 길수록 좋지만, 무엇보다 올해 1월부터 일상에 생긴 모든 변화를 분석해주셔야겠습니다.”

꽤 광범위한 의뢰인데도 상대는 망설임 없이 답했다.

"알겠습니다. 6월 안에 두 차례 보고를 드리겠습니다."

나이트워커의 조사 보고는 세 차례로 나누어졌다. 그중 첫 번째와 두 번째는 시의적절함을 중시하여 얻은 정보를 되도록 빨리 보고하고, 마지막 세 번째는 정보를 총괄하여 나이트워커 본인의 명예를 걸고 보고하기 때문에 시점은 단언하지 않는 것이 일반적이었다.

"6월로 좋습니다. 그럼 부탁드립니다."

헨이라는 사내는 일어나기 직전, 얼굴에 표정을 약간 드러내며 말했다.

"부디 몸조심하십시오. 새들이 따라붙었습니다."

'새'라는 것은 신왕국의 불만 세력, 특히 민중의 벗 회원들을 색출하는 국왕 직속의 부대 '왕국8군'을 가리키는 은어였다. 란지에는 표면적으로 왕립 그로메 학교의 평범한 학생일 뿐이지만 그쪽에 수상쩍은 핵이 있다는 것을 왕국8군에서도 슬슬 간파하고 있었다.

란지에는 미소로만 응답했고, 헨은 일어나 비척대며 사람들 사이로 사라졌다. 이엔이 고개를 돌렸다.

"소공작을 조사한다?"

"모로가 소공작을 어떻게 다루고 싶은지 알아내면 그자의 향후 행동도 짐작 가능해져. 모로가 우리와 손을 끊으려 할 시기도, 자신의 야심을 드러낼 시기도, 모두 알아낼 수 있지."

그렇게 말한 란지에는 조금 후 덧붙였다.

"어쨌든 소공작은 처리해야 할 인물이기도 하고."

"물론 그렇지."

이엔은 합리적인 판단에 동의하면서도 문득 심정적인 괴리를 느끼고 흠칫했다. 아마란스 백작 가문은 남부에 있는지라 소공작 조슈아 폰 아르님을 직접 만나본 일은 없었다. 하지만 같은 귀족이다 보니 소문은 전해져 왔다. 대부분은 데모닉의 불쾌함에 대한 이야기였다. 그러나 비교적 객관적인 관점에서 말한 사람도 한둘은 있었다.

귀족다운 위엄은 없지만 우아한 자태를 가진 소년, 꿈속을 걸어다니는 것 같은 눈빛으로, 믿을 수 없을 정도로 아름다운 노래를 부르고, 깜짝 놀랄 말을 무신경하게 내뱉고, 그럼에도 불구하고 악의가 없음을 알기에 미워하는 자신이 초라해지는, 그래서 더욱 미워하게 되는, 마치 치부를 들킨 느낌을 주는 사람이라고 했다. 평범한 인간들의 고뇌와 동떨어진 대신 오직 자신만의 고뇌에 빠져서, 그 나이 또래가 좋아하는 어떤 것에도 관심이 없다는 데모닉 조슈아. 이 세상에 실수로 떨어진 듯한 그런 존재가 공화국의 정신과 같은 것을 통감할 수 있을까. 귀족으로 태어났기에 당연히 짊어진 원죄를 알까. 저도 모르게 그럴 리 없다고 생각했기에, 자신이 죽어야 할 이유조차 모르는 어떤 섬세한 존재에 대해 일말의 감상적인 동정심을 느끼고 흠칫했던 것이다.

하지만 란지에라면 공화국에 피해를 끼치는 인간에게 동정심을 품지는 않을 것이다. 포도주보다 투명한 붉은빛, 란지에의 눈동자가 오늘만은 피를 두려워하지 않기 때문에 그런 빛이 아닌가 느껴졌다. 하지만 이엔 역시 귀족이면서도 공화국을 위해 살기로 자청한 자신에게 조금의 회한도 없기에 이것이 일시적인 기분임을 알고 있었다.

계단 쪽이 웅성거렸다. 2층에서 십여 명의 사람들이 한꺼번에 내려오고 있었다. 그중 두 사람이 정신을 잃은 여자 하나를 부축했고, 또 다른 사람은 발악하는 어린애를 옆구리에 끼고 있었다. 기묘한 행렬은 곧 홀을 가로질러 문 밖으로 나갔다. 사람들은 잠깐 돌아보았으나 곧 잊고 자기들의 놀음에 열중했다.

그들이 나가고 닫힌 문을 바라보던 란지에가 나직이 말했다.

"도박 빚에 팔린 거다. 아무도 구원해주지 않는 곳에서 평생토록 유린당하며 살게 되겠지. 아이는 소매치기로 자라고……."

2층에 올라갔을 때 잠깐 보았을 뿐이지만 그의 눈에는 슬플 정도로 자명한 상황이었다. 란지에가 어떤 어린시절을 보냈는지 대략 아는 이엔은 그 말을 낭만적 논리로 반박할 수 없었다. 밑바닥 사회의 생리에는 미사여구가 필요 없었다. 오직 근원적 욕망만이 지배하기에 끝없이 적나라한 곳이었다.

"소공작은 너나 나와 비슷한 또래지. 난 그가 어떤 사람인지 전혀 몰라. 단 한 번의 대화조차, 인간적 예우조차 없이 나는 그의 목숨을 공깃돌처럼 다루려 한다. 그런 일을 하는 자신을 용서할 수 없고, 그렇기에 내 인생은 내 것이 아니야. 남의 생명을 받으려면 내 것도 똑같이 저당잡혀야지. 저 팔려가는 아이는 누군가의 어린시절, 자란 젊은이는 분노에 사로잡혀 세상을 저주하고…… 모든 것은 되풀이된다. 당장 뛰어나가 저들을 막지 못하는 나는 존재 자체로 죄야. 왜냐하면, 나는 소공작과 같은 사람의 목숨을 받으려 하니까. 그는 천재이고, 아름답고, 자신의 청춘을 노도처럼 살아가고 있겠지. 그런 사람의 목숨값을 받고 우리가 한시라도 쉴 수 있을까? 내가 잠시라도 도망칠 수 있을까? 아니야, 그렇게는 못 하지. 절대로 못 해. 결코 멈출 수 없어."

이엔은 말없이 란지에를 보고 그의 결벽함을 받아들였다. 란지에는 진심으로 그러고도 남을 사람이었다. 남의 생명을 빼앗았기에, 자신의 행복도 내버린다. 목숨과 상응하는 가치란 없기에 그들이 하려는 일에는 변명도 속죄도 없다. 단지 내 손에 쥐어진 칼을 다른 사람에게 미루지 않을 뿐. 그리고 그 대가도 피하지 않을 뿐.

하지만 란지에에게도 이 순간 망각의 물은 필요했다. 인간이었기에. 그가 마신 한 모금의 포도주는 피였다. 자신을 바칠 제단에 올린 제주祭酒였다.

고개를 끄덕이고 이엔도 소공작에 대한 동정심을 지워버렸다.

# 별바다 항해

은하수 타고 흐르는 배
그 배는 하늘 건너
우리 곁을 떠난 이들의
세상으로 간다.

하늘 높이 올라가면 별이 더 커다랗게 보일까, 그런 걸 궁금해하던 때는 다섯 살 전이었나.

별은 조금도 커지지 않았다. 여전히 밀알보다 작고 시시한 빛을 뿌리고 있을 따름이었다. 조금 더 많아진 것 같긴 했다.

하지만 그냥 날씨의 영향일지도 모른다. 어차피 별을 보며 많은 시간을 보낸 일도 없는데 객관적 비교가 될 리 없었다.

별 따위야 아무래도 좋잖아.

"별이 잘 보이네."

언제 왔는지, 약간 떨어진 곳에서 리체의 목소리가 들렸다. 캄캄하긴 해도 어둠이 눈에 익은 터라 난간을 짚고 선 윤곽이 보였다.

"괜찮냐?"

막시민이 불쑥 묻자 리체가 고개를 갸웃하며 쳐다봤다.

"뭐가?"

"날고 있잖아. 이 배."

"그런데?"

"좀 불안하다든가……. 됐어, 관두자."

어둠 속에서도 리체가 입술을 내미는 것이 보였다.

"그래, 불안하다. 새삼 떠오르게 해주면 재밌니? 너만 저 아래 땅에 발 딛고 십 몇 년 살았던 게 아니야."

얼마나 높은지, 가늠도 안 되는 허공을 떠가는 그들이 딛고 선 건 기껏해야 나무판자 몇 개를 이어 붙인 바닥이었다. 막시민도 리체도 그런 사실을 잊어버리는 성격이 아니었다. 둘 다 불빛 한줌 보이지 않는 난간 밑보다 머리 위의 별을 떠올리고 있었던 것도 같은 이유였다.

리체가 고개를 흔들어버리더니 말했다.

"바람은 생각보다 심하지 않네."

쥬스피앙이 조작해놓은 대로 내버려뒀을 뿐이라 현재 위치나 고도 같은 것은 몰랐다. 사실 방향도 잘 몰랐다. 배 안에 있는 세 사람 중 이 배의 조작법을 아는 사람은 조슈아뿐인데, 배가 출발한 후 반나절이 흘러 밤이 된 지금까지도 깨어나지 않았다. 조슈아가 일어나기 전까지는 그냥 떠가는 대로 내버려둘 수밖에 없었다.

막막할 정도로 텅 빈 하늘을 떠가는 배 위에, 오직 그들 셋뿐이었다. 해가 있었을 때 너무 먼 나머지 기묘할 정도로 느릿하게 밀려가던 파도는 아름다웠지만 동시에 무서웠다. 안개를 닮은 서늘한 구름, 놀라 달아나는 새들, 지는 해를 따라가는 뱃머리의 광채, 노을 서녘에 흩어진 황금빛 섬들, 모두 살아생전 다시 볼 수 없을 황홀한 광경인데도 탄성은 나오지 않았다. 다리와 아랫배에서 맥이 쭉쭉 빠지고 뭔가 먹으려 해도 식욕이 없었다. 두 사람은 대화도 거의 않고 반나절을 보냈다. 배는 열댓 명쯤 타도 무리 없을 크기여서 세 명 정도로는 하루 종일 마주치지 않고 지내는 것도 가능했다.

처음에 비행선이라는 말을 들었을 때는 왜 이럴 거란 생각을 못 했을까? 이렇게 큰 배를 세 명이 제대로 다룰 수는 있을지, 밤새 엉뚱한 데로 흘러가지는 않을지, 육지도 안 보이는 망망대해에 추락하면 어떻게 해야 할지, 궁리할수록 걱정거리는 늘어만 갔다. 생각하고 또 생각해봐도 대책은 없는 것 들로만. 리체가 막시민 곁으로 와 서더니 하품을 하며 말했다.

"너나 나나 불안하다고 잠 안 자고 깨어 있어 봤자 무슨 뾰족한 수가 나겠니? 다 잊어버리고 잠이나 자는 편이 좋지 않겠어? 조슈아가 깨어 있어야 뭘 하든지 하지."

"조슈아가 깨어 있다면……."

막시민은 뱃전을 톡톡 치다가 한심한 기분이 들어 픽 웃었다.

"분명 하늘을 날고 있다는 사실에 들떠서 떨어질 걱정 따위는 뒷전일 거다."

"세상엔 별사람이 다 있는 거지."

리체는 자기가 말해놓고도 좀 생각하는 기색이더니 말을 이었다.

"세상엔 별일이 다 있고 말이야. 평생 블루코럴섬을 떠날 일이나 있을까 싶던 내가 다른 섬도 아닌 다른 나라로, 그것도 하늘을 나는 배를 타고 가다니! 그런 의미에서 뭐 하나 꼭 좀 물어봐야겠는데 말이야."

"뭘?"

리체는 숨을 한번 들이쉬고 말했다.

"조슈아 말이야, 진짜로 유령을 보는 능력이 있어?"

바람이 조금 강해졌다. 쥬스피앙이 어느새 달아놓은 돛은 접혀 있었지만 밧줄과 돛포가 펄럭거리는 소리가 사방을 울렸다.

조금 후 맥 빠질 정도로 단순한 대답이 들려왔다.

"응."

리체는 기침을 콜록, 하더니 말했다.

"그런…… 문제를 그렇게 쉽게 말해도 되는 거야? 난 더 자세한 얘기를 듣고 싶어. 솔직히 말해 내가 잠을 못 자고 있는 건 날아가는 배 때문만이 아니라고."

막시민은 하품을 했다.

"거 뭐냐, 유령이 잠든 네 머리맡에 와서 얼굴이라도 빤히 들여다볼까 봐 그래? 그런 걱정이라면 일찌감치 접어도 돼."

"왜?"

"어차피 네 눈엔 안 보이거든. 깨어 있어 봤자지. 혹시 지금도 네 코앞에서 빤히 보고 있는지 알 게 뭐냐?"

리체는 내색하지 않으려 했지만 저도 모르게 흠칫하며 얼굴을 젖혔다. 막시민은 웃지도 않고 뱃전에 팔꿈치를 괴었을 뿐이었다.

"나도 안 지 얼마 안 됐어."

"어려서부터 친구였던 거 아니야?"

"맞는데, 예전엔 안 그랬거든."

리체는 조금 사이를 두고 다시 물었다.

"그런데 유령을 보는 것과 오늘 낮의 그 난리는 무슨 관계가 있는 거니?"

"나도 몰라."

리체는 못마땅한 얼굴로 팔짱을 끼었다.

"전에도 말했지만 네가 아는 데까진 설명해달란 말이야. 내가 뭐, 네가 모시고 다니는 공주님이니? 걱정 끼칠까 봐 입을 다물게?"

"네 말이 맞긴 한데."

막시민은 갑자기 안경을 벗어 옷깃에 닦았다. 뭔가를 분명하게 보려는 것처럼.

"나도 정말 아는 게 없어. 조군 자식이 깨어나면 물어봐. 그게 아니면…… 좀더 잘 설명해줄 친구가 있긴 한데."

"친구라고? 그런……."

리체는 되묻다 말고 말을 뚝 그쳤다. 막시민의 말이 뭘 가리키는지 알아들었던 것이다.

"잠깐 막시민 너, 그러니까 너도 유령이 보여?"

"물론 난 안 보여."

막시민은 괜히 주위를 한번 휘둘러보았다. 그리고 어깨를 으쓱하며 고개를 끄덕였다.

"그냥 지금 인사하는 편이 낫겠는데요."

그 말이 자신을 향한 것이 아님을 깨달은 리체는 눈만 크게 뜬 채 뱃전에 찰싹 붙어 섰다. 뱃전을 넘어 달아날 데가 없는 것이 지금처럼 유감스러웠던 적이 없었다. 도망치지 못한 리체의 귀로 새로운 목소리가 파고들었다.

「안녕하신가요, 아가씨.」

그 목소리가 호의적으로 들리든 말든 리체는 완전히 얼어붙었다.

"나, 난 몰라……. 마, 막시민, 어…… 어떻게 좀 해봐, 응? 난 지금 준비가 안 됐어. 전혀 안 됐다고. 이렇게 다짜고짜……."

"뭘 그렇게 떠는 거야."

처음에는 자기도 놀랐던 주제에 무심한 목소리로 말한 막시민은 승강구가 있는 쪽을 바라보며 말했다.

"오랜만, 아니 어제 보고 또 보는군그래."

「신호를 잘 알아차려줘서 고마워요. 어쨌든 그사이에 많은 일이 벌어진 모양이군요.」

리체는 자기도 승강구 쪽을 바라봤지만 물론 아무것도 보이지 않았다. 밧줄 머리 하나가 살아 있는 뱀처럼 꼿꼿이 서 있는 것을 발견했을 뿐이었다. 막시민은 리체가 바들바들 떨고 있다는 걸 알아차리고 말했다.

"원한다면 내 뒤에 숨든지."

"그래도 된다면 정말 고맙겠어."

대꾸와 동시에 리체는 막시민 뒤로 달려가 딱 달라붙었다. 짧은 웃음소리가 나고, 다시 목소리가 말했다.

「놀랄까 싶어 최대한 점잖게 말하려 했지만 소용없었던 것 같군요, 아브릴 양.」

"기절하지 않은 것만 해도 담 큰 아가씨라고 생각해야 될걸."

막시민이 중얼거렸다.

「그래요. 맞는 말이군요. 원활한 대화를 위해 먼저 이야기하자면 난 지금 승강구 옆에 앉아 있어요. 이야기하는 동안 가까이 가진 않을 테니 안심해요. 목소리를 들으면 내가 어디에 있는지 짐작이 갈 겁니다.」

천천히 호흡을 고르던 리체가 겨우 입을 뗐다.

"당신은…… 내 이름을 어떻게 알아요?"

「전부터 보아왔으니까요.」

막시민이 얼굴을 찌푸리며 핀잔을 주었다.

"그런 말을 해봤자 더 놀라기만 할 뿐이잖아."

리체가 막시민의 어깨를 잡은 손에 힘을 꽉 주며 말했다.

"아니야, 유령이라면 언제 어디에 있었다 해도 이상한 일이 아니잖아. 안 놀랐어."

"그런 말은 손에 힘을 빼고 이야기해야 신빙성이 있다고."

「난 켈스니티 미드라고 합니다. 아가씨는 클라리체 데 아브릴 양이죠. 전부터 보긴 했지만 서로 마주한 것은 처음이니 정식으로 인사할까요. 비록 보이진 않겠지만 말입니다.」

리체는 다시 한번 말했다.

"내 이름을 정말 아네요?"

켈스니티가 웃으며 말했다.

「그 이름이 훨씬 우아하니까, 그쪽이 좋습니다.」

"우아하긴 한데 어울리진 않는군."

막시민의 냉담한 평가에 리체는 발등이라도 밟는 대신 입술만 약간 내밀었다.

"우아하다는 말 자체가 나하고 어울리지 않으니 당연한 일이잖아."

"그런 솔직함이 너의 좋은 점이지."

"그거 칭찬 같은데 묘하게 기분이 나쁘다?"

「긴장이 좀 풀린 것 같아 다행이군요. 그럼 오늘 있었던 일에 대해 좀 들을까요. 내 도련님은 푹 잠들어 아직 깨어나지 못하는 모양이니 말입니다.」

막시민은 리체에게 어깨 좀 살살 잡으라고 잔소리하다가 고개를 돌리며 말투를 바꾸었다.

"그래, 그것부터 물어야겠는데. 조슈아, 저대로 괜찮은 거야? 그냥 자고 있나 보다 해도 되는 건가?"

「기운을 회복하려면 시간이 걸리겠지만 다친 것도 아픈 것도 아니니 걱정할 필요는 없을 겁니다. 갑작스러운 강령의 후유증인 것 같은데, 자세한 이야기는 직접 해주셔야겠군요.」

당시 상황을 떠올린 막시민은 얼굴을 찌푸렸다. 자신이 어찌하지 못하는 초자연적인 현상 따위를 기분 좋게 기억할 리 없는 그였다.

"그 기분 나쁜 여자 목소리가 해준 말대로라면, 백 명이 좀 안 되는 영혼들이 한꺼번에 조슈아의 몸속으로 들어갔다는 거야……."

간추려 한 이야기가 마무리될 무렵, 켈스니티는 한참 동안 대꾸 없이 잠자코 있었다. 혹시 가버린 건 아닌가 생각한 리체가 조심스럽게 막시민에게 속삭였다.

"혹시…… 등뒤에서 불쑥 나타나는 건 아니겠지?"

"나타나봤자 별다른 일은 없어. 저 친구는 조슈아와 몇 년이나 같이 다녔다고."

"그래도 유령은 유령이잖아. 더구나 네 얘기를 듣고 보니까…… 유령이란 게 더 무섭게 느껴져. 사람 몸속에도 맘대로 들어올 수 있다는 얘기잖아?"

"내 얘기를 제대로 듣긴 한 거냐? 조슈아가 허락한 뒤에야 들어왔다고 했잖아."

"그건 조슈아처럼 강력한 영매일 때 그렇고, 우리 같은 보통 사람은 얘기가 다를 수도 있잖아. 그 유령들이 모였을 때 쥬스피앙 아저씨도 위험하다고 경고했던 거 기억나지?”

막시민이 한숨을 쉬며 다시 대꾸하려 하는데 켈스니티의 목소리가 들려왔다.

「아브릴 양의 말이 맞습니다. 이제 조슈아 주위에는 백 명도 넘는 유령들이 수시로 출몰할 텐데 그들이 다른 사람의 몸을 탐내지 않으리라는 보장은 없군요. 물론 두 사람에겐 영매의 힘이 없으니 간단한 일은 아니겠습니다만…….」

그 말과 함께 막시민의 어깨도 심각하게 아파져서 뒤를 돌아보지 않을 수가 없었다.

“손에 힘 좀 빼! 넌 왜 그렇게 손아귀 힘이 센 거야?”

그러나 막시민이 뭐라 하든 말든 리체는 승강구 쪽만 뚫어져라 보며 물었다.

“저, 정말로 그런 건가요? 그, 그럼 우린 이제 어떻게 해야 돼요?”

켈스니티가 대답하기 전에 막시민이 먼저 말했다.

“잠깐! 내 생각으로 유령은 영매의 몸에 들어가는 것이 더 쉬울 것 같은데, 그럼에도 불구하고 그놈들은 조슈아에게 허락을 얻으려 했잖아. 그런데 그런 유령들을 받아들일 준비가 전혀 안 되어 있는 우리 같은 사람들에게 쉽게 들어간다는 게 말이 돼?”

「문제는, 유령도 여러 종류라는 점입니다. 쥬스피앙 마법사께서 한 이야기를 따르자면 오늘 낮에 그곳에 모였던 '군단 규모'라는 유령들은 내가 아는 자들의 수보다 훨씬 많습니다. 낯선 유령들의 능력은 내가 다 알기 어렵지요. 간과할 문제는 아니라는 이야깁니다. 그들 중 몇몇은 조슈아의 뒤를 따라왔을지도 모르니까요. 하지만 역설적으로 조슈아가 곁에 있기 때문에 안전하기도 합니다. 그들은 일차적으로 조슈아와 접촉하고 싶어 할 테니까 말입니다.」

막시민은 켈스니티가 한 말 중 '내가 아는 자들'이라는 부분에서 뭔가를 느끼고 말했다.

"그런데 말이야, 그들이 켈스니티 당신을 자기네들의 사제라고 부르던데, 그게 사실인가? 사실이라면 그건 무슨 의미야?"

잠시 후 들려온 켈스니티의 목소리는 이례적으로 딱딱했다.

「그들이 그렇게 말했나요.」

"그래. 그들이 거짓말을 한 건가?"

「아니요. 거짓말을 한 건 아닙니다. 하지만 그녀가 그렇게 말했다니 좀 뜻밖이군요.」

"그녀라니? 혹시 나한테 말을 건 여자 목소리를 말하는 건가? 그게 누구인지 알고 있어?"

「압니다. 코르벨이었겠죠. 당신을 속이려 했다면 그녀밖엔 없습니다. 안타깝군요. 그녀가 내 오랜 노력을 헛된 것으로 만들어버렸습니다. 그녀가 종용하는 바람에 조슈아가 수백 명의 유령들이 드나들 통로를 열어버렸으니.」

말을 하다가 멈춘 느낌이 들었다. 막시민이 주위를 휘둘러보고 있는데 갑자기 덜컥 소리와 함께 승강구가 열렸다.

"조슈아?"

리체는 다른 유령이라도 나타난 줄 알았는지 다시 한번 막시민의 어깨를 눌러댔지만, 나타난 사람을 보고 겨우 손을 멈췄다. 유령이 곁에 없다면 유령 같다고 한마디했을 정도로 창백하긴 했어도 분명 조슈아였다.

"벌써 일어나도 괜찮아?"

조금 전까지는 아직까지 일어나지 않아도 괜찮은 건가 생각하고 있었는데 어찌된 건지 첫 마디가 그렇게 나왔다. 조슈아는 승강구를 닫고 조금 전 켈스니티처럼 그 옆에 앉더니 미소를 지어 보였다.

"괜찮은데. 배가 고픈 듯도 하고."

그리고 고개를 돌려 주 돛대 쪽을 보더니 고개를 끄덕거렸다.

"켈스도 왔네."

리체는 알 수 없는 위화감으로 막시민 뒤에 숨은 채 흘끔거리기만 했다. 자기 눈에 보이지 않는 상대에게 아무렇지도 않게 인사를 보내고 있었으니 말이다. 물론 조슈아는 리체가 곁에 있다는 사실을 깨닫자마자 당황한 표정을 지었다.

"아, 켈스는 그러니까……."

「아브릴 양과는 벌써 인사 나눴어, 문젯거리 도련님.」

"왜 또 문젯거리야? 뭐가 마음에 안 들어?"

「내가 그토록 막았는데 결국 유령들을 모조리 불러들였으니 앞으로 잘도 해나가겠다. 내 충고는 모두 귓등으로 듣는 게지.」

리체나 막시민과 대화할 때는 지나칠 정도로 정중한 켈스니티였지만 조슈아에게는 사뭇 달랐다. 조슈아는 그냥 씩 웃었다.

"실수였어요, 켈스. 당신을 만났던 때하고 똑같았죠. 그 애가 유령인 줄 전혀 몰랐다고요. 그 댁에 따님이 있는 줄 몰랐다면 조금쯤 의심했을 텐데."

「실수였다고? 그 일만이 아니잖아. 네가 직접 유령들에게 '내 안으로 들어오라'고 말했다던데, 그게 얼마나 위험한 일인지 알고 있었던 거야?」

"아, 물론 몰랐죠."

조슈아는 이어서 뭔가 말하려 하다가 삼켜버렸다. 어떤 이유가 있어서 강령을 허락했던 것이 틀림없는데, 사탕 훔쳐먹고 시치미떼는 꼬마처럼 말간 표정을 짓고 있는 걸 보니 기가 막혔다.

"야, 조슈아. 이 일이 별것 아니게 보이냐? 난 안 그런데.

오늘 벌어졌던 일에는 네가 모르는 비밀이 많은 것 같거든. 그걸 알아야 문제가 해결되겠지?"

그렇게 말한 막시민은 눈을 가늘게 뜨며 보이지 않는 상대를 쏘아보았다. 마음속에 남은 의심을 어떻게 이어 맞출지 고민하는 중이었다. 결국 그는 켈스니티를 향해 말했다.

"솔직한 대답을 들어야겠는데. 당신 말이야, 지금까지 뭔가 중요한 부분을 숨겼던 거 아니야? 내게도, 물론 조슈아에게도. 최소한 부분적으로는 거짓말이었다는 느낌이 드는데. 차라리 어디까지 진실이고 거짓인지 분명히 하라고."

다시 사이가 길었다. 대답이 돌아왔을 때 켈스니티의 목소리도 착 가라앉아 있었다.

「조슈아가 가끔 당신 이야기를 할 때 데모닉인 자신보다 나은 점이 있는 친구라고 말하곤 했지요. 오늘에야 그 말을 이해하겠군요. 그렇습니다. 조슈아에게 사실대로 말하지 않은 부분이 있습니다. 이유야 있었지만, 속였다는 사실만은 분명합니다.」

막시민은 미간을 찌푸리더니 가차없이 말했다.

"인정은 됐고, 뭘 속였는지 분명히 하자고. 반성 듣자고 이야기 꺼낸 것 아니야. 난 당신이 여러모로 수상쩍어. 조슈아가 몇 년 동안 함께 지냈다고 해서 일단은 믿었지만, 어째서 조슈아를 따라다니는지 석연치가 않았어. 그냥 친구의 손자라도 보는 기분으로 놀러 다닌다고 보기엔 당신은 조슈아의 인생에 너무 관심이 많았단 말이야. 다시 말해 조슈아한테서 뭔가 얻어갈 것이 있는 것 같다는 생각이 드는데."

조슈아는 어안이 벙벙한 표정을 지었다가 막시민을 보고, 다시 켈스니티를 보았다. 리체는 유령에게 막말을 하는 막시민에게 질린 모양이었다. 얼른 대답이 나오지 않자 막시민이 조슈아를 흘끗 보고 고개를 절레절레 저으며 말을 이었다.

"저 자식은 데모닉이라면서 마음은 너무 물러서 말이야. 맨날 내가 악역이지. 그럼 추리해볼까? 혹시 당신의 존재나 힘이 조슈아에게 기대고 있는 건 아닌가? 오늘 낮에 보니 유령들은 산 사람의 몸을 무척 탐내던데, 조슈아처럼 강력한 영매라면 더할 나위 없겠지? 더구나 당신을 사제라고 부르는 유령 군단을 이끌고 있는 처지이고 보면 조슈아를 이용해서 뭔가 할 계획을 꾸몄다고 봐도 무리가 없잖아?"

화를 내지 않을까 싶을 정도로 심한 말이었지만 켈스니티의 대답은 차분했다.

「오해를 이해합니다. 하지만 먼저 말해두고 싶군요. 내가 조슈아를 만난 것이 나 자신조차 이유를 모르는 우연이란 것, 그리고 아직까지 해를 끼친 일은 전혀 없다는 것, 그것만은 사실입니다. 조슈아의 힘에 기대고 있느냐고 했던가요. 그 추측은 맞습니다. 나는 죽은 후 한 번도 비취반지 성을 떠나지 못한, 이를테면 지박령地縛靈이었습니다. 그런데 조슈아와 접촉한 후로 지박이 풀려 성을 떠날 수 있게 됐습니다. 실체가 없는 유령은 이 세상과 연결된 무언가가 있어야만 자아를 유지할 수가 있는데, 그간 저를 세상에 남게 한 관념은 비취반지 성이라는 장소에 묶여 있었습니다. 그러나 조슈아를 만난 날 밤, 이카본의 자손이자 강력한 영매인 조슈아에게 저도 모르게 옮겨갔던 겁니다. 조슈아를 처음 만났을 때는 자주 나타나선 안 되겠다고 생각했는데, 이미 그렇게 된 이상 그건 불가능하더군요. 그리고 영매인 조슈아와 교감을 유지하면 상당히 먼 곳까지 갈 수 있다는 것도 알았습니다. 그런 관점에서 보자면 그를 이용했다는 말도 가능하겠군요.」

"저절로 옮겨갔다고? 젠장, 기가 막히는군. 그럼 당신을 사제라고 부르는 유령들은?"

「그들도 나와 마찬가지로 비취반지 성에 묶여 있었습니다. 하지만 조슈아가 집요하게 말을 거는 그들에게 대답을 하면서 그들 또한 오랜 지박에서 풀려 조슈아를 따라다니게 되었습니다. 다만 그동안 그들이 목소리가 아닌 실체로 나타나는 것만은 내가 막고 있었습니다. 나는 살아생전에 사제였으므로 죽어 유령이 된 지금도 다른 유령들을 다루는 힘을 얼마간 갖고 있습니다. 하지만 이번에 그것마저 깨어지고 말았지요. 난 아직도 그 소녀 유령이 누구인지 모르겠습니다.」

"그러면 왜 그런 사실을 조슈아에게 말하지 않았지? 뭔가 나쁜 의도가 있으니 숨긴 것 아니야?"

뜻밖으로 켈스니티는 웃었다.

「신문당하는 느낌도 오랜만이라서 새롭군요. 당신 같은 사람에게는 핵심부터 말하는 것이 좋겠지요. 조슈아에게 말하지 않은 이유는 그편이 조슈아를 위해 바람직하다고 느꼈기 때문입니다. 무엇보다 지금과 같은 결과가 오길 바라지 않았기 때문이지요. 저는 조슈아가 유령을 낯설고 불쾌하게 느끼도록, 그들과 소통하고 싶지 않도록 유도했습니다. 그래서 유령들은 서로 말도 통하지 않고 욕망으로만 가득찬 존재라고 말했지만 사실을 말하자면 모든 유령이 그런 것은 아닙니다. 적어도 나와 그들은 그렇지 않으니까요. 또한 세상의 온갖 유령들이 조슈아에게 접근하려 드는 것도 막아야 했습니다. 그 이유는…….」

켈스니티가 고개를 돌리는 모습을 본 사람은 조슈아뿐이었다. 둘은 눈이 마주쳤고, 켈스니티는 막시민이 아닌 조슈아를 향해 힘주어 말했다.

「수많은 유령들에게 노출될 경우, 간신히 유지하고 있는 이성의 경계가 무너질 가능성이 높았기 때문입니다.」

막시민은 조슈아가 허공을 빤히 보고 있는 것을 눈치챘다. 조슈아가 입을 열었다.

"아니. 그 생각은 틀렸어요. 내가 직접 겪어보지 않았더라면 당신의 말을 믿었을 거야. 물론 당신도 겪어보지 못했으니 그렇게 생각했겠지만. 하지만 내 실수 덕택에 이젠 분명히 말할 수가 있게 됐는데, 수백의 유령들이 내 주위를 돌아다닌다 해도 미치는 일은 없어요. 그건 말이지, 정말로……."

조슈아는 이번엔 막시민에게 고개를 돌리더니 분명하게 말했다.

"아무것도 아니었어."

"너, 기억하고 있는 거야?"

그땐 분명히 의식이 없어 보였다. 그러나 조슈아는 고개를 끄덕였다.

"처음부터 끝까지. 네가 날 데려와 침대에 눕혀주고 잠들기 직전까지, 다 기억나."

"아흔 몇 명인가 하는 유령들도?"

조슈아는 입술 끝을 실룩였으나 미소는 아니었다.

"그래. 그들 중 몇십 명과는 이야기도 나눴어. 내가 놀란 건……."

조슈아는 다시 켈스니티에게 고개를 돌렸다.

"그들 중 여럿이, 그동안 내게 말을 걸던 목소리들의 주인이었다는 거죠. 전에는 전혀 구별이 안 됐는데 만나고 보니 다 알겠더라고. 내가 받은 인상을 말하자면 그들은 무척 흥미로운 사람, 아니 유령들이던데. 그동안 나를 관찰한 감상을 앞다투어 말해줄 때는 얼마나 당황했던지."

조슈아의 표정이 미소로 바뀌었다.

"전에는 그들의 목소리를 통제할 수가 없었기 때문에 그들을 귀찮아하거나 두려워했죠. 하지만 내가 그들 모두를 받아들이겠다고 선언하는 순간, 물론 처음에는 너무 엄청난 인격의 홍수 속에서 내 정신도 잠시 놓쳤지만, 결국은 모두 알아듣겠더라고요. 마흔 명이 넘어가면 대화하기가 불편하긴 하지만 내가 원한다면 그들을 내보낼 수도 있고 또 들여보낼 수 있다는 것도 알았고. 그래서 더이상 그들을 겁내지 않아. 더구나 첫 번째 강령은…… 내가 그 남자, 샐러리맨의 손목을 부러뜨렸던 때라는 것도 알게 됐는데 난 그 도움에 무척 감사하고 있거든."

그런 말을 하는 조슈아는 피곤한 기색이긴 해도 얼굴은 상쾌해 보였다. 이야기를 들으며 막시민과 리체는 무슨 말을 해야 할지 몰랐으나 켈스니티는 그렇지 않았다.

「유령을 너무 간단하게 생각해선 안 돼.」

"물론 그렇겠지만……."

「네가 그렇게 많은 유령을 한 번에 통제할 능력이 있을 줄은 나도 예상 못 했지. 하지만 네가 아는 것이 전부라고 단정하지 마. 무엇보다도 그들의 이야기를 무작정 믿어선 안 돼.

호의적인 유령은 세상에 그리 많지 않아.」

"하지만 켈스니티."

조슈아의 눈빛이 진지해졌다.

"당신은 지금까지 내가 유령을 싫어하도록 일부러 좋지 않은 얘기만 해왔다고 했잖아요. 그런데 지금 또 그런 이야기를 하면 내가 어떻게 받아들여야 돼?"

이번에는 정말 한참 동안 대답이 나오지 않았다. 조슈아는 여전히 시선을 고정한 채였고, 막시민은 켈스니티를 볼 수 없는데도 기색이 좋지 않다고 느꼈다. 이윽고 대답이 들려왔을 때 막시민은 자신의 예상이 맞았음을 알았다.

「어쩔 수 없구나, 조슈아. 네가 몰랐으면 했던 이야기가 있어. 이제부터 하는 이야기를 오해 없이 들어줬으면 좋겠다.」

# 약속의 사람들

나는 내가 여기서 죽더라도, 이카본이 우리와 한 약속을 지키리라 확신합니다. 그러니 나도 약속을 지켜 이 성에서 한 발짝도 물러나지 않을 겁니다. 마지막 방에, 마지막 핏자국 하나를 남길 때까지. 내가 먼저 약속을 깨는 일은 없을 겁니다. 그렇게 우리가 서로 약속을 지키고 나면, 나는 유령의 모습으로라도 고향에 갈 수 있겠지요.

조슈아의 눈에는 돛대에 기대어 선 켈스니티의 눈빛이 잘 보였다. 바람이 불어도 그의 옷자락은 미동도 하지 않았다.

무엇이 그의 몸을 통과하든 그림처럼 꼼짝 않을 수도 있는 그가 이 허공을 떠가는 배에서 여전히 걷고 말하려면 얼마나 주의를 기울여야 할까.

「먼저 나에 대해 말하자. 난 이카본과 어린시절을 함께 보냈던 친구이자 공작이 되기까지 그를 보좌한 세 명의 맹우盟友 중 하나였어. 티카람, 오블리비언, 발미아드. 네가 눈치채지 않도록 '미드'라고 말했지만, 내 성은 본래 발미아드야.」

조슈아는 잠시 아연해하다가 말했다.

"친한 친구인 줄은 알았지만…… 당신이 발미아드였구나."

본래 이카본의 친구라고 소개하긴 했지만 이카본이 뜻을 이루고자 맹약盟約을 맺은 세 사람 중 하나였음을 밝힌 것은 오늘이 처음이었다. 이카본의 맹우들은 이카본이 페리윙클과 주변 섬들을 장악하고 이후 아르님 공작이 될 때까지 가장 큰 역할을 했다고 알려졌지만 이상하게도 이름 외에는 전해진 것이 거의 없었다. 가문의 문장을 그린 사람으로만 알려진 오블리비언, 마법사였다는 말만 남은 티카람, 그리고 사제라는 사실조차 잊힌 발미아드. 그랬기 때문일지, 조슈아는 전설 속 인물을 눈앞에서 본 기분을 느끼지는 못했고 다만 이렇게 말했다.

"당신들에 대한 기록이 너무 적어서 이상하다고 생각한 적도 있었는데."

「그래, 가장 가까이에서 도운 맹우라고 하면서 왜 별다른 기록이 남지 않았을 것 같아?」

리체는 돛대 쪽에서 뭔가를 톡톡 두드리는 소리가 나는 것을 들었다. 마치 사람이 생각에 잠겨 손끝으로 뭔가를 두드리듯이. 조슈아는 눈을 크게 뜨며 생각하는 얼굴이었지만 대답하지는 않았다.

「첫째로, 그건 우리의 약속이 끝까지 가지 못했기 때문이야. 다시 말해 맹약은 깨어졌던 거지.」

"깨……졌다고요?"

이번에야말로 조슈아는 입을 벌린 채 멍한 표정이 됐다. 막시민이나 리체는 이해할 수 없는 문제였지만 조슈아의 입장에서는 가문의 시원始原이 통째로 부정된 것이니 작은 일이 아니었다.

「누군가는 떠났고, 누군가는 사라졌지. 지금의 내 모습은 죽을 당시의 모습 그대로야. 죽은 자는 나이를 먹지 않으니까. 오래되어 잊었지만 서른 몇 살 정도였던가……. 그때 비취반지 성에서, 나를 비롯해 약 오백 명이 함께 죽었지.」

조슈아가 기억하는 비취반지 성은 전투나 죽음이 상상되지 않는 평화로운 곳이었다. 낮에는 잠그지도 않는 정문, 세월에 닳은 계단, 방어를 고려하지 않은 큰 창, 정원사의 칼보다 위험한 것은 상상되지 않는 우아한 정원. 그러나 조슈아가 기억하는 성의 모습을 떠올릴수록 켈스니티의 이야기가 오히려 섬뜩하게 들렸다. 성 밑에 묻힌 성이 하나 더 있기라도 하다는 것처럼.

옆에서 듣고 있던 막시민이 불쑥 말했다.

"그럼 그때 같이 죽은 사람들이 오늘 조슈아에게 나타났던 유령들이란 말인가?"

켈스니티는 막시민 쪽으로 몸을 돌렸지만, 물론 막시민은 알지 못했다.

「전부는 아닙니다. 오백 명 중 유령으로 남은 자는 백 명 남짓했고, 또 쥬스피앙 마법사의 집은 워낙 에너지가 강한 곳이라 오래된 유령이 엄청나게 많았으므로 그들도 섞여 있지 않았나 싶습니다. 그래도 조슈아의 몸에 들어갔던 유령들은 대부분 내가 아는 자들일 것 같긴 합니다. 그자들이 지금 날 만나길 꺼리고 있어서 확실하진 않지만.」

"그래서 그들이 당신을 사제라고 부르는군? 살아생전에 함께 지내면서…… 아, 그러면 그 유령들도 단순히 병사가 아니라 이카본이라는 사람의 동료들이었던 거야?"

「그렇습니다. 그들은 모두 페리윙클섬에서부터 이카본을 따라왔던 사람들입니다. 당시에는 '약속의 사람들'이라고 불렀지요. 이카본의 약속을 믿고 따라온 사람들이었으니까요. 이카본은 그들의 도움을 받는 대신 그들 모두가 간절히 바라는 어떤 소원을 들어주겠다고 약속했습니다.」

바닥을 보고 있던 조슈아가 고개를 쳐들었다.

"켈스, 그러면 그 소원은 이뤄지지 않았던 거군요. 만약 이뤄졌다면 그들과 당신이 지금처럼 유령이 되어 떠도는 일은 없었을 테니까. 사람을 유령으로 만드는 것은 원념이 아닌가요? 도대체 그 소원은 뭐였나요? 몇백 년이 넘도록 당신들을 비취반지 성에서 떠돌게 한 그것은 무엇이었죠?"

켈스니티가 고개를 돌려 조슈아를 보았다.

「너는 알 필요도 없고 알아서도 안 돼. 우리가 지금도 그걸 이루기 위해 노력하고 있다는 것만은 말해줄게. 그렇기 때문에 나는 네게 경고해야만 해, 조슈아.」

다른 사람들에게는 보이지 않았지만 켈스니티는 스칠 듯 가까운 곳까지 와서 조슈아의 얼굴을 들여다보았다. 그동안 함께 지내면서 켈스니티가 이처럼 얼굴을 가까이 댄 일은 한 번도 없었다. 전에 켈스니티는 조슈아의 몸이 자신을 통과하는 것을 피하고 싶다고 말한 일이 있었다.

「다른 자들을 조심해. 나는 너를 보고 있으면 죽마고우였던 이카본이 생각나서 마음이 부드러워지지만 그들 '약속의 사람들'은 달라. 그들 중 많은 자들이 이카본이 그들을 저버렸고, 그래서 자신들이 죽었다고 믿고 있어. 충성을 바쳤는데 대가는 배신뿐이었다는 거지. 그런 생각에 깊이 사로잡힌 자들은 이카본이 살아 있던 때도 원귀로 나타나기도 했고……. 그때는 오래전이라 그들의 힘이 미약했지만 이제 세월이 흘러 그들은 강해졌어. 더구나 그들 중에는 리프크네 군에게 말을 걸었다는 코르벨의 오빠, 코르네드가 있어. 그는 살아 있던 때도 이카본에게 불만이 많았고…… 이카본이 모든 것을 망쳤다고 굳게 믿고 있지. 무엇보다 그는 뛰어난 마법사야. 너를 이용하고 내버려도 되는 도구처럼 생각하는 그런 자가 네 몸에 들어가게 해선 안 돼. 절대로, 안 돼.」

막시민과 리체가 듣기에도 켈스니티의 목소리는 진심인 것 같았다. 리체는 처음에 무서워하던 것도 잊은 채 이야기에 귀를 기울이다가 문득 켈스니티가 어떻게 생겼을지 궁금하다는 생각을 했다.

「넌 그들에게 직접적 복수의 대상이 아니고 또 그들의 목적이 복수도 아니지만 좋게 생각할 이유도 전혀 없지 않겠어? 전부터 네 주위를 맴돌던 수많은 목소리들을 생각해봐. 그들 대부분이 비웃음을 띠고 있거나 네 일상생활을 방해하려 들지 않았나? 호의적인 목소리가 있었다 해도 일부였을 거야. 그런 자들을 네 몸에 들어오도록 한 것은 큰 실수였어.」

조슈아는 반박하려 했다.

"난 그들을 통제할 수 있어요. 무어라 설명할 수는 없지만, 직관적으로 된다는 것을 알고 있단 말입니다."

켈스니티가 고개를 저었다.

「이카본 이래 여러 데모닉들이 있었는데 왜 그들의 수명이 그토록 짧았고, 왜 미쳐버린 자들이 그렇게 많았을까. 나는 이카본의 증손자로 태어났던 데모닉 갈리페르, 그리고 그 외에도 여러 데모닉을 보았지. 그들은 모두 너처럼 영매의 힘을 갖고 있었어. 그 힘이 어려서 발현될수록, 그리고 유령과 자주 접촉할수록 빨리 인격이 무너져 내린다는 걸 알고 나는 그들과의 대화를 피했지. 그랬기에 내가 영매로서 대화한 데모닉은 조슈아 네가 처음이었어. 그날 밤 네가 나를 알아본 순간, 내 존재가 네게 묶여버렸기 때문에. 솔직히 조슈아, 다른 데모닉도 영매였다고 하지만 너만큼 엄청나지는 않았던 것 같아. 그들은 내 쪽에서 접촉을 시도하지만 않으면 괜찮았어. 하지만 그날 밤의 너는 날 알아보고 마치 영을 빨아들이듯 내 지박을 풀어버린 것은 물론이고 더 내버려뒀다간 성의 모든 유령을 불러일으킬 기세였어. 홀에 걸어놨던 그림들조차 소용이 없었지.」

"그림이라고? 그림이 무슨 상관인데?"

「거기 걸려 있던 이카본 시대의 그림들 속에 등장하는 사람들이 누구라고 생각해? 그들이 바로 약속의 사람들이야. 너희 아버지가 그 그림을 꺼내 걸어놓은 건 정말 잘한 일이었어. 유령들은 자기 얼굴을 무척 좋아하거든. 자기 얼굴을 들여다보고 있으면 세월 가는 줄을 모르지. 너한테 달라붙어 영매의 힘을 각성시킬 정도로 강한 자들은 거의 다 거기에 얼굴이 있었어. 그래서 네가 오랫동안 영매의 힘이 있는 줄 모르고 자랐던 거야. 누이의 죽음만 아니었더라면 몇 년은 더 안전했을 텐데.」

조슈아는 미간을 찡그리며 그림 속 사람들을 떠올려보았다. 한 명 한 명의 얼굴이 모두 기억이 났다. 오늘 들었던 목소리들과 하나씩 연결해볼 수도 있을 정도로. 정말 이상한 기분이었다.

「그러니 조슈아, 내 말 잘 들어. 솔직히 말해 네가 유령을 다루는 힘이 커질수록 나는 더 먼 곳까지 다닐 수 있게 돼. 하지만 난 네가 그러지 않길 바란다. 넌 위험천만한 경계에 서 있어. 인간의 세계와 유령의 세계에 한 발씩 딛고 서 있는 거나 마찬가지야. 자칫 비틀대다가 한 발을 뗀다면 어떻게 될까? 그러니 통제할 수 있다고 믿더라도 다시는 그런 힘을 사용하지 않았으면 좋겠다.」

켈스니티의 눈을 들여다보고 있던 조슈아는 이윽고 시선을 떨어뜨렸다. 입을 열자 뭔가가 목에 걸린 것처럼 막힌 목소리가 나왔다.

"켈스, 나 말이죠, 사실은 유령들을 받아들인 까닭이 있었어요."

막시민이 말했다.

"나도 지금까지 그게 궁금했어. 네가 갑자기 결심한 것처럼 '모두 들어오라'고 말한 이유 말이야. 무슨 생각을 했던 거냐?"

"그건…… 이브…… 때문이야."

막시민은 이브라는 이름을 오래전에 들었을 뿐이라 당연히 잊고 있었다.

"그게 누군데?"

"이브노아…… 누나."

"누나? 옛날에 죽었다는?"

말해놓고서야 막시민도 깨달았다. 이브노아라는 이름의 누나도 비취반지 성에서 죽었고, 그것도 독약을 마셨으니 자연스럽게 죽은 것이 아니었던 것이다.

"세자르 아저씨가 얘기했지. 들판에서 헤매다가 어떤 아가씨를 봤는데 갑자기 사라졌다고, 그런데 그 아가씨 얼굴이…… 나를 닮았더라고 말이야. 나, 그 이야기를 듣는데, 온몸이 얼어붙는 것 같았어."

조슈아는 지금도 추운 사람처럼 턱을 약간 떨었다. 막시민은 세자르가 그 말을 했을 때 조슈아의 얼굴이 질리다 못해 새파래졌던 것을 기억해냈다. 그땐 왜 그런지 몰랐다.

"지금까지는, 생각도 안 하고 있었어. 누나도…… 누나도 유령이 될 수 있다는 거 말이야. 나, 지금까지 켈스한테 익숙하다 보니 유령이 무섭다고 생각한 적이 없었어. 그런데 그 얘기를 듣는 순간 말이야, 얼마나 무섭던지…… 입술이 떨어지질 않았어. 살아서 나와 같이 지내던 사람이어서 그럴까, 아니면 죽을 때의 누나가 생각나서?"

조슈아는 켈스니티에게 고개를 돌렸다.

"켈스, 당신은 알아요? 누나의 유령이 있는지 없는지, 알 수 있어요?"

켈스니티는 고개를 저었다.

「아니. 그런데 그렇게 무서웠는데 어째서 강령을 하려 한 거지?」

"무서워서, 무서워하는 내가 너무 싫었던 거야."

조슈아는 손을 들어 자기 얼굴을 매만졌다.

"나는 누나를 사랑하지 않았나, 누나가 유령이 되어 나타났다면 틀림없이 나를 너무나 보고 싶어 할 텐데, 반가워하기는커녕 무섭다고 떨기나 하고, 누나가 알았다면 얼마나 슬퍼했을까. 어쩌면 그걸 알고 누나가 내 앞에는 나타나지 않고 세자르 아저씨 앞에만…… 그런 생각을 하는데…… 나 자신이 너무나 싫었던 거죠. 살아생전 누나의 애정을 귀찮게 생각했던 나, 죽어서도 마주치기 싫어하는 나, 나란 놈이 얼마나 돼먹지 못한 녀석인지, 정말로 나밖에 모르는구나, 더구나, 누나는 그때 내 대신 죽은 건데……."

아무도 입을 떼지 않았다. 조슈아는 팔꿈치를 무릎에 짚더니 두 손으로 눈가를 가렸다.

"그렇게 하면, 그들 중에 있을지도 모를 누나도 내 안으로 들어올 거라고 생각했어요. 누나에게 직접 말할 수가 없으니까 아무도 거절하지 않는다고 말해버렸던 거죠. 하지만 달리 보면 수많은 유령들 속에 누나가 섞여버려서 내 쪽에서 알아보지 못하는 상황을 바랐던 건 아닌가…… 그런 혐오스러운 생각도 들어요. 물론 누나는 못 만났어요. 이젠 내가 뭘 바라는 건지도 모르겠네요."

조슈아는 이마를 짚은 채 침묵했고, 다른 사람들도 쉽사리 입을 열지 않았다. 어둠이 조금 옅어질 무렵 켈스니티가 말했다.

「조슈아. 네 마음은 이해하지만 저지른 일은 간단하지 않구나. 누이에 대해서는 나도 뭐라 말할 수가 없다만…… 그리고 이런 얘기가 위로가 될지 모르겠지만 유령들은 죽은 후 얼마 동안은 죽을 때와 똑같은 모습으로 다니지. 그러니 네가 마주쳤다면 쉽게 알아봤을 거야. 그러니까 그 자리에 누이는 없었을 거라는 생각이 들어. 네 누이는 독약을 마셨으니 그리 끔찍한 모습은 아니겠지만.」

조슈아는 한참 침묵했지만 입을 열었을 때는 목소리가 좀 나아져 있었다.

"누나가 죽은 것도 이미 오 년 전의 일이에요. 세자르 아저씨가 누나가 죽을 당시의 모습을 봤던 거라면 아마 무척 놀랐을걸요."

그렇게 말하는 순간 손바닥을 흠뻑 적셨던 새빨간 피가 언뜻 스쳐갔다.

「유령에게 오 년은 그리 긴 세월이 아니야. 하지만 만약 그 사람이 만난 피 한 방울 묻지 않은 아가씨가 정말로 네 누이라면, 그녀에게 원념은 거의 없었다고 보면 될 거야. 다행한 일이지.」

동녘 하늘이 슬슬 밝아져왔다. 비행선이 날기 시작한 지도 스무 시간 가까이 되었다. 아침 바람이 너울너울 불어올 무렵 꼬박 밤을 새운 두 사람은 머리가 아프기 시작했다. 조슈아는 실컷 잔 셈이지만 심신이 지쳐서인지 다시 졸린다고 말했다. 항로를 대강 살펴본 조슈아가 상태가 나쁘지 않다고 하자 막시민이 말했다.

"그럼 다들 잠이나 한숨 푹 자자. 쥬스피앙 씨가 어련히 잘 해놨겠냐. 아니라고 해도 지금은 너무 피곤해서 뭘 생각할 엄두가 안 나."

평소 자기 발로 걸어 여행하던 습관 때문에 뭔가를 조종하며 가는 상황의 특수함에 부주의할 수밖에 없었는지도 모른다. 세 사람은 간단히 인사하고 각자의 선실에 들어가 누웠다. 그렇게 꼬박 열 시간가량을 자버린 것이 이번 여행을 엉뚱한 방향으로 흘러가게 만든 첫 번째 원인이 되었다.

# 부서진 곳

천재란, 십자가를 지고 진흙 밭을 걷는 것처럼 세상을 통과해야 하는 거지.

문 안쪽에서 웃음소리가 흘러나왔다. 히스파니에는 들어가려다가 멈칫했다. 조금 후 웃음소리에 섞여 대화도 들렸다.

"얘, 한 수만 무르자, 응?"

"물러드릴 수는 있는데요. 한 수 갖곤 안 될걸요."

"그럼 두 수 물러주렴."

"하하하, 아예 새로 두자고 하세요."

발길을 돌릴까 하다가 그는 마음을 바꾸었다. 문을 열고 들어가자 체스판을 사이에 두고 웃으며 옥신각신하고 있는 모자母子의 모습이 보였다. 두 사람 다 그를 보더니 반색을 했다.

"어머, 언제 오셨어요?"

"얼른 오세요, 할아버지. 할아버지하고 둬요. 어머니하고는 안 되겠어요. 자꾸 무르자고 떼를 쓰셔서."

"그래요. 숙부님께서 한 판 이겨주셔야 되겠어요. 세 번이나 연달아 이기더니 콧대가 이만저만이 아니라니까요."

공작부인 엘자가 웃으며 일어나더니 옆으로 물러나 앉았다. 체스로 데모닉인 아들을 이길 수 있을 리 없는데도 평범한 아들인 양 말하는 건 그녀의 오랜 버릇이었다.

히스파니에는 공작부인 대신 맞은편에 앉으며 말했다.

"늙은 데모닉이 젊은 데모닉을 이길 수 있나 어디 한번 볼까."

소년이 체스말을 정돈하면서 빙그레 웃어 보였다.

"요즘 할아버지께서 자주 들러주셔서 기분이 좋은데요."

정리된 체스판을 내려다보던 히스파니에가 불쑥 말했다.

"요즘 자주 밖에 나간다면서?"

"아, 골동품 가게에 돌아다녀요. 재미있는 물건이 많더라고요."

엘자가 핀잔을 주었다.

"다 잡동사니예요, 잡동사니. 얘가 고물 모으는 데 재미를 붙였나 봐요. 벌써 한두 가지가 아니랍니다. 이 체스판만 해도 그렇고."

소년이 바로 말을 받았다.

"이게 얼마나 값진 건데, 어머니께선 낡았다고 인정을 안 하세요. 이사벨 여왕 시대에 최고의 대리석 장인이었던 테모란의 작품 중에 이것처럼 서명이 남은 건 일곱 개밖에 없는데……."

"말이 놓이는 소리만은 듣기 좋더구나. 하지만 요즘 것도 좋은 물건이 얼마나 많은데 이렇게 귀퉁이가 부서진 걸 쓰니."

엘자는 아들과 티격태격 하는 것이 즐거운 모양이었다. 아들이 곁에 머물면서 요즘 그녀의 몸 상태는 무척 호전되었다. 종종 낮잠을 자지 않고도 하루를 버틸 정도였다. 더구나 예전과 달리 아들이 어머니와 자주 시간을 보내곤 했기에 더더욱 즐거운 나날이었다.

하지만 그 재미도 밖에 하녀가 나타나면서 깨졌다.

"마님, 친우이신 캄머구트 백작부인께서 오셨어요."

"어머, 내 정신 봐."

엘자는 자리에서 일어났다.

"약속을 해놓고 깜빡 잊고 있었네. 그럼 조슈아, 할아버지 상대 잘해드려야 된다. 나한테 하듯이 덮어놓고 해선 절대로 못 이길걸? 그럼 숙부님, 나가볼게요."

엘자가 나가자 한동안 체스말 옮기는 소리만이 들렸다. 체스판은 대리석을 깎은 것으로 상아 말과 부딪히는 소리가 아주 경쾌했다.

딱.

따악.

"조슈아."

흑말을 쥔 채 잠시 머뭇거리던 히스파니에가 그를 불렀다.

"왜 그러세요?"

"요즘 새로 만나는 친구가 있나?"

소년은 체스판으로 시선을 보낸 채 대답했다.

"새로운 사람이야 자주 만나지요. 시장 거리를 돌아다니니까요. 왜요? 혹시 절 아는 사람이라도 만나셨나요?"

"그런 건 아니다."

"그럼 어서 두세요."

잠시 체스판을 보던 히스파니에는 일부러 조금 미묘한 곳에 말을 내려놓았다. 소년이 피식 웃었다.

"할아버지, 지금 두기 귀찮으신 거죠? 저런 수를 두실 분이 아니잖아요."

예상대로였다. 둘 다 다섯 수쯤 앞서 읽는 것쯤은 아무것도 아니었다.

"그래, 귀찮구나. 너와 내가 진지하게 두어서 무슨 승부가 나겠느냐. 그보다 하고 싶은 말이 있어서 온 게야."

"네, 말씀하세요."

소년은 순식간에 체스판 위를 치웠다.

"조슈아, 네가 하이아칸에서 몇 년 동안 있었지?"

"삼 년이 좀 넘죠."

"일전에 막시민에게 듣자니 그곳에서 연극 같은 것을 했다면서?"

소년은 계면쩍게 웃음을 터뜨렸다.

"맞아요. 그런 걸 했죠. 가명을 썼지만요. 예전에 할아버지께서 말씀하셨던 것처럼, '아무도 내가 누구인지 모르고, 내가 나다워서 나를 사랑하는 사람들로 가득한 곳'을 찾아보려 했었죠."

"그래서, 찾았느냐? 물고기 농사보다 나았어?"

"그런 것 같기도 했는데……."

소년이 선뜻 말을 잇지 않자 히스파니에도 피식 웃었다.

"나도 젊었을 때 그런 것을 잠깐 한 일이 있단다."

"할아버지도요? 어디서요?"

"두르넨사의 어느 항구였지. 그냥 작은 무대에 딱 한 번 섰을 뿐이야. 그 뒤로는 기회가 없었지. 옛 추억일 뿐이지만 너도 그런 일에 관심이 있다니 어쩐지 즐겁구나. 한번 보았더라면 더 재미있을 뻔했다."

"정말 초대권이라도 보내드릴걸 그랬어요. 아, 그러면 역시 할아버지는 티켓을 받지 못하셨던 거군요? 그러면 막군이 받은 건 뭐였지?"

히스파니에는 아무렇지도 않은 어조로 물었다.

"그게 무슨 얘기냐?"

"그게요, 제가 오랜만에 성으로 돌아왔다고 파티 열었던 날 할아버지랑 같이 막군도 왔잖아요. 그런데 막군 말이 글쎄, 저한테서 공연 티켓 두 장이 든 편지를 받았다는 거예요. 전 보낸 기억이 안 나는데 말이죠. 농담이었을까?"

소년은 혼자 고개를 갸웃거렸다.

"할아버지께서 그 티켓 이야기를 모르신다면 막군이 할아버지한테 티켓을 드리지 않은 거니까, 역시 농담이었겠네요. 그런데 자식, 농담을 그렇게 진지하게 하다니."

소년은 정말로 의아하게 생각하는 얼굴이었기에 표정을 살피던 히스파니에도 수상한 점을 찾아낼 수 없었다. 노인은 말을 돌렸다.

"하이아칸에서 이곳까지는 무척 멀지. 네가 초대권을 보내줬다 해도 거기까지 가긴 쉽지 않았을 게야. 너도 그 길이 얼마나 먼지 잘 알 것 아니냐."

"하긴 정말 멀어요. 이번에 돌아올 때는 마땅히 말상대도 없고, 어쩐지 피곤하기도 해서 줄곧 자면서 왔지만요. 자다가 깨니까 다른 도시가 보이고, 다시 깼을 때는 어느새 들판이고, 국경을 넘었고, 그런 식이었죠. 그러고 보니 정말 생각나는 것 없는 여행이네요."

히스파니에는 넌지시 물었다.

"드라켄즈 산맥을 지날 때는 어느 관문을 넘었느냐?"

"글쎄요, 어디였더라? 그때도 자고 있었나 봐요. 생각이 안 나는 걸 보니. 아마 두르넨사 쪽에 있는 두 관문 중 하나겠죠."

"그런데 말이야, 도대체 왜 돌아오게 된 게냐?"

소년의 표정이 미묘하게 흔들리더니 노인의 눈을 빤히 바라보았다.

"왜 그런 말씀을 하세요? 돌아오면 안 될 이유라도 있나요?"

"그런 이유가 있을 리 있나. 네 귀환을 막을 사람은 아무도 없지. 내가 묻고 싶은 것은 반대야. 네가 정말로 '내가 나다워서 나를 사랑하는 사람들로 가득한 곳'을 찾았다면 돌아올 이유는 없었지 않겠느냐? 갈 때도 다시는 돌아오고 싶지 않다고 했었고."

소년은 얼른 대답하지 않았다.

조슈아는 이브노아가 죽은 후 이듬해 초까지 비취반지 성에서 지냈다. 히스파니에의 조언대로 도망치지 않고 성에서 머물렀다. 그러나 점차 위험 징후가 보이기 시작했다. 아무도 없는 허공을 향해 맥락에 맞지 않은 말을 건네곤 한다는 것을 눈치챈 엘자가 휴양차 하이아칸에 다녀오는 건 어떻겠냐는 이야기를 꺼냈다.

그곳에는 이브노아가 신혼을 지냈던 별장이 있었다. 쾌청하고 아름다운 곳이기도 했지만, 그보다 이브노아의 행복한 시절이 남은 곳이었다. 피 묻은 드레스가 떠오르는 이곳과는 달랐다. 그날 이후로 연회장에도 다시는 들어가지 않았던 조슈아였다.

어머니의 이야기를 들은 조슈아는 가겠다고 했다. 그것도 즉시. 인사하러 갈 여유도 없어 히스파니에에게는 편지를 보냈다. 거기에 "다시는 비취반지 성으로 돌아오고 싶지 않다"고 씌어 있었던 것이다.

소년은 고개를 숙여 체스판의 깨진 귀퉁이를 내려다보았다.

"저도 잘 모르겠어요. 순간적인 기분이었을까요. 그곳에서 배우 생활을 하며 나름대로 만족스럽게 지내고 있었지만 언젠가 돌아가야 한다는 생각은 줄곧 하고 있었어요. 그때가 이번이 된 까닭을 설명할 순 없지만, 이번이 아니라 해도 언젠가는 돌아왔을 거예요."

"그래서 예정된 공연조차 취소하고 갑자기 돌아왔단 말이냐?"

"할아버진 제가 돌아오지 말았어야 한다고 생각하세요?"

두 사람은 서로를 응시했다. 그들은 상대가 왜 이런 말을 하는지 알아내려 했다. 그리고 둘 다 잠깐 만에 알아차렸다. 그들은 같은 데모닉이었다.

"할아버지, 저 거짓말하고 있지 않아요."

"나도 네가 거짓말을 한다고는 생각하지 않는다."

"하지만…… 확실히 이상해요."

소년은 부서진 귀퉁이를 손끝으로 쓰다듬었다.

"돌아오려고 마음먹은 순간은 분명히 있었어요. 기억이 나요. 모든 것을 취소하고 돌아가자, 그렇게 결심했는데, 그런데 무슨 기분으로 그런 마음을 먹었는지 아리송해요. 그때의 기분을 떠올리려 해봐도 안개가 낀 것처럼 선명하지 않아요. 상황은 기억나는데 감정이 없다니, 백 년쯤 전에 일어난 일도 아닌데 어떻게 된 걸까요? 정말 저, 술이라도 취해 있었던 걸까요. 취하도록 마신 일은 거의 없는데. 그날도 한 잔쯤 마셨던 것 같은데."

히스파니에는 가슴 한쪽이 싸늘해지는 것을 느끼며 물었다.

"그걸 너 자신이 이상하게 생각하고 있단 말이냐?"

"할아버지도 아시잖아요. 아니, 누구보다도 잘 아시잖아요. 십 년 전에 창가에 놓여 있던 꽃병 하나의 모양도 정확히 그려낸다는 거 말예요. 그런 기억력을 갖고 있으면서 다른 모든 것이 선명한데 한 가지만 흐릿하니까, 그것을 생각해내려고 안간힘을 쓰게 돼요. 점점 다른 것은 생각할 수가 없게 되고…… 어머니와 웃으며 체스를 두고 있지만 생각은 온통 거기에 쏠려 있어요. 요즘 아무것도 하지 않고 지내는 것도 그것 때문이죠. 할 수가 없으니까. 제가 왜 이럴까요."

소년은 자신이 쓰다듬던 것을 내려다보았다. 우툴두툴하게 부서진 단면을.

"저, 이 귀퉁이처럼 한구석이 부서진 것 같아요."

달아나버린 조각을 맞추려는 것처럼 직각으로 굽혀 모서리 끝을 덧대고 있는 손가락에서 없어진 기억에 대한 그의 집착이 느껴졌다.

"그 부서진 곳을 통해서…… 제 안의 뭔가가 흘러나가고 있는 것 같아요."

조슈아는 갑자기 잠에서 깨어났다. 명치 부근을 바늘로 푹 쑤시는 듯한 아픔 때문이었다.

깨고 나자 꿈이었나 싶을 정도로 아픈 곳이 없었다. 이불 속으로 손을 넣어 명치 쪽을 천천히 더듬어봤으나 아무것도 없었다. 이불 속에는 찔렸을 만한 것도 전혀 없었다.

침대에서 일어나 앉았다. 그제야 이마에 땀이 흥건한 것을 알았다. 놀라 식은땀을 흘릴 정도로 아팠는데 어째서 아무렇지도 않은 걸까. 마치 몸이 하나 더 있어 그 몸이 대신 다치기라도 한 것처럼.

아니다. 자신에겐 몸이 하나 더 있다.

그 생각을 하자 조슈아는 저도 모르게 숨을 크게 들이쉬었다. 그리고 멈춘 채 자신의 마음을 뒤따라갔다. 그곳은 어두웠다. 내면 깊은 곳에 뭉쳐진 두려움, 불쾌함, 혐오감, 상실감, 빙글빙글 도는 것들, 그것이 전부가 아니다. 그런 것들보다 더 깊은 곳에, 얇은 막으로 휘감긴 무엇인가가 있었다.

"나는 너를 미워하지 않아."

분명 두려웠다. 또 하나의 자신이 존재한다는 것은 혐오스러운 경험이었다. 그로 인해 많은 것을 잃기도 했다.

"너를 죽여버리고 싶었어."

몇 번이나 그렇게 생각했다. 한 번도 입 밖에 내어 말한 일은 없었지만. '그도 나'라고 말하면서 머릿속으로는 '죽여버리고 싶다'고 생각하는 모순된 상태를 견디기 힘들었다. 그러나 거짓을 말한 것은 아니다.

"네가 나라면, 너도 아플 거야. 네가 지금 아무것도 모른다 해도 분명히 어딘가가 아플 거야. 나처럼, 그리고 너처럼 지독한 자기애는 둘로 나눠질 수 없으니까. 내가 나를 사랑하는 것만큼 다른 누구를 사랑하려 한다면 분명히 미쳐버릴 테니까."

"난 너를 정말로 죽일지도 몰라. 하지만 널 미워해서는 아니야. 난 널 미워할 수도, 아무렇지 않게 여길 수도 없어. 그렇다면 남는 것은 말이야, 사랑하는 것뿐이야."

"내가 널 사랑한다면 이유는 하나뿐이지. 네가 나이니까. 넌 가짜가 아니니까. 날 복제한 네가 가짜라면, 나도 가짜지. 너와 나 사이에 진짜와 가짜는 없어. 본질뿐이지. 너와 내가 똑같이 가지고 있는."

그제야 숨을 깊이 내쉰 조슈아는 아무것도 없는 정면을 쏘아보았다. 존재하지 않는 인물에게 몰입할 수 있는 그에게 눈앞에 없는 사람을 또렷이 그려내는 것쯤은 아무것도 아니었다.

"내가 해야 할 일을 대신 해주고 있을 너, 아무도 사랑하지 못하던 내게 사랑할 상대가 되어준 너, 이제는 유리가 아닌 너. 너에게 감사한다. 그곳에서 내가 못한 몫까지 대신 해내며, 너 또한 나다운 것이 무엇인지 찾고 있겠지. 너와 나는 같으니까. 데모닉이고, 거의 같은 기억을 갖고 있고, 어쩌면 토론할 필요조차 없을지도 모른다. 그런 존재를 만날 수 있는 사람은 우리뿐일 거야. 그래서 다음 순간 널 죽이게 되더라도 널 꼭 만나고 싶은 거야. 반드시 보고 싶어. 내 앞에서 나와 똑같이 움직이는 너를. 거울상처럼 걸을 너를. 이 세상에 너만큼 내 관심을 끄는 존재는 없으니."

조슈아는 일어났다. 입구 쪽으로 돌아섰다가 실제로 그곳에 있는 사람을 돌아보듯 고개를 돌리더니 어둠에 잠긴 연극 속 인물처럼 미소를 지었다.

“악마가 사랑을 할 수 있다면, 그 대상은 자신밖에 없지 않겠어?”

# 춤추는 칼라이소

무희들의 고향 칼라이소
청새치의 무덤 칼라이소
내 오늘 그곳에 왔더니
도둑갈매기들이 꾀꾀대고
부두 사용료는 바가지에
무뚝뚝한 아가씨가 와서
음식값은 열 배라고 하고
강도 놈이 동전까지 털어가
졸지에 거렁뱅이 꼴 되었네
에이, 다시는 오지 말아야지
빌어먹을 내 고향 같으니.

여름의 문지방에 해당할 유쾌한 5월의 마지막 날, 대형 범선 높새바람호는 아침 식탁에 오른 수프처럼 잔잔한 바다 위를 미끄러져갔다. 하지만 실제로 그들의 식탁에 오른 수프는 암초투성이였다. 정확히 말하면 식탁에 오르지도 않았다. 갑판에 주저앉아 먹어야 했으니까. 그릇을 받아 쥔 선원 하나가 안을 들여다보더니 부르짖었다.

"이런 개 먹이를 사람한테 주지 말란 말이야!"

요리사는 두툼한 팔뚝에 튄 토마토 수프 방울을 스윽 핥아 먹은 뒤 대꾸했다.

"뱃사람은 개와 사람 사이의 특별한 종족이다."

"이것 봐, 선장님은 뱃사람이 아니란 말이야?"

"선장님은 신과 사람 사이의 특별한 종족이다."

너무 당연한 표정으로 읊고 있으니 반박할 의욕도 나지 않았다. 돌아선 선원 애플톤은 구석에 주저앉아 수프를 한 모금 마신 다음 입안에 들어온 조개껍데기인지 생선 가시인지 모를 것을 퉤, 하고 뱃전 너머로 날려보냈다. 다시 들여다보니 바닥이 드러난 그릇에는 방금 뱉은 것처럼 고향 바다로 돌아가야 될 것들이 한 움큼은 들어 있었다.

"젠장, 이런 건 개도 안 먹어."

그는 벌떡 일어나 내용물을 바다에 쏟아붓고 그릇은 방금 옆에서 일어난 동료의 그릇 위에 얹어버렸다. 그래도 오늘 중에 항구에 도착한다는 사실만이 우울한 심사를 위로해주었다. 저녁에는 음식다운 음식, 육지의 고기들을 실컷 먹을 수 있겠지. 좋은 술도 마시고, 짠물 뒤집어쓰고 반쯤 정신이 나간 놈들만 보아온 눈도 호강을 시키는 거다. 그들의 모항母港은 춤추는 칼라이소, 무역과 해적의 왕국 두르넨사에서 가장 질펀한 놀이가 펼쳐지는 별천지가 아닌가. 화려한 연극과 쇼가 벌어지는 극장이 줄을 잇고…….

"멀쩡한 먹을 것을 바다에 내버리면 쓰나, 앙?"

머리 위에서 환상을 깨는 카랑카랑한 목소리가 들려오자 애플톤은 뒤꿈치에 용수철이라도 달린 것처럼 벌떡 일어서며 외쳤다.

"물론 안 됩니다!"

"호오, 그래?"

고달픈 항해중에도 늘 빳빳하게 풀을 먹여 다린 칼라 밑으로 금시곗줄을 늘어뜨리는 것을 잊지 않은 칼라이몬 선장은 팔짱을 낀 채 명령했다.

"가서 도로 주워먹어!"

"넷, 알겠습니다!"

선원 애플톤은 재빨리 사다리 쪽으로 달려갔다. 아마 바닷물이라도 몇 모금 억지로 켜다가 돌아올 셈일 것이다. 바다 속에 버린 수프를 주워먹을 방법은 없으니까. 그러거나 말거나 칼라이몬 선장은 "에헴" 하고 시골 지주처럼 기침을 하더니 갑판을 천천히 순시하기 시작했다. 자기 이름이 모항인 칼라이소와 끝음절 하나 다르다는 이유로 항구랑 자기랑 형제 사이라고 말끝마다 우겨대고, 도시에 처음 나온 촌뜨기 귀족처럼 뻔대며 걷긴 해도 그는 인기가 좋았다. 성격이 호탕하고, 뒤끝이 없고, 자기 몫의 돈 되는 물건을 곧잘 풀어 나눠주고, 특히 노래를 잘했다. 기골 장대한 그가 우렁우렁한 목소리로 뱃노래 한바탕 뽑기 시작하면 선원 모두가 따라하지 않고는 못 배겼다.

젊어서는 칼라이소에서 날리는 검객이었던 이력도 있었다. 이십 년 전에 '칼라이소의 칼라이몬'이라고 하면 모르는 뱃사람이 없었다 했다. 이젠 쉰 살에 가까웠지만 아직 육박전에서 쉽사리 밀리지 않을 정도로 주먹깨나 썼고, 걸어온 싸움을 피하지 않는 배짱도 있었다. 그러나 무엇보다 주워먹을 수 없는 수프 대신 바닷물이나 마시며 히죽 웃어 보여도 "저런 뻔뻔스러운 놈" 하고 한마디 던지고 마는 인품이야말로 그가 누리는 인기의 가장 큰 비결이었다.

이번에는 풍랑으로 항로를 잔뜩 벗어났다가 심지어 섬에 표류하기까지 해서 식량이 바닥난 까닭에 수상쩍은 석회질 토마토 수프밖에 나올 것이 없었지만, 평소 높새바람호의 음식은 훌륭한 편이었다. 그래도 칼라이몬 선장은 선장과 선원을 차별하는 뱃사람의 관습을 꾸준히 지키는 편이라 그의 식탁에는 아직 먹을 만한 비스킷과 포도주가 나왔다.

항구에 다다르기까지 이제 한 시간 정도면 충분할 듯싶었다. 바람은 약하긴 해도 순풍이었고, 머리 위에서는 고향의 갈매기가 맴돌았다. 모두 배는 고팠지만 마음은 더없이 느긋했다. 한가하게 콧노래를 흥얼거리던 망루 선원이 정체불명의 배 한 척을 발견하기 전까지는.

"어이! 배가 보인다아!"

망루에서 선원이 소리치자 곳곳에서 비웃는 소리가 났다.

"저놈이 여기가 항구 앞이란 걸 잊은 모양이군."

"식탁에서 숟가락 보고 '숟가락이 있다아' 하고 외칠 놈이로세."

"그럼 슬슬 구조 요청이라도 해주든가. 우린 토마토의 공격에 노출되어 있다! 반복한다! 우린 토마토의 공격에 노출되어 있다!"

그들은 섬에서 토마토를 잔뜩 발견해서 싣고 오는 바람에 며칠 동안 토마토만 먹고 있었다. 그때 망루 선원이 다시 소리를 질렀다.

"구조 요청을 하고 있다아!"

그 말이 '우리가 구조 요청을 하는 중이다'가 아니라 상대가 구조를 요청하고 있다는 뜻임을 알아차리기까지는 조금 시간이 걸렸다. 왜냐하면, 다시 한번 말하지만 여기는 항구 앞바다였다. 당장 배가 가라앉고 있는 중이 아니라면 구조 요청 따위를 할 까닭이 없었다.

"뭐야, 정말로 배가 가라앉고 있나?"

선원 몇 명이 뱃전으로 달려갔다. 그즈음에는 한결 가까워져서 그들의 눈에도 배의 모양새가 그럭저럭 보였다. 그러나 배는 가라앉고 있지 않았다. 선원들이 어안이 벙벙해진 것은 다른 까닭이었다. 한 명이 망루 선원더러 들으라는 것처럼 소리를 질렀다.

"이봐! 설명을 정확히 해야 될 것 아냐! '배가 보인다'가 아니라 '이상한 배가 보인다'고 했어야지!"

주위의 선원들은 물론 그들 뒤로 다가온 칼라이몬 선장까지 그 말에 동의했다. 그러니까 그 배는, 높다란 중앙돛대와 짧은 삼각돛대, 튼실한 용골과 매끈한 배쌈을 갖춘 흠잡을 데 없는 모습으로 인어를 조각한 금빛 뱃머리 장식에, 연황색 뱃전에는 조개와 고둥, 불가사리 모양이 조밀하게 새겨진데다 배쌈에는 파도까지 그려져 있는…….

배라고 부르기 부끄러운 모양이었다.

"저거, 어느 극장에서 내보낸 거 아닐까? 무사 귀환 환영과 손님 유치를 위한 홍보 활동의 일환으로."

갑판장이 그럴듯한 의견을 내놓아 모두가 고개를 끄덕이고 있는데 등뒤에서 칼라이몬 선장이 소리쳤다.

"뭘 하고 있어! 어서 저 배를 예인할 준비를 해라!"

선원들이 허둥지둥 움직이기 시작할 즈음, 문제의 배 안에서는 소년 둘과 소녀 하나가 우왕좌왕하며 달리고 있었다. 달리는 것이 목적은 아니었지만 사실상 하는 일이 없었으므로 달리는 중이라 말해도 무방했다.

"도대체 이 돛은 어떻게 펴는 거야?"

"밧줄은 왜 이렇게 꼬아놨어?"

"그걸 내가 꼬았냐?"

"이게 지금 앞으로 가고 있는 게 맞아?"

"앞이 어느 쪽인데?"

"뱃머리가 앞이지 어디겠어?"

"배는 옆으로 가는 거 아니었어?"

상식 이하의 엄청난 대화를 나누고 있는 그들이 진열장 속 모형 배를 구경하고 있는 꼬마들이었다면 좋았겠지만, 유감스럽게도 그들은 그 안에 탄 모형 선원들의 역할이었다. 두 손으로 연기가 오르는 횃불을 움켜쥔 채 중심을 잡으려 애쓰고 있던 조슈아는 또다시 어디론가 달려가는 두 사람을 향해 애처롭게 소리쳤다.

"어딜 가는 거야! 나하고 교대해줘!"

고작 일곱 시간이었다. 진짜 항해, 그러니까 바다 위에서의 항해 말이다. 한때 항해에 대해 그럴듯한 환상을 품고 있던 시절도 있었던 것 같지만 이젠 어느 시절 얘긴지 생각도 안 났다. 배가 바닷물에 닿은 지 일곱 시간이 흘렀을 뿐이지만 누군가가 항해가 무엇인지 묻는다면 정확히 대답해줄 수 있을 것 같았다. 항해란 뱃멀미니라.

뱃멀미 외에도 문제는 산적해 있었다. 그들의 대화로 짐작되다시피 그들은 배 조종법을 전혀 몰랐다. 혹시 알았다 해도 움직일 능력도 없었다. 이 정도 크기의 범선을 움직이려면 선장이나 항해사는 포기한다 쳐도 최소한 선원 대여섯 명이 필요했다. 세 명으로는 돛을 내리거나 올리는 것은 물론이고, 돛과 키로 방향을 조절하거나 하다못해 닻을 내릴 수도 없었다. 더구나 그들 중 둘은 일반 선원의 절반만큼도 힘이 없었다.

항해에 무지하다 보니 당연하게도 그들은 여기가 어디인지도 몰랐다. 일곱 시간 동안 어디론가 흘러왔지만 현재 위치를 측정해야 한다는 생각조차 못 했다. 육지가 보이지 않는 바다 한가운데에서 이정표로 삼을 만한 것도 없는데, 다른 배들은 어떻게 자기가 갈 곳을 아는 걸까?

이런 것을 한 번도 알려고 해본 적이 없는 그들에겐 마법만큼, 아니 마법보다 더 신비한 일로 생각됐다. 까마득한 옛날 배를 처음 만들었던 인간이 바다로 나가기 위해 했을 법한 궁리를 똑같이 하면서, 그 인간보다 나은 결론도 없었다. 리체는 병 속에 편지를 넣어 띄워야 된다고 우겼을 정도였다.

그나마 그들이 제대로 한 일은 해상 조난 신호 역할을 하는 횃불을 밝힌 것뿐이었다. 횃불을 태워 연기를 올리면 구조해 달라는 의미란 것도 섬에서 살아온 리체나 겨우 알고 있었다. 그러나 리체는 어디까지나 재봉사, 아니 육지형 인간으로서 해안선을 따라 항해하는 작은 배도 타본 일이 없다고 했다.

오후 12시를 막 넘어선 시각이었다. 그러니 그들의 항해, 아니 조난이 시작된 시각은 새벽 5시쯤이었다. 그나마 배가 바다에 닿자마자 어찌된 셈인지 삼각돛이 저절로 펼쳐지고 일곱 시간 동안 알맞은 세기로 바람이 불어준 덕택에 이 정도였지, 만일 풍랑이라도 닥쳤다면 분명히 오 분 만에 빠져 죽었을 것이다.

그들은 아직 몰랐지만, 그 바람이 항구로 가는 순풍이었다는 것도 실로 어마어마한 운이었다. 이런 식으로 선원들이라면 졸음이 온다고 할 정도로 평화로운 항해를 해왔는데 본인들은 최악의 상황에 빠졌다고 굳게 믿고 있었다. 그중 한 명의 의견에 따르자면 최악의 '음모'이기도 했다. 시제품의 성능을 시험해보려는 마법사의 음모에 빠진 불운한 세 명의 희생양.

그들이 탔던 것은 분명 하늘을 날아간다는 배였다. 그런 배가 어째서 평범한 이웃들처럼 물을 튀기며 가게 된 것일까. 발단은 지난번에 무모하게 자버린 열 시간의 잠이었다. 가장 먼저 깨어났던 조슈아는 엎어놓은 접시처럼 생겼지만 위치를 알려준다는 물건(쥬스피앙의 성격 탓인지 이름도 없었다)을 들여다보고 깜짝 놀랐다. '접시' 위에 점으로 표시된 궤적이 그들이 떠난 곳에서 아주 조금 진행되다가 멈춰 있었기 때문이었다. 분명 그들은 하루 낮 하루 밤 이상을 날아오지 않았던가? 즉시 황금 도가니를 살펴보니 금을 당장 보충해야 할 정도로 줄어 있는 것이 보였다. 결론은 한 가지였다. '접시'가 망가진 것이다!

의상실 생활로 단련된 리체는 한 번 부르자 바로 일어났지만 막시민을 깨우는 데는 반시간이 넘게 걸렸다. 겨우 깨어나 상황 얘기를 듣고 막시민이 뭔가 말하려 할 때 조슈아가 슬그머니 물었다.

"너, 자기 전에 뭔가 먹었지?"

"포도주 좀 마셨다. 어쩔래."

"이 배에 포도주가 어디 있어서?"

"명명식용 포도주라고 씌어 있던데. 쥬스피앙 씨도 참 별게 다 필요하다고 생각하지 뭐냐."

하긴 이 배는 아직 이름도 없었다.

"그걸 먹었으니 이제 명명식을 못 하겠네?"

"지금 상황에서 명명식이 중요하냐!"

이런 식이니 상황 판단도 즉시 될 리 없었다. 술을 마신 다음날 아침에 먹기에는 영 적절하지 않았지만 차갑게 식은 수프에 빠뜨린 비스킷이라도 우적우적 떠먹은 뒤에야 겨우 정신을 차리고 논의가 오갔다. 중요한 기계가 이렇게 빨리 망가지도록 엉성하게 만들어놓은 쥬스피앙이 나빴지만 눈앞에 없으니 일단 뒤로 넘기고, 이제부터 어떻게 해야 하는가?

현재 위치가 어디인지 알 방법은 사라졌다. 하늘길을 가기 때문에 중간 기착지 같은 것도 없다. 쥬스피앙은 이 배가 페리윙클까지 알아서 가도록 해놓았을까? 출발 전에 물어봤어야 했겠지만 너무 정신없이 빠져나오다 보니 아무도 그러지 못했다.

조슈아가 쥬스피앙이 쓴 책을 읽은 바에 따르면 배의 운행 방향을 바꾸는 것은 어렵지 않았다. 그러나 어디까지나 '접시'가 제 기능을 하고 있어야 바꾸더라도 어느 쪽으로 바꿀지 알 수가 있다. 가만히 기다려보는 것이 좋을까, 아니면 어디로든 바꿔야 할까?

리체의 의견은 그냥 내버려두자는 쪽이었다. 그러나 막시민은 생각이 달랐다.

"지난번에 조슈아 네가 자고 있을 때 내가 밤새 뱃전에 서서 달과 별의 움직임을 살펴봤지. 내 생각에 이 배는 정서향으로 가고 있는 것 같았어. 그리고 지금도 마찬가지인 것 같아. 그렇다면 우린 적어도 현재 위도를 알 수 있겠지. 블루코럴섬과 같을 테니까 말이야. 그런데 그렇게 계속 서쪽으로 가면 페리윙클섬에 도착할 수가 없어. 어느 순간엔가 남서쪽으로 방향을 바꾸지 않으면 안 돼. 그런데 이 배에 그렇게 방향까지 바꿔가며 저절로 목적지로 보내주는 기능이 있을까? 알 수 없는 일이지만, 만일 그렇게 만들어놨다고 해도 문제야. 하늘도 땅이나 바다와 마찬가지로 강풍도 불고 폭풍우도 몰아치는데, 그런 변수로 위치가 조금만 어긋나도 처음 명령과는 전혀 다른 곳에 떨어지잖냐. 그런고로 논리적으로 생각한다면 그런 기능은 없을 것 같고, 배를 탄 사람이 그놈의 망가져버린 '접시'를 보아가며 방향을 바꿔야 되는 거란 말이야."

리체가 어깨를 움츠려 보였다.

"하지만 우린 언제쯤 방향을 바꿔야 되는지 알 수가 없잖아. 아무때나 바꿨다가 진짜로 엉뚱한 데로 가면 어떡해? 페리윙클섬보다 남쪽에 있는 바다엔 뭐가 있는지 아무도 몰라. 지도에도 안 나와 있어."

"그렇다고 그냥 정서쪽으로 가게 두자고?"

"서쪽으로 가면 최소한 아노마라드 땅에 떨어질 것 아냐."

"지금 아노마라드 어딘가에 떨어졌다간 우리 셋 다 죽기 딱 알맞아. 우릴 뒤쫓던 놈들은 우리가 당연히 아노마라드로 갈 줄 알 테니까, 어느 동네에 하늘에서 뚝 떨어진 놈들이 있다는 소문만 나면 잡히는 건 시간문제겠지. 더구나 육지에 추락하면 배도 망가질 거고 배에 탄 우리가 살아난다는 보장도 없어. 무엇보다 페리윙클섬에 갈 방법도 사라지는 거고 말이야."

"그럼 어떻게 하자는 거니?"

"조슈아, 저 접시, 고쳐볼 수 있겠어?"

조슈아는 자신 없는 얼굴이었다.

"시도는 해보겠지만 된다는 확신은 없어. 무엇보다도 마법이 필요하다면 고칠 수도 없을 거고."

"지금 이 배의 속력이 얼마나 될까?"

셋 모두 얼굴을 마주봤다. 정말 어느 정도의 속도인 걸까?

"이건 추측밖에 안 되겠지만, 쥬스피앙 님이 페리윙클까지 가는 데 보름 정도 걸린다고 했잖아? 정서향으로 왔다고 생각할 때 별다른 변수가 없다면 우리가 떠난 지 닷새나 엿새쯤 됐을 때 조개 반도 위를 날고 있을 것 같아. 만일 남서쪽으로 방향을 바꾼다면 그 정도가 적당한 위치가 아닐까 싶은데."

조슈아의 말에 막시민도 고개를 끄덕였다.

"그럼 그걸 기준으로 사흘 뒤까지 접시를 고쳐보고, 안 되면 조개 반도가 나타나는 걸 봐서 방향을 남서쪽으로 바꿔보자. 최악의 경우 우리가 목적으로 삼을 곳은 아노마라드 남쪽

해안과 페리윙클섬 사이라고. 아노마라드 땅에 떨어져버리면 곤란해."

리체가 구름이 끼어 조개 반도가 안 보이면 어떻게 하느냐고 물었지만 그 의문은 일단 무시되었다. 그래서 사흘이 흘렀고, 접시는 고쳐지지 않았고, 그리고 조개 반도는 보이지 않았다. 구름이 끼어서가 아니었다. 그냥 나타나지 않았던 것이다.

이젠 처음 생각한 방향조차 틀렸다고 생각할 수밖에 없었다. 이판사판으로 방향을 바꿔보려 했을 때, 배가 너무 빨라서인지 비행용 키가 말을 듣지 않는 상황이 발생했다. 그런데 어이없게도 조슈아는 속도를 줄일 방법을 모른다고 말했다.

"금의 양을 조금 줄여보면 어떨까?"

막시민이 무심코 낸 의견이 지금의 비극을 초래했다. 정기적으로 도가니에 넣던 금의 양을 조금 줄이자 배는 한순간에 추락해버렸던 것이다. 정말로 조금, 금반지 한두 개 정도밖에 줄이지 않았는데!

세 사람 중 누구도 활대나 밧줄 따위를 타고 망루에 올라가고 싶어 하지 않았으므로 그들 쪽에서 높새바람호를 발견하기까지는 좀더 시간이 걸렸다. 얼마 후, 횃불을 갑판에 처박아 최악의 사태를 그 이상의 뭔가로 만들지 않기 위해 기를 쓰고 있는 조슈아의 귀에 낯선 소리가 들렸다.

"어어이!"

허둥지둥 맞은편 뱃전으로 뛰어가보니 저만치 보트 한 척이 노를 저어 다가오고 있었다. 높새바람호에서 보낸 배였다. 자기들보다 훨씬 조그마한 배를 타고 있는 사람을 보자 여기가 망망대해라고 생각하고 있던 조슈아는 눈이 휘둥그레졌다.

"어, 어떻게 그런 배를 타고 다녀요?"

말을 하자마자 새로운 생각이 번개처럼 머리를 스쳤다.

"혹시…… 여기서 항구가 아주 가깝나요?"

선원들은 뱃전에서 횃불을 들고 서 있는 애송이의 말 따위에는 귀를 기울이려 하지 않았다. 그들이 보기에 조슈아는 견습 선원조차 아니었던 것이다. 좀더 가까워지자 그들 중 하나가 말했다.

"꼬마야, 선장님은 어디 계시냐?"

조슈아는 당황해서 눈을 깜빡거리다가 대꾸했다.

"아직 안 정했는데……."

물론 막시민, 리체, 그리고 자신 중에서 누가 선장인지 정하지 않았다는 얘기였다. 물론 정할 생각도 안 해봤고 말이다.

선원들은 무슨 소린지 몰라 서로 얼굴을 마주봤다. 한 명이 갑자기 인상을 찌푸리더니 소리쳤다.

"선상 반란이 일어난 거로구나! 그러면 그렇지!"

조슈아가 뭐라 답해야 할지 몰라 여전히 눈만 깜빡이고 있자 선원들은 자기들끼리 쑥덕대더니 하긴, 반란이라도 일어나지 않고는 저렇게 덜 떨어져 보이는 녀석이 혼자 갑판에서 횃불을 들고 있을 리 없다고 결론을 내렸다.

"생존자는 몇 명이지?"

"세 명인데요."

선원들은 다시 한번 크게 놀랐다.

"뭐라고? 그러면 다른 사람들은 다 죽었단 말이냐?"

"그건 아니고……."

"그러면 무인도에라도 버리고 왔단 말이냐!"

"그것도……."

성격 급한 갑판장이 벌컥 화를 냈다.

"야, 너처럼 멍청한 녀석 말고, 선장님이 안 계시면 지금 배를 지휘하고 있는 사람을 불러와라! 빨리!"

조슈아가 '멍청하다'는 말에 얼마나 저항력이 부족한지 갑판장이 알 리가 없었다. 막시민 말고 다른 사람이 그렇게 말했다는 것에 멍해진 조슈아는 아랑곳 않고, 선원들은 갈고리가 달린 밧줄을 던져 뱃전에 걸더니 순식간에 배 위로 올라오기 시작했다. 그즈음 승강구 문을 덜컥 열고 막시민이 머리를 내밀었다.

"어?"

막시민은 순간적으로 해적들이라도 나타난 게 아닌가 하고 놀랐다. 높새바람호의 선원들은 혹시 조난을 가장한 해적들의 농간일지도 모른다고 생각해서 모두 무기를 갖고 왔던 것이다. 서로를 해적으로 의심했던 그들은 눈이 딱 마주치자마자 동시에 의견을 철회했다. 선원들이 보기에 막시민은 조슈아나 마찬가지로 뱃놈 흉내도 못 낼 놈이었고, 막시민이 본 선원들은 살기가 전혀 없어 보이는 어리둥절한 표정인데다 무엇보다 숫자가 너무 적었다.

"넌 또 뭐냐?"

그건 자기 배 안에서 낯선 사람과 마주친 막시민이 해야 할 말이었다. 그러나 막시민은 쓸데없는 질문을 하는 대신, 배 주인인 주제에 낯선 선원들 사이에 꿔다 놓은 보릿자루처럼 서 있는 조슈아를 흘끔 보더니 당장 상황을 파악했다.

"아, 고맙습니다! 저희의 조난 신호를 보고 오셨군요? 이제 저희는 살았네요!"

선원들은 또다시 나타난 애송이 하나에 대해 잠시 머리를 맞대고 숙의했다. 도대체 이 배는 얼마나 엄청난 일을 당한 것인가? 한 사람씩 의견을 말하는 사이, 한 명이 냅다 소리를 질렀다.

"머리만 내밀고 있지 말고 썩 올라와 인마! 무슨 엄청난 일을 벌였기에 배에 애들밖에 없는 거냐? 생존자가 셋이라던데, 그럼 나머지 한 사람이 책임자로군? 어디 있어? 우리와 얘기를 좀 해야겠다."

"여기예요."

가장 낮은 활대 위에서 뛰어내리자마자 어울리지 않게 수줍은 표정을 지은 세 번째 생존자, 리체를 본 선원들은 드디어 말문이 막히고 말았다. 그러나 리체는 알게 뭐냐는 듯 이번엔 미소를 날렸다.

"잘 보셨네요. 제가 저 애들을 먹여 살려 책임지고 있어요. 아저씨들은 분명 바다를 종횡무진 다니며 조난당한 배를 구하는 수호천사들이겠죠? 그런데 일단 여기가 어디인지부터 알려주시겠어요?"

취사를 리체가 책임진 건 사실이었다. 실은 취사가 아니라 있는 식량을 잘라 나눠주는 역할이었지만. 그렇게 된 것도 직업상 늘 정확한 시간에 배가 고파졌기 때문일 뿐이었다.

갑판장은 기회는 이때다 하고 횃불을 바다에 던져 넣은 뒤 '오신 김에 이 배의 흔들림도 좀 멈춰주세요' 정도의 표정을 짓고 있는 조슈아를 보고, 이제 전신이 다 보이게 됐지만 주머니에서 안경을 꺼내 쓰는 막시민을 보고, 다시 한번 리체를 보더니 어쩔 수 없다는 듯 고개를 끄덕였다.

"그래, 네가 책임자가 맞는 것 같구나. 칼라이소 항 선적船籍의 높새바람호, 칼라이몬 선장님의 전언이다. 조난선의 선원들을 우리 배에 옮겨 태우고 이 배는 항구까지 예인하는 데 도움을 주시겠다고 한다."

선장 칼라이몬은 버릇대로 다리를 흔들며 갑판 위를 왔다 갔다 하다가 우뚝 멈춰 섰다. 그의 앞에는 '구조된 세 선원'이 언제 최악의 상황에 빠져 있었냐는 듯 싱글벙글 웃으며 그를 바라보고 있었다. 배에 옮겨 타기 전에 '웃는 얼굴에 침 뱉겠냐'고 제안한 한 명 덕택이었다.

선장은 입속으로 한숨을 삼킨 다음, 그중에서 보고 있자니 어쩐지 기분 나빠지는 미소를 띠고 있는 한 놈에게 말했다.

"너. 이게 도대체 어떻게 된 상황인지 설명해봐라."

선장은 사람을 잘 골랐다. 막시민은 기다렸다는 듯 입을 열었다.

"식견이 넓으신 선장님께서는 물론 하이아칸의 블루코럴 섬을 아시겠지요? 귀족들의 별장이 잔뜩 있는 아름다운 휴양지죠. 그곳에 별장을 갖고 계신 실라브리아 백작부인께서 말이죠, 친구분이신 델라미네 양과 내기를 하셨거든요. 백작부인께서 그분을 모시고 있는 쥬스피앙 선장님이 대륙 최고의 선장이라고 말씀하시자, 델라미네 양은 최고의 선장은 두르넨사에 있다는 어느 이름 모를 선장이라고 우겼답니다. 두 분께서 다투시다가 그러면 쥬스피앙 선장님께서 이 배로 해적들이 들끓는 두르넨사 연안을 성공적으로 항해하고 돌아오면 백작부인이 이긴 걸로 하기로 한 거죠. 그래서 출발을 했는데, 보시다시피 쥬스피앙 선장님을 비롯한 선원들은 모두 해적들의 칼에 한 방울 이슬이 되시고……."

거기까지 말했을 때 조슈아와 리체는 간신히 표정 관리를 하며 막시민을 보고 있었다. 리체는 쥬스피앙을 대뜸 선장으로 만들고 곧이어 죽여버리기까지 하는 데 기가 막혔고, 조슈아는 막시민의 입에서 저렇게 시적인 표현이 나오다니 하며 놀랐다. 물론 막시민은 이것으로 망가진 접시를 줘 보낸 쥬스피앙에 대해 약간 복수가 되었다고 생각했다.

"허어."

칼라이몬 선장은 막시민의 이야기에는 반신반의하는 표정이었으나 일단 선장이 죽었다는 말에 안타까운 신음을 토했다. 다짜고짜 머나먼 바다까지 잡혀와 고인이 되고 만 쥬스피앙에게 애도할 사람 하나는 있어서 그나마 다행이었다.

"그런데 어째서 너희 셋은 살아남았지? 게다가 너희는 아무리 봐도 선원이 아닌 것 같은데?"

"물론 저희는 선원이 아닙니다. 물일은 전혀 모르지요."

노련한 선장 앞에서 견습 선원이라고 우겨봤자 거짓말만 들통난다는 것을 막시민은 잘 알고 있었다.

"저희는 내기 내용을 보증하기 위해 항해에 동행한 시종들입니다. 선장님이 두르넨사까지 분명히 갔다 오는지 살펴보는 것이 저희의 임무입죠. 저는 실라브리아 백작부인의 시종이고, 저기 저 친구는 델라미네 양의 시종입니다."

선장이 리체를 흘끗 보더니 물었다.

"그럼, 저 책임자는?"

선장은 리체가 책임자라고 한 갑판장의 말을 기억하고 있었다. 막시민은 리체를 한 번 째려보며 말을 이었다.

"아, 우리 두 시종만 타고 가면 나중에 돌아와서 서로 딴소리를 하며 싸울 수가 있잖습니까? 그래서 두 분의 친구인 아르메리다 후작부인께서 도와주시기로 하고 그분 시종인 저 애도 타게 됐죠. 저희가 살아 있는 건, 해적한테 우리를 죽이면 세 분 귀족께서 크게 노하실 거고, 만약 놓아주면 당신이 정정당당하게 결투를 해서 선장님을 이겼다고 말하겠다고 했더니 놓아주긴 했는데, 대신 망망대해에서 항해라고는 전혀 모르는 저희만 태워서 보내버렸던 까닭입니다. 보내줄 때 무척 비웃더군요."

이야기에 미심쩍은 부분이 조금, 아니 많이 있긴 해도 하이아칸의 할 일 없는 귀족들이 이상한 내기를 곧잘 한다는 걸 알고 있는데다, 바다 한가운데에서 뱃일을 전혀 모르는 사내애 둘과 여자애 하나가 표류하게 될 이유를 달리 생각해낼 수 없었기에 칼라이몬 선장은 슬슬 설득되어갔다.

"그런 짓을 했단 말인가. 해적 놈들이라면 능히 하고도 남을 일이지. 그런데 한 가지 이상한 점은, 놈들이 이 배를 갖지 않고 어째서 너희에게 줬느냐 하는 거야. 배는 돈이 될 텐데."

"아, 그건……."

막시민이 말꼬리를 끄는 기색을 알아챈 리체가 얼른 끼어들더니 말했다.

"해적이 말하기를 저 같은 여자애가 탔던 배는 부정이 타서 저주가 내린대요. 그래서 배를 안 갖는다고 했어요."

막시민이 '그럼 네가 지금 타고 있는 이 배는 어떻게 되냐'라고 말하지는 못하고 눈만 부라리는 순간이었다. 갑자기 선장이 커다랗게 너털웃음을 터뜨렸다.

"으하하하…… 해적 놈들은 미신을 잘 믿지. 놈들은 죄를 많이 지어서 혹시나 저주를 받진 않을까, 혹시나 유령이라도 따라오지 않나 항상 겁을 먹고 있으니까. 우리처럼 정당한 무역만 하는 뱃사람들은 그런 미신을 믿을 필요가 없어."

막시민은 죄가 있거나 없거나 이미 유령을 실컷 본 사람답게, 아니 대화해본 사람답게 초연한 미소를 지어 보였다.

"그렇게 된 겁니다."

조슈아는 선장의 표정을 살피고는 선장이 어설프게나마 연기를 하고 있음을 알았다. 하긴, 저렇게라도 해야 주위 선원들이 쓸데없는 상상을 하지 않을 테니 올바른 판단이긴 했다. 어쨌든 덕택에 선장은 이 문제를 더 파고들 생각이 없어진 모양이었다.

"좋다. 그러면 너희를 우리 모항인 칼라이소까지 데려다주지. 거기에서 선장과 선원들을 구해서 항해할 준비를 새로 갖추고 하이아칸으로 가면 될 거다. 돈은 너희의 주인인 세 분께 편지를 띄워 신용장을 받은 다음 그걸 칼라이소 선박 조합에 보이면 빌릴 수 있을 거다. 조합에서는 귀족의 신용을 높이 쳐주니까 말이야. 너희 주인들도 배를 그냥 버릴 생각은 없겠지."

세 사람은 고개를 끄덕이며 어설프게 웃어 보였다. 그것으로 상황은 일단락되었다.

이제 배가 항구에 도착하도록 기다리기만 하면 되었다. 본래 하늘을 날 운명이었던 그들의 배는 훨씬 큰 배인 높새바람호와 연결되어 논병아리처럼 얌전히 따라갔다. 항구까지 반시간 남짓 남았다는 말에 흔들리는 갑판에 넌더리를 내던 조슈아도 마음이 안정되어 수프를 먹겠느냐는 말에 동의하는 용기까지 보였다. 가져온 수프는 물론 선원들이 먹던 것과 똑같은 것이었다. 먼저 그릇을 받은 막시민이 숟가락으로 한 번 휘저어보더니 말했다.

"석회질 수프네."

그릇을 건네준 애플톤이 말했다.

"선원의 음식이지."

개도 안 먹는 음식이라고 떠들어댔지만 남에게 줄 때는 이야기가 달랐다. 옆에서 리체가 동정 어린 눈빛을 보냈다.

"이런 걸 먹다니 정말 안됐어요."

"뭐가 안됐냐! 바다 위에서만이야. 항구에 들어가면 산해진미와 술과 무희들과 극장이 기다리고 있는데 이런 것쯤 참을 수도 있지!"

극장이라는 말에 조슈아가 흥미를 보였다.

"칼라이소에도 극장이 있어요?"

"그럼 넌 극장이 하이아칸에만 있는 줄 알았냐?"

흰 눈을 떠 보인 애플톤은 갑자기 귀족 시종들에게 자기 고향을 자랑하고 싶은 마음이 내켰다.

"칼라이소에는 대형 극장만 세 군데가 있고, 작은 건 수십 군데가 넘어! 그런 극장들이 거리 하나를 꽉 채우고 있지. 거기에 가면 천사 같은 미인들이 즐비하고 술맛은 혓바닥을 녹여버릴 정도지! 인기 있는 공연이 하나 뜨면 거리가 꽉 차버리고, 평소에도 쇼와 춤으로 불야성을 이루는 거리란 말씀이야. 그 거리를 한번 보고 나면 평생 칼라이소를 떠나기 싫어질걸? 칼라이소의 명성을 모르다니, 안된 것은 너희들이야. 오죽하면 별명이 '춤추는 칼라이소'겠냐?"

자기가 관심 있는 부분만 걸러 들은 조슈아는 진심으로 감탄한 표정이 되었다.

"대단하네요. 그렇게 많은 극장들이 있고, 공연도 그렇게 인기가 있다니."

말하면서 무심코 수프에 숟가락을 넣어 한입 떠먹었다가 죽을 것처럼 기침을 하기 시작한 조슈아의 등을 대충 두드려 주며, 막시민이 말했다.

"발달한 항구군요. 그런데 선원들만 드나드는 걸로 그렇게 장사가 잘됩니까?"

"뭐, 이웃 도시 사람들이나 시골 귀족들도 꽤 놀러오는 모양이더라고. 특히 우리 선장님의 극장에는 말이지, 그런 귀족들과 사귀는 배우들도 많아."

"선장님의 극장이라뇨?"

그렇지 않아도 뱃멀미로 속이 불편했던 조슈아가 급기야 뱃전으로 달려가고, 막시민이 귀찮아하며 몸을 일으켜 따라간 뒤 리체가 물었다. 애플톤이 냉큼 대꾸했다.

"칼라이소 최고의 극장, '다이아몬드 러쉬'는 우리 선장님 거란 말이다! 아, 물론 절반만이지만. 하여간 우리 선장님은 항구에 내려 들어가면 그때부터 어엿한 극장주라고."

# 배우, 돌아오다

사실 그는 타고난 배우였죠. 난 그가 나만 사랑하는 줄 알았는데, 이웃 과부는 돈을 항아리로 빌려줬대고, 목수네 꼬맹이는 열일곱만 되면 시집갈 줄 알고 있고, 촌장댁 아가씨는 내년 봄까지 날짜 세고 있고, 사제관 노처녀는 십 년도 기다릴 작정이라는데, 늙은 어머니는 아들이 여자를 몰라 걱정이라 하소연하니, 하늘님도 기가 막힐 노릇인데, 자기는 아무것도 몰랐다나. 배 타고 대륙으로 갈 작정이었다나. 세상에 그런 도둑, 아니 배우가 또 어디 있을까?

칼라이소 항구에 도착한 조슈아 일행은 그동안 애플톤에게 입술이 닳도록 자랑을 들은 까닭에 눈을 크게 뜨고 항구 곳곳을 두리번거렸다. 물론 고향 출신에게만 보이는 장점이 그들에게도 보일 리 없었으므로 잠시 후 셋은 똑같이 심드렁한 얼굴이 되었다.

항해사 한 명의 지휘로 조슈아 일행의 배도 부두에 들어갔다. 부탁하지도 않았는데 입항 수속을 도와주고 조합이 어디에 있는지도 알려준 선장은 헤어질 때가 되자 이것도 인연인데 술자리에 같이 가지 않겠느냐고 제안했다. 선장은 적절하게도 그 말을 막시민에게 했고, 그리하여 셋은 선원들과 함께 부둣가 선술집에 들어가게 되었다.

술을 마시기엔 아직 이른 시간인지라 선술집 안은 높새바람호가 한나절 빌린 상태가 됐다. 자기들끼리 향후 대책을 논의하고 싶었던 세 사람은 가장 구석에 있는 작은 테이블을 차지하는 데는 성공했지만, 자리가 모자라 선원 두 명이 끼어 앉게 된 것까진 어쩔 수가 없었다. 이렇게 된 이상 앞으로의 일은 나가서 얘기하기로 하고 여기에선 먹고 마시는 데 집중하는 편이 좋을 듯싶었다.

칼라이몬 선장은 무사히 입항을 하면 항상 선원들에게 술을 샀다. 고생스러운 항해일수록 더 많은 술을 샀으므로 선원들은 다들 무척 기대하는 눈빛들이었다. 아니나 다를까, 선장이 주문한 술과 요리가 나오기 시작하자 모두 입이 헤벌어져 어쩔 줄을 몰랐다.

"역시 선장님 만세다!"

한 명이 선창을 하자 다들 신이 나서 왁자지껄하게 손뼉을 치며 환호성을 올렸다. 이렇게 열광적인 반응이 있어야 사주는 사람도 흥이 나는 법이었다. 물론 석회질 토마토 수프 따위나 먹고 있던 처지라면 어떤 음식에도 감격의 눈물이 나올 테지만.

구석의 세 사람도 다른 두 선원과 잔 부딪치는 시늉을 하고는 오랜만에 음식다운 음식에 덤벼들었다. 제대로 된 조리 시설이 없는 배에서 며칠이나 비슷비슷한 여행용 식량만 돌려먹었으니 진절머리가 나지 않았다면 이상한 일이었다. 게다가 이곳 음식 맛은 까다로운 조슈아도 트집 잡을 거리가 없는 모양이었다. 물론 바닥이 흔들리지 않는다는 점도 한몫했을 것이다.

음식 접시가 한차례 비워지고 나자 칼라이몬 선장이 자리에서 일어났다. 선원들이 기다렸다는 듯 "노래! 노래!" 하고 외치기 시작했다. 선장이 노래하기를 좋아한다는 걸 모르는 선원은 없었다. 선장은 목을 가다듬더니 의자에 한쪽 다리를 얹어 놓고 한 곡조 뽑았다. 유쾌한 가락이었다.

생선 냄새 항구 냄새
짠물 냄새 바다 냄새
냄새나는 우리 고향으로
잘 왔네, 친구들이여

우리가 없는 동안 아가씨는 할망구 되고
우리가 없는 동안 코흘리개 아가씨 됐네

포도주 냄새 술집 냄새
분첩 냄새 여자 냄새
웃어라! 부어라! 마셔라!
살아 돌아온 친구들아!

우리가 없는 동안 마누라는 뚱보가 되고
우리가 없는 동안 아들놈은 배를 탔다지

생선 냄새 항구 냄새
짠물 냄새 바다 냄새
금화 주머니 짤랑이며

웃어라! 부어라! 마셔라!

노래는 단순한 가락에 가사만 달리하여 계속 되풀이되는 것이었지만, 칼라이몬 선장이 워낙 노래를 잘하거니와 선원들이 너도나도 따라 하자 분위기는 한껏 돋워졌다. 모두가 테이블을 두드리며 열광적으로 노래를 불렀다. 구석에 있던 조슈아는 분위기에 조금 놀랐지만 금방 빙그레 웃더니 발끝으로 박자를 맞추며 기분 좋게 귀를 기울였다.

다음 노래는 갑판장이 받았다. 그는 늙은 선원이 나오는 웃기는 가사의 노래를 능글맞게 불러 여기저기에서 폭소가 터졌다. 높새바람호에서 그다음 차례는 항상 요리사였다. 요리사는 무뚝뚝하게 팔뚝을 긁으며 나서더니 주먹으로 기둥을 쿵쿵 두드리며 행진곡 같은 노래를 불렀다. 그도 상당한 목청의 소유자였다.

상어 놈들아, 비켜라! 작살잡이 형님이 나가신다!
해적 놈들아, 비켜라! 갑판장 어르신이 나가신다!
암초 놈들아, 비켜라! 항해사 나리님이 나가신다!

정해진 차례는 거기까지였고, 다음부터는 누가 노래해도 상관없었다. 술집 주인의 아들인 듯한 젊은이가 선원들 사이에 끼어 웃고 있더니 요리사의 노래가 끝나자마자 잽싸게 차례를 받았다. 그런데 그가 부른 노래가 조슈아를 흠칫 놀라게 만들었다.

물길잡이 사나이
누가 그의 심장을 봤나?
수평선 향해 쏜 화살이
그의 심장을 꿰뚫어버렸어.

조슈아가 어이없는 표정을 짓고 있는 가운데 노래는 계속 이어졌다.

그는 나아갈 거야.
캄캄한 별 하늘 가운데
가장 작은 섬까지
사과 하나 없는 빈손
구두도 벗어 내버린 맨발

의심할 나위 없이 조슈아가 〈아쿠아리안〉 공연을 위해 직접 만든 노래였다. 공연을 한 지 얼마 되지도 않았는데 어떻게 이곳 사람들이 저 노래를 알고 있으며, 노랫말은 어째서 저 모양이란 말인가?

그러나 조슈아는 곧 싱긋 웃었다. 몸이 근질거렸다. 다들 신나게 노래하고 있고 모두가 노래를 듣고 싶어 했다. 그를 부르는 것도 아닌데 부르는 것처럼 느껴졌다. 그는 참지 못하고 자리에서 일어나 홀 가운데로 걸어갔다.

이미 일어나 있는 사람이 많았으므로 조슈아의 모습이 특별히 시선을 끌진 않았다. 그는 노래하던 사람 옆에 슬쩍 서더니 돌발적으로 한 소절을 불렀다. 그와 동시에 모두의 시선이 그에게 꽂혔다. 조슈아가 부른 소절은 먼저 부르던 남자의 목소리가 막 갈라지기 시작한 부분이었다. 웬만한 실력으로 소화할 수 없는 고음부였던 것이다.

한밤에도 타오르는 별
세상 사람 모두에게
감로수를 내리는 별

술집 주인 아들은 깜짝 놀라 노래를 그쳤다. 그러나 조슈아는 장난스럽게 웃으며 자기도 가사를 바꾸어 불렀다.

물길잡이 사나이
너는 그의 말을 들었어?

섬으로 가는 배가 준비됐다고
그가 우릴 부르고 있어.

물길잡이 사나이
날 위한 항해자
물길잡이 사나이
날 위한 항해자

노래가 끝났을 때 사람들은 잠깐 동안 다음 노래를 잇는 것도 잊고 조슈아를 쳐다보고 있었다. 칼라이몬 선장이 가까이에 있던 항해사 하나를 툭 쳤다. 그가 얼른 일어나 노래하기 시작하자 선장은 조슈아 옆으로 와서 말을 건넸다.

"노래 실력이 보통이 아닌데?"

조슈아는 가볍게 절하는 시늉을 했다.

"제가 모시는 마님 댁에 음악가들이 많이 오시다 보니 어깨너머로 배웠지요."

어느새 시종 연기도 손색없었다.

술자리가 한창 무르익어갈 무렵, 막시민이 두 사람에게 눈짓을 했다. 그들은 자리에서 일어났다. 이제 그들끼리 이야기를 해야 할 시각이었다. 여관이라도 찾아야 하지 않을까?

세 사람이 다가가자 칼라이몬 선장은 그들의 인사를 듣는 둥 마는 둥 하더니 불쑥 말했다.

"내 집에 하룻밤 머물겠나? 어차피 해적을 만났으니 돈도 없을 것 아닌가?"

잘 손질된 방이었다. 저절로 눕고 싶어지는 아늑한 침대, 조각보를 이어 만든 이불, 자수 테이블보가 덮인 테이블 등 모두가 최근 지내다 온 쥬스피앙의 살풍경한 다락방과는 비교가 되지 않았다.

칼라이몬 선장의 부인은 노래와 달리 뚱보가 아니었고 아들도 아직 어린아이였다. 부인은 선장이 손님을 데려오는 것에 익숙한지 이들의 방문을 선뜻 반겼다. 사정 이야기를 듣더니 더욱 친절해졌다. 특히 여자아이인 리체를 붙들고 한바탕 신세타령이라도 들어주려는 기세여서 막시민이 얼른 막았다.

"정말 고맙습니다. 너무 마음 편하게 해주셔서 졸음이 마구 쏟아지는데요."

그 말이 떨어지기가 무섭게 그들은 각자 침실로 안내되었다. 선장은 다시 선원들이 있는 술집으로 돌아갔고, 부인은 식사가 준비되면 깨워주겠다고 말하며 자리를 피해주었다. 셋은 동시에 자기 방에서 나오다가 마주치고는 조슈아의 방으로 들어가 지난번처럼 바닥에 주저앉았다. 어느새 공동 회의에 익숙해진 세 사람이었다.

"가장 큰 문제는……."

막시민이 심각한 표정으로 두 사람을 번갈아 보았다. 둘도 사정을 알고 있었다. 리체가 먼저 말했다.

"배를 고쳐야 되는 것."

조슈아가 고개를 저었다.

"내가 보기에 저 배는 금만 채우면 도로 뜰 거야. 배가 물에 떨어지는 순간 항해용으로 변해버려서 비행용 조작을 할 수 없었던 것뿐이지, 망가진 게 아니란 말이야. 항해 상태를 어떻게 종료시키는지 그건 좀 연구해봐야겠고, 날아오를 때 사람들 눈을 피하는 것도 문제라면 문제겠지."

막시민이 고개를 저었다.

"그것보다 더 심각한 문제가 있어."

"뭔데?"

"우린 금이 부족해."

리체가 의아한 눈빛을 보냈다.

"금은 쥬스피앙 아저씨가 넉넉히 줬잖아?"

"그래. 예비로 주긴 했지만, 그건 왕복 한 달 기준이라고. 그런데 우리가 지금 있는 곳이 어딘지 알아?"

지도는커녕 종이조차 없었기 때문에 조슈아는 주위를 두리번거리다가 벽난로에서 숯을 하나 집어 왔다. 그리고 망토를 벗어 안쪽에 해안선을 그리기 시작했다. 막시민이 당연하게 그런 일을 하고 있는 친구를 바라보더니 말했다.

"너도 참 공작 가문에 태어나 별별 일을 다 해보는구나."

그림이 다 그려지자 막시민이 손가락으로 현재 위치를 짚었다.

"칼라이소 항구는 여기쯤이라고 들었어. 배 안에서 선원한테 물어봤지."

막시민의 손가락이 가리킨 곳은 두르넨사 왕국의 수도에서 남쪽으로 약간 떨어진 곳, 그러니까 두 개의 곶이 마주보고 있는 지협 입구였다.

"우린 일곱 시간 동안 바람, 또는 해류에 밀려 굉장히 북쪽으로 와버린 거야. 아니면 날고 있는 중에도 북쪽으로 조금씩 밀리고 있었거나. 어쨌든 우린 처음 계획한 길을 굉장히 많이 벗어났어. 조슈아 말대로 출발할 수는 있겠지만, 막판에는 절대적으로 금이 모자라게 돼. 금반지 몇 개만큼 금이 모자라도 어떤 일이 벌어지는지는 이번에 다들 잘 봤지?"

모두가 심각해졌다. 리체가 물었다.

"조슈아, 페리윙클은 너희 가문의 섬이었다면서? 일단 거기까지 가면 돌아올 때 쓸 금 정도는 구할 수 없을까?"

조슈아는 망설이다가 고개를 저었다.

"그 섬을 떠나왔던 아르님 공작은 나의 증조할아버지셨어. 그 뒤로 할아버지나 아버지께서 그 섬을 어떻게 관리하셨는지, 또 지금도 연락이 닿는지는 나도 몰라. 왜냐면 그 섬을 포기한 이유가 왕가에서 우리 가문이 그곳에 나라를 세워 독립하려 한다고 오해했기 때문이거든. 그러니 만일 관계를 끊지 않았다 해도 드러내놓고 섬을 관리할 수가 없었겠지. 나조차도 상황을 모를 정도니 아예 손을 끊으셨던 것일지도 몰라. 그러니까 금 같은 걸 기대하면 안 될 것 같아."

"그것참 암담한 얘긴데."

막시민은 한마디 내뱉고 생각에 잠겼다. 한동안 침묵이 흐르자 리체가 머뭇거리다가 말을 꺼냈다.

"그런데 말이야, 좀 그런 얘기이긴 한데, 사실 페리윙클섬까지 가기만 하면 그 뒤로는, 음…… 나중에 생각해도 되는 것 아닐까? 쥬스피앙 아저씨가 설마 배 좀 늦게 가져왔다고 우릴 어떻게 하기야 하겠어? 일단 인형 문제를 해결하고 나면 조슈아는 다시 소공작 자리를 되찾을 거니까……."

"일이 그렇게 간단하지가 않아."

막시민이 말을 막았다.

"인형이 없어진다고 해도 조슈아를 도와줄 부모나 가문 사람들은 저멀리 켈티카에 있단 말이야. 우리처럼 갑자기 날아서 올 수도 없는 거고, 금을 갖고 오려면 더 오래 걸리겠지. 여기서 한 가지 새로운 문제를 생각해봐야 하는데 말이야."

"그게 뭔데?"

"결국 모든 것을 해결하려면 켈티카까지 가지 않으면 안 된다는 거지. 자, 너희는 페리윙클에 이 비행선을 내버려두고 갑자기 진짜 범선을 몰아 켈티카까지 가고 싶냐?"

"에……."

리체는 입을 약간 벌린 채 눈동자를 굴렸지만, 결국 고개가 끄덕여졌다. 그것은 옳은 고찰이었다. 쥬스피앙은 자기가 도와주는 한계를 명확히 하려 했지만 사실 하늘을 나는 배를 얻은 이상 막판까지, 쓸 수 있는 한 활용해야 할 것 아니겠는가? 물론 항해는 일곱 시간만으로도 충분히 질렸고 말이다.

"이제 우리 문제를 알겠지?"

"그러면 우린 지금 켈티카까지 갈 금이 필요하다는 거야? 맙소사."

조슈아가 고개를 저었다.

"그런 금을 우리가 어디서 구하겠어."

막시민이 친구를 째려봤다.

"이제야 우리가 거지 여행을 하고 있다는 걸 네가 이해한 모양이구나. 깨달아줘서 반갑긴 한데, 그렇다고 만사를 포기하란 소린 아냐. 어떻게든 방법을……."

조슈아가 말했다.

"여기서 페리윙클에 가는 것보다 페리윙클에서 켈티카로 가는 거리가 훨씬 멀어. 우린 일단 페리윙클까지는 가야 하고,

거기에서 다시 켈티카로 간다고 치면 그동안 금이 들어가는 추이로 볼 때 적어도 400온스 이상의 금이 추가로 필요해."

"그런 금은 재봉사로 이십 년쯤 일해도 못 모아."

옆에서 덧붙이던 리체가 말하자마자 갑자기 생각났다는 듯 손뼉을 쳤다.

"아, 그렇지! 조슈아 폰 아르님은 거지 여행중일지 몰라도 막스 카르디라면 그 정도 돈은 눈 깜짝할 사이에 벌지 않을까?"

막시민이 리체를 흘끔 보더니 비아냥거렸다.

"농담이겠지?"

리체는 입가를 실룩일 뿐 더 말하지 않았다. 셋은 다시 나름대로 대안을 궁리하기 시작했다. 그런데 잠시 후 조슈아가 풋, 하고 웃음을 터뜨렸다.

"왜 웃어?"

"문득 든 생각인데, 그 인형 말이야……."

조슈아는 혼자 희한한 표정으로 웃기 시작했다.

"고마운 것 같기도 해."

"뭐?"

반문한 사람은 둘 모두였다.

"고맙다고. 지금 셋이서 이런 문제를 연구하고 있자니 갑자기 아, 살아 있구나 하는 생각이 들지 않겠어? 아니, 살아야겠다는 의지랄까. 죽음의 위협에서 도망치는 것과는 별개로, 가령 맛없는 토마토 수프 따위를 한입 먹었을 때라든지, 배가 가라앉을까 봐 잔뜩 겁먹었을 때, 다른 복잡한 문제는 전혀 생각나지 않았단 말이야. 사람이 느끼는 괴로움은 큰 문제만 주는 게 아니란 거, 알고는 있었는데 실감하긴 쉽지 않았지. 지금은 금이 필요한데, 줄 사람도 없고 생길 곳도 없지. 그런데 이 세상에 금을 필요로 하는 사람이 얼마나 많겠어? 그들 중 대부분이 리체가 말한 대로 평생토록 일해도 그런 많은 금을 손에 넣을 수 없다는 거잖아? 전에 막군이 말했듯 금이든 빵이든 벌려고 열심히 일하고 있는 사람들은 나 같은 생각을 할 겨를도 없겠지? 이렇게 기초적인 삶의 문제로 내려와 궁리하다 보니 어쩐지 머릿속이 시원해졌어."

막시민이 말했다.

"그런 생각을 하게 된 것은 좋은데 조슈아, 그렇다고 인형이 고맙다는 말은 찬성 못 해."

"아니. 그 얘기가 핵심이야. 내가 이런 생각을 하도록 만들어준 건 바로 인형 아니겠어? 오래전에, 그러니까 막군 너와 함께 지내던 시절에도 난 비취반지 성에 날 대신하는 인형이 있어서 난 영영 돌아가지 않고 여기서 살았으면 하고 바란 일이 있거든. 꼭…… 누가 내 소원을 몰래 엿듣고 이뤄주기로 작정한 것 같지 뭐겠어."

"그걸 지금 말이라고 하는 거냐?"

조슈아는 막시민에게 대꾸하지 않고 리체에게 고개를 돌렸다.

"리체, 전에 내가 극장 분장실에서 했던 얘기 기억한다고 그랬지?"

"어떤 얘기?"

"막스 카르디를 없애려 하는 까닭. 돌아가고 싶지 않지만, 돌아가야 하기에 막스 카르디를 죽인다고. 가짜의 모습으로 이 생활을 즐겼지만, 이제 돌아가야겠다고. 그래, 가짜."

리체는 대답 없이 당혹스러운 표정을 지었을 뿐이었다.

"가짜는 이미 있었어. 다른 누가 아니라 내가 만들었어. 장난삼아 이중생활을 했던 게 아냐. 놀이가 아니었어. 난 진짜로, 몇 번이나 막스 카르디로 남는다면 어떨까 생각했거든. 만일 선택권이 있었더라면 내가 소공작 조슈아를 선택했을까? 하지만 그때 내겐 선택의 여지가 없었지. 그런데 말이야, 지금 누군가가 선택할 수 있도록 해줬네? 나한테서 소공작 조슈아의 역할을 빼앗아 갔네? 정말 고맙잖아? 좀더 정확히 말하자면 내 대신 선택해준 거겠지만……."

"그게 바로 너만이 할 수 있는 미친 생각이야."

막시민이 신랄하게 쏘아붙였지만 조슈아는 계속 말했다.

"사실은 나도 말이야, 소공작 조슈아와 막스 카르디 중에 하나를 죽이려고 했다고. 그것도 어찌 보면 살인이지. 그래,

여기까진 정말 고마워. 그런데 그 사람들은 막스 카르디가 살아남는 것도 원치 않나 봐. 극장에 불을 지르다니. 그건 유감이야. 그러지만 않았으면 나도 그들을 용서해줬을 텐데."

"조슈아, 너!"

막시민이 화난 목소리로 불렀으나, 조슈아는 그치지 않았다.

"데모닉 문제로 말할 것 같으면, 사실 둘 다 데모닉이지. 하지만 데모닉 조슈아는 단지 가문의 핏줄 때문에 탄생했고 죽어도 그 굴레를 벗지 못해. 그들에게 데모닉은 두렵거나 불쾌한 인간일 뿐이지. 하지만 데모닉 막스 카르디는? 그는 내가 만들었어. 내가 애정을 다해 만들었어. 그의 재능은 모두에게 사랑받고 있었어. 누구도 쓸데없이, 지나치게 뛰어나다고 말하지 않았던 거야."

어느새 민감하게 날이 선 목소리였다. 누구나 뛰어난 사람이 되고 싶어 하지만 데모닉은 지나치다고, 그건 모두의 의견이었을 것이다. 그동안 조슈아가 그 말을 얼마나 싫어했는지, 싫으면서도 어쩔 수 없이 참아왔는지, 그런 감정이 목소리에서 고스란히 묻어났다.

"난 그를 좋아했어. 막스 카르디는 아무것도 두려워하지 않고, 자신의 재능을 믿고, 빠르게 판단하고 후회도 하지 않았어. 그 이름으로 두 해 넘게 살아왔어. 그동안 별장의 소공작 조슈아는 단지 껍질에 불과한 이름이었어. 난 그 이름에 조금도 관심이 없었다고. 미련도 없었어."

그때 리체가 말했다.

"하지만 너의 부모는? 친척은? 그곳에도 너를 사랑하거나 또는 네가 사랑하는 사람들이 있었을 것 아냐? 백번 양보해서 공작 작위 같은 것에는 관심 없을 수도 있다 쳐. 하지만 그런 사람들도 필요 없단 말이야?"

조슈아는 왼쪽 입가만 올리며 웃었다.

"난 정말 이상한 사람인 것 같아. 물론 그들을 사랑했어. 하지만 말이지, 사실은…… 없어도 상관없을 것 같았어. 전에 숲에서 말한 일이 있잖아. 악마가 내게 준 것은 아무도 사랑하지 않는 능력, 관용도 너그러움도 없는 것이라고. 좀더 생각해봐. 아버지도 어머니도 영리한 자식을 원했겠지만 데모닉은 원치 않았어. 물론 그분들은 날 사랑해. 하지만 데모닉이란 건 내 본질, 그것도 가장 중대한 부분이야. 데모닉을 원치 않으면서 나를 사랑한다고 하는 것부터 모순 아닌가? 아무도 딸기를 싫어하면서 딸기 파이를 좋아할 순 없는 거니까 말이야. 안 그래?"

조슈아는 다시 막시민을 돌아봤다.

"이 세상엔 내가 데모닉이라서 싫어하는 사람이 제일 많긴 한데, 그래도 데모닉은 싫어하지만 '조슈아 폰 아르님'은 좋아하는 사람, 또는 데모닉이라도 개의치 않고 좋아하는 사람은 있었어. 하지만 내가 '데모닉이기 때문에' 좋아하는 사람은 없었어. 내가 데모닉이어서 다행이라고, 그래서 더 좋다고 하는 사람은 없었단 말이야. 하지만 막스 카르디는? 그는 데모닉이기 때문에 환영받은 거야. 카르디였을 땐 내 재능을 마음껏, 하늘 끝까지 휘둘러도 좋았어. 평소 아는 것도 모르는 척, 또는 어떤 것에도 관심 없는 것처럼 행동하던 내가……. 막군, 코츠볼트에서 널 처음 만났을 때 데모닉이란 걸 모르는 네가 얼마나 반가웠는지 알아? 난 죽 그렇게 살아왔어. 나도 모르는 사이에 나를 부끄러워하도록 교육받았어."

조슈아가 잠시 입을 다물었다가 고개를 저었다.

"하지만 카르디로 살아본 뒤 난 생각이 달라졌어. 왜 나조차도 내가 데모닉이란 걸 싫어해야 했을까? 누가 그런 생각이 나의 미덕이라고 정했지? 난 타고난 내 능력을 미워하고, 그래서 나를 미워하며 살아야 되는 건가? 난 나답게 최선을 다하면 안 되는 건가? 말해봐, 막군. 넌 내게 차라리 카르디가 되라고 했잖아? 그러면 정말 안 되는 거야?"

막시민은 조슈아의 눈을 가만히 보고 있다가 말했다.

"돼."

조슈아의 눈빛이 일순 흔들렸다. 막시민이 말을 이었다.

"그래. 넌 자부심을 가져도 되는 존재지. 제기랄, 내가 허가해주는 게 무슨 의미가 있는지는 모르겠지만, 이 인형 문제가 해결되고 나면 다시 막스 카르디나 그 밖에 괴상한 연극배우 짓을 하거나 하면서 맘대로 살라고. 까마귀가 듣고 자괴감에 빠질까 봐 카나리아 입을 틀어막아놓을 수 있겠냐? 사실은 반대야. 부끄러운 건 네가 아냐. 다른 사람들은 다 너를 보고 부끄러워해. 부끄러워서 화를 내는 거라고. 하지만 최선을 다하는 게 뭐가 잘못됐냐? 세상에 굶는 사람이 많다고 해서 눈앞에 놓인 빵도 못 먹어야겠냐? 다만 '까마귀 자식 넌 노래가 뭐 그따위냐? 우하하하!' 이러지만 않으면 되는 거 아니냐?"

조슈아는 저도 모르게 웃음을 터뜨리고 말았다. 그리고 물었다.

"막군 너 언제부터 그렇게 생각했어?"

"방금 너한테 설득됐다, 이 자식아."

옆에서 리체도 말했다.

"실은 나도 설득됐어."

그러자 조슈아는 웃음을 그치더니 둘을 번갈아 바라보았다.

"그래서 말인데, 지금 꼭 해보고 싶은 일이 생겼어."

"뭔데?"

"나 말이야, 리체 말대로 여기에서 다시 한번 막스 카르디가 되어볼까 해."

막시민은 펄쩍 뛰었다.

"너 미쳤냐?"

조슈아는 개의치 않고 빙그레 웃었다.

"꼭 그래봐야겠어. 아니, 가능한 한 이제부터 카르디로 살까 해. 인형을 없애러 가는 문제와는 별개로, 어느 쪽이 내게 더 잘 맞는지 실험해봐야겠어. 그렇게 살아봐서 아르님 소공작으로 돌아가고 싶어지는지 알고 싶어."

"그런 건 쫓기는 상황이 해결된 뒤에 해도 되잖아!"

조슈아는 고개를 흔들었다.

"아니. 리체 말대로 현실적으로 생각해도 이 방법밖에 없어. 현재 우리 중에서 돈을, 아니 금을 벌어 올 수 있는 사람은 막시민도 리체도 조슈아도 아닌 '막스 카르디'밖에 없으니 말이야."

쉽게 답을 내리기 힘든 문제였다. 막시민이 얼른 대꾸하지 않자 리체가 말했다.

"막시민 넌 어떻게 생각할지 모르겠지만, 막스 카르디 이름을 걸면 그 정도 금은 아무것도 아니야. 난 그 북새통을 몇 번이나 봐서 잘 안단 말이야."

"막스 카르디 이름을 걸자고? 아예 샐러리맨인지 월급쟁이인지 하는 놈한테 초대장도 하나 보내주지그래?"

리체가 항변했다.

"하지만 그 이름이 있어야 사람들이 많이 몰린단 말이야!"

"그래, 그 이름을 대면 지나치게 유명해져서 순식간에 소문이 퍼진다는 것도 모르냐?"

"그것도 그렇지만……."

갑자기 막시민이 허공에 손가락을 휘저으며 말하기 시작했다.

"이름이 뭐 대수냐? 카르디인지 뭔지, 그까짓 이름쯤은 분명 저 자식이 대충 떠오르는 대로 만든 것이 틀림없지. 게다가 사람이 그대로 있는데 이름이 좀 다른들 무슨 상관이야? 막스 카르디는 뭐 처음부터 유명했냐? 실력을 제대로 보여줄 기회만 있으면 되잖아. 혹시 카르디와 동일인일지도 모른다는 소문이 퍼진다면 그 소문이 하이아칸까지 가기 전에 재빨리 여길 뜨면 되는 거지. 만약 그렇게 해서 우리가 동일인이란 것을 확인한들, 하늘을 나는 배를 어느 놈이 무슨 수로 쫓아올 거야?"

조슈아가 웃음을 참으며 물었다.

"네 얘긴 카르디 이름만 안 쓰면 찬성한다 그 말이지?"

막시민은 대답 대신 기분 나쁜 어조로 중얼거렸다.

"은퇴한 놈이나 불러내야 하다니, 여기의 셋은 왜 이렇게 능력이 없는 거냐."

그리하여 결정되었다. 사실 조슈아 한 명만 있으면 시나리오에서 작곡, 작사, 안무, 연출에 이르기까지 다 할 수 있으니 필요한 건 시간과 돈뿐이었다. 막시민이 말했다.

"극장을 물색하는 것이 문제겠는데. 이곳에 극장은 많다지만 아는 사람이 있어야 말이지."

그 말을 꺼내는 것과 동시에 해결책이 리체의 입에서 튀어나왔다.

"배에서 듣자니 칼라이몬 선장이 다이아몬드 러쉬 극장의 지분을 절반 갖고 있다던데?"

다음날 아침, 막시민은 칼라이몬 선장, 아니 극장주의 방에 있었다. 그들이 묵은 방 바로 옆이었지만 먼 곳에서 온 사람처럼 땀 닦는 시늉까지 하며 권해준 자리에 앉자마자 불쑥 이야기를 꺼냈다.

"얘기를 듣자니 극장을 운영하신다고요?"

"뭐…… 운영한다기보다는 지분을 갖고 있는 거지. 내 지분이 가장 크긴 하지만 실질적 운영은 다른 사람이 맡고 있어서……."

선장은 깨어나 앉아 있긴 했지만 전날의 숙취로 인해 정신이 맑지 않아 보였다.

"그래도 극장 운영에 어느 정도는 참여하시겠지요?"

"선장이 되기 전엔 그랬지. 지금은 그냥 바다에 나가지 않을 때 구경이나 하러 가는 정도야."

"그 정도면 충분하죠. 제가 듣기로 이 항구에는 극장이 무척 많고 그중에서 가장 큰 세 군데 중 하나가 선장님의 극장이라던데, 최근에는 그다지 실적이 좋지 못한 모양이더군요. 선장님 극장의 공연이 대성황을 이뤄서 인기도 얻고 돈도 많이 번다면 말할 나위 없이 좋으시겠지요?"

"그걸 말이라고 하나, 이 친구야."

대꾸하며 선장은 입이 찢어져라 하품을 했다. 그러나 막시민은 이제부터 시작이었다. 두 손을 한차례 비비고 안경을 고쳐 쓰더니 떠들어대기 시작했다.

"그러면 됐습니다! 제가 선장님을 도와드리지요. 나중에 저를 붙들고 고맙다는 말을 백 번쯤 하실 게 틀림없지만 안 그러셔도 된다는 것을 미리 말씀드리지요. 저는 그런 감사를 받자고 이 이야기를 꺼낸 것이 아니니까요. 어디까지나 선장님께서 어제 저희를 구조하시고 지금껏 도와주신 자비로운 마음과 노고에 보답하려는 마음뿐이니 선장님께서는 마음 푹 놓고 모든 것을 맡겨주시기만 하면 됩니다. 저는 아무 보답도 필요 없다니까요."

칼라이몬 선장은 눈을 끔뻑거렸다.

"지금 자네, 무슨 소릴 하는 거야?"

"그냥 제가 말씀드리는 대로 하시기만 하면 된다니까요."

"그러니까 뭘?"

막시민은 빙그레 웃어보였다.

"물론 공연이죠."

"아니 이봐, 공연은 뭐 하늘에서 계시가 내려와 만드는 줄 아나? 도대체 어떤 걸 하자는 건지 말도 안 하고, 다짜고짜 공연을 하라니? 내용이 뭔데?"

드디어 걸려들었다. 막시민은 진지한 표정을 지으며 선언했다.

"내용은 중요하지 않습니다. 한 가지만 있으면 무조건 성공합니다."

"한 가지란?"

"제 친구, 그러니까…… 히스파니에 군이 나오는 겁니다!"

막시민의 입에서 나오는 이름은 무조건 재활용이었다.

"네 친구? 혹시 어제 노래를 불렀던?"

칼라이몬의 표정이 미묘하게 바뀌는 것을 막시민은 놓치지 않았다.

"역시 극장주님이셔서 그런가 바로 알아차리셨군요. 과연 안목이 높으십니다. 사실 히스파니에는 저처럼 잔심부름이나 하던 시종이 아닙니다. 본래 음악가 가문의 아들인데 집안이 파산해서 어려서 시종이 됐지만, 아, 그러니까…… 어쨌든 간에 노래 실력이 워낙 탁월해서 귀족들도 그의 노래를 들으러 올 정도였죠. 귀족들 앞에서만 노래를 했기 때문에 유명

세는 없어도 하이아칸 사교계에서 알 만한 사람은 다 압니다. 사람들이 그의 노래를 한 번만 듣는다면 완전히 사로잡힐 것이 틀림없죠. 무엇보다도 선장님이, 아니 극장주님이 보시기에도 그 자식이 노래를 기가 막히게 하지 않습니까?"

칼라이몬은 뺨을 실룩거렸다.

"노래는 잘하는 것 같다만……."

"얼굴도 좀 되지 않나요?"

"그런 것도 같지만."

"그런데 뭘 망설이시죠? 당신의 극장에 저 자식보다 노래를 잘하는 배우가 있을 것 같습니까? 남녀 통틀어 없을걸요?"

칼라이몬이 심드렁하게 대꾸했다.

"하지만 누가 남자 놈이 노래 부르는 것 따위를 보러 오겠냐? 우리 극장의 주력은 무희들의 쇼와 노래라고. 뱃놈들로 들끓는 항구에서 남자를 주역으로 내세우는 공연 같은 건 없어."

막시민은 눈을 가느스름하게 뜨더니 갑자기 장광설을 펼쳐놓기 시작했다.

"오, 모르는 말씀. 남들이 다 아는 고객만 노려서는 성공할 수가 없죠. 그런 쇼를 좋아하는 선원들은 다른 극장에서도 서로 끌어가려고 난리를 치니까 한 극장에서 독점하는 것이 절대로 어렵잖습니까? 남들이 노리지 않는, 소외된 고객들 속에 진짜 성공이 있는 겁니다. 아, 물론 기본적으로 풀어놓을 주머니는 있는 고객이어야겠죠. 칼라이소가 단순한 항구가 아니란 걸 다 압니다. 이 근방 소도시나 성에서도 화려하고 재미난 뭔가를 보고 싶으면 다들 칼라이소로 오지 않습니까? 선원들이 제일 많긴 해도 선원들만이 손님의 전부는 아니란 말씀이죠. 더구나 뭐든 팔 수 있는 흥행사야말로 진짜 흥행사라고 생각하지 않으십니까? 당신이 팔아야 할 재료가 남자 놈이면, 그걸 끝내주게 팔아먹을 생각을 해야 될 것 아닙니까? 자, 이만하면 누구한테 팔아야 할지 알고도 남으시겠죠?"

"아니. 그게 도대체 누군데?"

이쯤 되자 내용보다는 막시민의 신기한 말재주에 흥미를 갖기 시작한 칼라이몬을 향해 막시민은 갑자기 두 주먹을 부르쥐며 외쳤다.

"귀족 아줌마들을 모으는 겁니다!"

조슈아는 방금 걸어온 거리를 돌아보고, 다시 정면을 올려다봤다. 그의 앞에 높이 솟은 요란한 간판 속에는 타조 깃 모자를 쓰고 황금빛 드레스를 입은 채 한쪽 다리를 드러낸 아가씨가 윙크를 하고 있었다. 하지만 여자에 대해 한 번도 진지한 감정을 느껴본 일이 없는 조슈아는 간판을 그린 그림 솜씨가 좀 떨어진다는 생각을 했을 뿐이었다.

야자수와 조잡한 보석 그림으로 장식된 입구 옆에 빨간색과 노란색으로 '다이아몬드 러쉬! 당신의 환상 낙원'이라고 커다랗게 쓰인 것도 보였다. 왼쪽을 보자 오늘의 쇼 일정과 내일의 예정을 소개하는 글귀 아래에 이상한 것이 눈에 띄었다.

§ 오늘의 추천 만찬 §

모시조개 크림수프, 필레 미뇽,

해산물 토마토 샐러드, 와인 한 잔.

가격 5고블룬. 절대적으로 저렴한 가격.

조슈아는 이해할 수가 없었다. 극장에서 만찬이라니? 여기는 레스토랑이었단 말인가?

막스 카르디의 공연에서는 만찬은커녕 푸딩 한 개도 제공되지 않았다. 먹고 마시며 수다나 떨다가 좋은 노래가 나오면 박수 몇 번 치고 저들끼리 깔깔대는 그런 공연이 아니었다. 모두가 오직 카르디를 보겠다고 줄을 서서 들어오고, 한 장면이라도 놓칠세라 오페라글라스를 올렸다 내렸다 하며 손수건을 꼭 쥐고 보는 공연만 했던 그였다.

하지만 주위의 다른 극장들도 사정은 별반 다를 것이 없어 보였다. 거리는 아직 한산했다. 오가는 사람도 없고, 어젯밤 늦게까지 일을 한 배우들이 화장기 없는 나른한 얼굴로 가끔 드나들 뿐이었다. 조슈아는 기분이 나빠졌다. 막스 카르디, 아니 물론 다른 이름을 쓸 테지만 어쨌든, 자신이 공연을 하기로 마음먹었는데 환경이 이런 수준이라니 용납할 수 없는 일이었다. 공연을 보면서 뭘 먹겠다는 놈들은 한 명도 들여보내지 않을 테다, 식사를 하고 싶으면 식당으로나 가버려!

마침 극장 앞에는 지키는 사람이 없었다. 약간 발끈한 조슈아는 누구에게 물어보지도 않고 성큼성큼 안으로 들어갔다. 너무 당당하게 들어갔으므로 중간에 마주친 사람들도 잡을 생각을 않고 멀뚱멀뚱 쳐다보기만 했다.

그렇게 접객 홀을 지나쳐 주홍빛 융단이 깔린 중앙 계단을 올라가자 공연 홀로 들어가는 커다란 문이 나타났다. 문은 닫혀 있었으나 문고리를 만져보니 잠겨 있지는 않았다. 좌우를 보니 과연 양쪽에 배우와 무용수들을 위한 대기실이 있었다. 일단 기본적인 건 갖춰진 극장인데, 이 홀 안에는 아마 식탁과 의자들이 즐비하겠지?

정말로 공연을 할 수 있을지도 알 수 없는 상황인데 조슈아의 머릿속에는 벌써부터 완벽한 공연을 하겠다는 생각밖에 없었다. 배우들은 얼마나 훈련이 되어 있을까? 무용수들의 춤은 괜찮을까? 의상은 제대로일까? 악사들은? 무대 배경은 간판보다 잘 그렸을까?

그때 왼쪽 대기실에서 곧 있을 낮 공연을 위해 단장을 마치고 의상을 갈아입은 무용수들이 십여 명가량 우르르 나왔다. 조슈아는 고개를 홱 돌려 그들을 쏘아봤다. 다른 의도는 전혀 없었다. 무용수들의 의상이 괜찮은지 보려 했을 뿐이었다.

무용수들도 낯선 소년 하나가 극장 문 앞에서 자기들을 보고 있다는 걸 눈치챘다. 그것도 뚫어져라 보고 있었다. 무용수들이 저들의 화려하고 노출 심한 의상에 소년이 넋을 잃었다고 판단한 것도 무리가 아니었다. 세련되기는커녕 너무 커서 부대 자루를 고쳐 만들었나 싶은 무명옷(그 옷은 막시민이 사 왔다) 차림에, 촌뜨기처럼 극장 문을 올려다보던 소년이었으니 말이다.

그들은 소년을 놀릴 셈으로 키득거리며 다가왔다. 그중 맨 앞에 선 아마릴리 크라운은 장난기가 발동하여 부채를 내밀어 조슈아의 어깨를 짚더니 말했다.

"멋있는 여행자분, 오늘밤에 시간 있으신가요?"

조슈아는 마지막으로 무용수의 신발을 보았고, 그리고 총체적으로 이들의 의상이 형편없다고 판단했다. 옷감도 싸구려고 바느질도 허술하고, 모조 보석뿐이고, 심지어 낡았다! 그래서 한마디하려고 고개를 쳐드는 순간 얼굴을 바짝 갖다 댄 아마릴리와 눈이 딱 마주쳤다.

"어머!"

당황한 쪽은 조슈아가 아니었다. 그 나이에 조슈아만큼 무대의상을 입은 아가씨에게 익숙할 사람도 드물었다. 그러나 아마릴리는 촌뜨기인 줄 알았던 소년이 상상 이상으로 잘생긴데다, 눈빛은 흡사 한바탕 야단치기 직전의 무대감독 같았으니 흠칫할 수밖에 없었다.

코끝이 닿기 직전의 상태 그대로, 조슈아가 입을 열었다.

"모자는 너무 작고, 머리는 모조리 틀어 올리는 것이 좋겠고, 바느질이 허술해서 몸의 곡선이 살아나지 않고, 노출도 어설프군요. 치마는 좀더 짧은 게 좋겠고, 대신 은사 스타킹을 신도록 해요. 의상이 보잘것없으면 좋은 춤을 춰도 살아나지 않죠. 아니, 반대로 그런 의상으로 무대에 서려면 보통 잘 추어선 안 될 텐데? 어디 다들 실력 좀 봅시다. 전부 극장 안으로 들어가요! 지금 당장!"

(4권에 계속)

# 룬의 아이들 – 데모닉 3

**1판 1쇄** 2020년 6월 12일
**1판 3쇄** 2022년 8월 19일

**지은이** 전민희

**책임편집** 임지호 | **편집** 지혜림 이송 | **일러스트** UK Nakagawa
**표지디자인** 이혜경디자인 | **본문디자인** 이원경 | **저작권** 박지영 형소진 이영은 김하림
**마케팅** 정민호 이숙재 박치우 한민아 이민경 박지영 안남영 김수현 정경주
**브랜딩** 함유지 함근아 김희숙 박민재 박진희 정승민
**제작** 강신은 김동욱 임현식 | **제작처** 상지사

**펴낸곳** (주)문학동네 | **펴낸이** 김소영
**출판등록** 1993년 10월 22일 제2003-000045호

**주소** 10881 경기도 파주시 회동길 210
**문의** 031-955-8892(편집) 031-955-3578(마케팅) 031-955-8855(팩스)
**전자우편** editor@elmys.co.kr | **홈페이지** www.elmys.co.kr

ISBN 978-89-546-7190-3 04810
978-89-546-7187-3 (세트)

엘릭시르는 출판그룹 문학동네의 장르문학 브랜드입니다.
이 책의 판권은 지은이와 엘릭시르에 있습니다.
이 책 내용의 전부 또는 일부를 재사용하시려면 반드시 양측의 서면 동의를 받아야 합니다.

이 도서의 국립중앙도서관 출판예정도서목록(CIP)은
서지정보유통지원시스템 홈페이지(http://seoji.nl.go.kr)와
국가자료종합목록 구축시스템(http://kolis-net.nl.go.kr)에서 이용하실 수 있습니다.
(CIP제어번호: CIP2020018731)

잘못된 책은 구입하신 서점에서 교환해드립니다.
기타 교환 문의 031) 955-2661, 3580